KB078326

낭인천하

무림낭객(武林浪客)

백야 新무협 판타지 소설

FANTASTIC ORIENTAL HEROES

낭인천하 2

백야 新무협 판타지 소설

초판 1쇄 찍은 날 § 2012년 12월 14일
초판 1쇄 펴낸 날 § 2012년 12월 21일

지은이 § 백야
펴낸이 § 서경석

편집부장 § 권태완
편집책임 § 박우진

펴낸곳 § 도서출판 청어람
등록번호 § 제1081-1-89호
등록일자 § 1999. 5. 31
어람번호 § 제2-2289호

주소 § 경기도 부천시 원미구 심곡2동 163-2 서경B/D 3F (우) 420-822
전화 § 032-656-4452 팩스 § 032-656-4453
http://www.chungeoram.com
E-mail § chungeorambook@daum.net

ISBN 978-89-251-3105-4 04810
ISBN 978-89-251-3103-0 (세트)

浪人天下

2

낭인천하

무림낭객(武林浪客)

백야 新무협 판타지 소설

FANTASTIC ORIENTAL HEROES

도서출판 청람

浪人天下

낭인천하

第一章
죽지만 않으면 언제고
다시 만날 수 있으니까

담우천은 사립문을 열고 안으로 들어갔다. 발자국들은 마당 안에도 있었다. 담우천의 눈빛이 예리하게 빛나기 시작했다. 그의 표정은 냉정하고 무심하게 가라앉았다.

일순 그의 모습이 달라졌다.

그의 전신에서 정체를 알 수 없는 묘한 기운과 긴장감이 검은 그림자처럼 흘러나왔다. 그를 일개 사냥꾼, 나무꾼으로만 알고 있던 아랫마을 사람들이 보았다면 전혀 다른 사람이라고 생각할 정도로, 지금 그의 몸에서는 기묘한 위압감이 줄기줄기 뿜어져 나왔다.

1. 그날

그날따라 담우천의 장작더미는 인기가 좋았다. 지게로 가득했던 장작더미는 순식간에 팔려 나갔고, 아내가 부탁한 옷감과 아이들 선물까지 사고도 담우천의 손에는 은자 한 냥이 남았다.

잠시 고민하던 담우천은 오래간만에 주루를 찾아가 술을 마셨다. 싸구려 백건아였지만 그는 꿀물처럼 달게 마셨다. 그렇게 백건아 한 병과 만두 한 접시를 비우고도 아직 은자 반 냥하고도 열두 푼의 동전이 남았다.

기분 좋게 마신 담우천은 즐거운 마음으로 아내에게 줄 선물을 샀다. 보름달처럼 둥근 빗. 그 빗으로 삼단 같은 머릿결을 빚을 아내를 떠올리며 그는 텅 빈 지게를 지고 산을 올랐다.

서산 너머 하늘이 붉게 달아오르고 있었다. 어영부영 장터에서 늦장을 부리기는 했지만 워낙 일찍 장작을 팔아 해치운 까닭에 해가 떨어지기 전에 집으로 돌아갈 수 있을 것이다. 그리고 지금쯤 그의 아내는 아이들을 씻기고 저녁 식사 준비를 하고 있을 것이다.

산기슭 한 자락에 스무 평 남짓한 공터가 있었고 그곳에 조그만 모옥 한 채가 덩그러니 지어져 있었다. 담우천의 집이었다. 그와 그의 아내와 두 아이가 함께 살아가는 보금자리였다.

무성한 나뭇가지 사이로 공터가 보일 무렵, 담우천은 발길을 재촉하며 소리쳤다.

"나 왔소!"

기운차게 외치던 담우천의 얼굴이 일순 딱딱하게 굳어졌다.

어딘지 느낌이 달랐다.

어제 새벽 나절, 일찌감치 집을 나설 때와는 사뭇 달라진, 왠지 불쾌하면서 기분 나쁜 느낌이었다, 그 가슴 서늘한 느낌은 그의 집을 둘러싸고 있는 불순한 적막감에서 비롯되고 있었다.

담우천은 걸음을 늦췄다. 숲을 지나 공터로 나온 그는 제자리에 멈춰 섰다. 그리고 천천히 집 주위를 둘러보았다. 변한 건 없었다. 이미 십 년 가까이 살아온 집이었다. 눈감고도 훤히 내다보이는 정경이었다.

하지만 역시 뭔가 달랐다. 느낌만 그런 게 아니라 확실히 평소와는 뭔가 달랐다.

그렇군.

담우천의 눈빛이 깊게 가라앉았다.

이맘때면 늘 볼 수 있었던, 지금도 당연히 보여야 하는, 굴뚝 위로 모락모락 피어올라야 할 연기가 보이지 않는 것이다.

즉, 사람 사는 집이라면, 그리고 식사 때가 되었다면 보여야 할 밥 짓는 연기가 없었다. 그게 묘한 위화감을 불러일으키고 있었다.

담우천은 지게를 내려놓았다. 그리고 지게 질 때 쓰는 지팡이를 검처럼 쥐며 조심스레 앞으로 걸어 나갔다. 쥐 죽은 듯이 사위가 조용한 가운데, 무성한 이파리 흔드는 바람 소리만이 을씨년스럽게 불어왔다.

모옥을 둘러친 싸릿대 앞에 다다른 담우천의 눈빛이 차갑게 반짝였다.

희미한 발자국.

언뜻 보아서는 쉽게 알아차릴 수 없을 정도로 희미하게 찍힌 발자국들이 그의 눈에 들어왔다. 한눈에도 사내의 것으로 보이는 발자국들, 그 사이사이에 여인의 조그만 발자국이 어지럽게 찍혀져 있었다.

담우천은 사립문을 열고 안으로 들어갔다. 발자국들은 마당 안에도 있었다. 담우천의 눈빛이 예리하게 빛나기 시작했다. 그의 표정은 냉정하고 무심하게 가라앉았다.

일순 그의 모습이 달라졌다.

그의 전신에서 정체를 알 수 없는 묘한 기운과 긴장감이 검은 그림자처럼 흘러나왔다. 그를 일개 사냥꾼, 나무꾼으로만 알고 있던 아랫마을 사람들이 보았다면 전혀 다른 사람이라고 생각할 정도로, 지금 그의 몸에서는 기묘한 위압감이 줄기줄기 뿜어져 나왔다.

담우천은 몸을 낮게 숙였다. 그는 신중하고 노련한 눈빛으로 집안 곳곳을 훑었다. 대충 무슨 일이 벌어졌는지 알 것 같았다.

'최소한 다섯 명 이상의 낯선 사내가 집안에 들어왔다. 아내는 그들과 실랑이를 벌이다가……'

어디에고 피를 흘린 흔적은 없었다. 심하게 반항한 것 같지도 않았다. 죽음의 냄새 따위도 없었다.

한동안 집안 주위를 둘러보던 담우천은 이윽고 천천히 허리를 폈다. 동시에 그의 전신을 에워싸고 있던 긴장감과 불길한 초조함이 사라졌다.

'납치당했군.'

그는 그나마 다행이라고 조그맣게 중얼거렸다.

죽지만 않으면 언제고 다시 만날 수 있으니까.

담우천은 생각을 단순하게 정리했다. 누가, 왜, 그녀를 납치했는가 하는 이유는 중요하지 않았다. 어쨌든 그녀는 납치를 당한 상태였고 이제 그녀를 찾으면 해결되는 문제였다.

그때였다.

환청처럼 들려오는 가느다란 울음소리가 그의 신경을 자극했다. 일순 담우천의 표정이 딱딱하게 굳어졌다. 아내를 생각하느라 잊고 있었던, 또 다른 존재들이 떠올랐던 것이다.

그는 소리가 들려온 곳으로 황급히 움직이며 소리쳤다.

"아호, 아창!"

아이들은 작은 방의 침상 밑에 숨어 있었다.

이제 겨우 여덟 살 배기인 큰아들 담호가 동생 담창의 입을 막고 울먹이고 있다가 담우천을 보자마자 참고 있던 울음을 터뜨렸다. 담우천은 가만히 아이들을 끌어안고 다독거렸다.

시간이 흐르고 울음은 잦아들었다. 담우천은 익숙하지 않은, 부드러운 목소리로 아이들을 달래며 물었다. 도대체 무슨 일이 벌어진 것인지 정확하게 듣고 싶었다.

담호가 울먹이면서 대답했다. 울음 반 흐느낌 반의 목소리라 쉽게 알아들을 수가 없었다.

담우천은 한숨을 내쉬었다. 비록 제 자식들이기는 하지만 역시 아이들은 쉽게 좋아지지 않았다.

그는 자신의 아내를 사랑했다. 아이들은 그 사랑의 부산물이었다. 사실 담우천은 아이를 원치 않았다. 아이를 원한 건 그의 아내였다.

아내는 누구보다도 아이들을 좋아했다. 그녀는 보다 많은 아이를 갖기 원했다. 그녀를 사랑하기에 그녀의 모든 말을 들어주고 따랐던 담우천이 유일하게 반대한 게 바로 그 대목이었고, 그로 인해 그와 아내는 꽤 오랫동안 다투어야만 했다.

"지금 세상은 비열한 자들만이 살아갈 수 있는 더러운 곳이야. 나는 내 자식들이 비열해지기를 원치 않고, 더러운 곳에서 살아가는 것도 바라지 않아."

담우천은 그렇게 아내를 설득했다. 그의 아내는 언제나처럼 조용히 웃으며 말했다.

"아직 세상은 살아갈 만하다구요. 게다가 비열한 사람들만 존재하는 것도 아니구요. 설마 당신이나 내가 비열한 사람이라고 생각하는 건 아니겠죠?"

담우천은 절반만 동의했다.

"물론 당신은 아니지. 난 확실히 비열한 편이지만."

"그렇지 않아요."

그의 아내는 담우천의 손을 부드럽게 잡으며 소곤거렸다.

"당신은 절대로 비열한 사람이 아니에요. 그리고 우리 자식들 또한 당신을 닮아서 결코 비열해지지 않을 거예요."

결국 담우천은 그녀의 고집을 꺾을 수 없었다. 첫째 아이는 그렇게 태어났다.

　담우천은 노력했다. 그와 또 그가 사랑하는 여인의 자식이었다. 그런 아이이니만큼 많은 애정을 주고자 노력했다. 둘째 아이를 낳고 담우천은 후회했다. 그는 역시 자신의 생각이 옳았음을 깨달았다.

　"나는 아이들과 맞지 않아."

　그의 말에 아내는 서글픈 표정을 지으며 물었다.

　"왜 그렇게 아이들을 싫어하는데요?"

　담우천은 고집스러운 표정을 지으며 대답했다.

　"그냥."

　"그냥이라니요?"

　"어떤 이유가 있어서 내가 당신을 사랑하는 게 아니듯, 마찬가지로 특별한 이유가 있어서 아이들이 싫은 게 아니라는 거야. 물론 내 자식들이니만큼 다른 것들보다는 소중하지. 하지만 당신처럼 목숨마저 줄 정도로 사랑하지는 않아."

　"정말 당신은……."

　그의 아내는 어처구니없어 했다.

　서로를 알게 된 후로 다른 모든 것에 대한 의견 차이가 없던 그들이었다. 하지만 아이들에 대한 호오의 감정은 극렬하게 갈렸다. 자식을 위해서 모든 걸 희생할 수 있다는 게 그녀라면, 담우천은 그녀를 위해 모든 걸 희생할 수 있다는 쪽이었다.

지금도 그러했다.

담우천은 자신의 품에 안겨서 울고 있는 두 아이를 내려다 보면서, 문득 납치당한 쪽이 그녀가 아니라 이 녀석들이라 면… 하는 불순하고도 패악적인 생각을 저도 모르게 떠올렸 던 것이다.

2. 문제는 아이들이었다

"세상에나……."

예예는 질렸다는 얼굴로 담우천을 쳐다보며 말했다.

"정말 아빠 맞아요? 세상에 어느 아빠가 그런 생각을 할 수 가 있어요?"

"허 참."

저귀도 목이 타는지 찻잔을 단숨에 비웠다. 비록 자식은 없 지만 부자지간의 정이라는 게 어떤 것인지는 익히 알고 있었 다. 그 또한 아버지의, 무뚝뚝하지만 그 무엇보다도 짙고 깊 은 애정을 받으며 자라왔으니까.

그러나 담우천은 여전히 무심한 얼굴이었다.

"내게는 세 가지 중한 것이 있다."

그는 빈 찻잔을 들여다보며 말했다.

"그중에 으뜸은 내 자신을 수련하는 것이고 두 번째는 내 아내다. 그리고 마지막 세 번째가 바로 내 자식들이야. 내 나

름대로는 자식들에게 애정을 주고 귀하게 생각한다는 말이
지."

"우선순위가 틀렸잖아요?"

예예가 반문했다.

"아내와 자식 중 누가 더 소중하고 귀하냐 하는 건 차치하
고서라도 자신을 수련하는 것보다 아내나 자식이 중요하지
않다는 건 정말이지……."

그녀는 말을 하다가 말고 한숨을 내쉬었다. 담우천은 조용
한 어조로 말했다.

"물론 지금에 와서는 조금 달라졌어."

예예가 기대하는 얼굴로 그를 쳐다보았다.

"첫 번째는 아내가 되고 두 번째가 수련 정도? 확실히 어느
게 더 중요하다고 딱 가늠할 수는 없지만… 대충 그런 정도로
마음이 바뀌었지."

예예는 어이가 없다는 표정을 지으며 물었다.

"그럼 아이들은요?"

"역시 세 번째야."

"말도 안 돼."

예예는 고개를 내저으며 말했다.

"그 무엇보다 무공을 사랑하고 당신의 세력과 수하들을 아
끼는 제 아버지조차 최우선 순위로 아끼는 건 저라구요. 그런
데……."

"하나만 묻자."

담우천의 말에 예예가 입을 다물었다. 담우천은 그녀를 똑바로 바라보며 말했다.

"만약 북해빙궁이 존망의 위기에 처했다고 하자. 평생 쌓아왔던 모든 것이 무너지고 네 아버지를 따르는 수많은 수하의 목숨이 사라질 위기에 봉착했을 때, 만약 네 목숨으로 그위기를 탈출할 수 있는 기회가 있다면 과연 네 아버지는 어떤 선택을 할까?"

"그야……."

단숨에 대답하려던 예예는 저도 모르게 표정이 흔들리면서 입을 다물었다. 생각보다 쉽게 대답할 수가 없었던 것이다.

"그런 게다."

담우천은 차분하게 말했다.

"단지 사람들이 겉으로 표현을 하지 않아서 그렇지 내심 저 깊은 곳에 숨겨진 우선순위는 저마다 다를 수가 있는 법이다. 어떤 이들은 자신의 욕망과 욕구를, 또 어떤 이들은 나라와 백성들을, 또 어떤 이들은 자신이 평생 일궈온 가업을 그 무엇보다 중요하게 생각할 수도 있다는 게다."

예예는 입술을 깨문 채 그의 이야기를 들었다.

"물론 겉으로야 그렇게 말하지는 않겠지. 하지만 결단의 순간이 왔을 때, 과연 어떤 선택을 하게 될까 하는 물음에 있어서는 그 누구도 쉽게 대답할 수가 없는 것이지. 나는 그 문제에 보다 솔직할 뿐이고."

예예는 반론을 펼치지 못했다.

그의 말에도 일리가 있었다. 단지 지나치게 정직하고 솔직하다는 게 문제가 될 수는 없는 거다. 물론 그렇다고 해서 저 담우천이라는 자의 우선순위에 수긍을 할 수는 없었지만.

"그래서 어찌 되었나?"

저귀가 끼어들었다.

"아이들은 왜 그곳에 있었지?"

담우천은 그를 힐끗 보고는 다시 이야기를 이어 나갔다.

*   *   *

"아창과 이 방에서 놀고 있었는데 밖에서 시끄러운 소리가 났어요."

오랫동안, 한 살배기 동생을 껴안은 채 침상 밑에 숨어 있었던 담호는 그렇게 말했다.

"엄마가 숨어 있으라고 했어요. 소리 내면 절대 안 된다고 해서 아창의 입을 막고 있었어요. 그러다가 나도 모르게 잠들었는데… 일어나도 엄마가 오지 않았어요. 엄마가 나오라고 할 때까지 절대로 나오지 말라고 했거든요."

담우천은 한숨을 내쉬었다. 담호를 통해 알아낼 수 있는 정보가 극히 적었던 까닭이다.

"언제쯤 시끄러운 소리가 들렸니?"

"낮에요. 막 점심을 먹은 후였어요."

어제? 아니면 오늘?

하지만 담호는 자신이 침상 밑에서 얼마나 오랫동안 숨어 있었는지 알지 못했다.

잠시 생각하던 담우천은 아들의 어깨를 두드려 주고는 자리에서 일어났다. 담호의 눈에 불안한 기색이 실렸다.

"어디 가세요?"

"잠깐 여기 있어라."

"아, 아빠."

"곧 올 테니 동생이랑 기다리고 있으렴."

담우천은 부드럽게 말했다.

담호는 여전히 불안한 눈빛으로 제 아비를 쳐다보았다. 담우천이 방을 나서려 하자 담창이 울면서 그의 바짓가랑이를 부여잡았다. 담우천은 아이의 손을 떼어내며 말했다.

"형이랑 함께 있어라. 곧 돌아오마."

한 살배기 담창이 발버둥을 치며 울었다.

워낙 고집이 세고 삐치기 잘하는 녀석이었다. 한번 울음보가 터지면 반 시진가량 지치지도 않고 우는 바람에 아내도 꽤 곤혹스러워했다.

"정말이지 고집 센 건 당신이랑 똑같아요."

그녀는 웃으며 말했고, 담우천은 고개를 저었다.

"나는 저렇게 엉뚱한 일에까지 때를 쓰지는 않아."

아내조차 두 손 든 담창의 떼를 그가 꺾을 수는 없었다. 잠시 난처한 기색을 짓던 담우천은 품 안을 뒤져 팔랑개비 두 개를 꺼냈다. 아내가 아이들을 위해 사달라고 부탁했던 장난감이었다.

오색의 팔랑개비는 네 가닥으로 나뉜 날개가 돌면 삐익! 하고 호각 소리가 났다. 담우천은 입으로 바람을 불어 팔랑개비의 날개를 돌렸고, 그것은 마구잡이로 울부짖던 담창의 이목을 끄는 데 성공했다.

"이것 가지고 동생이랑 놀고 있으려무나. 내 곧 돌아올 테니."

담우천은 두 아이에게 팔랑개비를 나눠주며 큰아들에게 말했다. 팔랑개비를 받아 쥔 담창의, 눈물이 마르지 않은 얼굴에 웃음꽃이 피었다.

"부와 부아!"

그는 무슨 말인지 알아들을 수 없는 소리를 외치며 방 안을 뛰어다녔다.

그러나 담호는 팔랑개비를 들고 우두커니 선 채 담우천만을 쳐다보고 있었다. 그 눈빛이 부담스러웠다. 담우천은 헛기침을 하며 방을 빠져나왔다.

서산 하늘에는 짙은 노을이 깔렸다. 주위가 어둑어둑해지고 있었다.

담우천은 마당에 흔적을 남긴 발자국을 따라 서둘러 움직였다. 그의 아내가 납치당한 흔적은 공터로 이어졌고 그것은 다시 숲속으로 뻗어 있었다. 그는 곧장 숲으로 뛰어들었다.

사람이 지나간 자리에는 흔적이 남는 법이다.

아무리 조심한다 하더라도 혹은 아무리 기척을 숨기는 데 능하다 할지라도 어쩔 수 없는 흔적이 생긴다. 사실 그것들은 보통 사람들이라면 무심코 지나칠 법한, 전문 추적꾼—무림에서는 길잡이라고 부르기도 하는 자들—이 아니고서는 인식하기도 힘든 미세한 흔적들이기도 했다.

용변이나 침식(寢食)의 흔적이라면 대환영이겠지만, 그런 건 도망자들 역시 주의하는 법이었다. 길잡이들에게 있어서 가장 쓸모있는 흔적은 발자국, 그리고 부러지거나 흩어진 수풀들이었다.

잘 훈련되고 노련한 길잡이라면 그것만으로도 도망자들이 움직인 방향과 숫자, 언제쯤 지나갔는지, 심지어는 그들의 나이와 성별까지 알 수가 있었다. 아주 운이 좋으면 도망자들의 정체나 신분까지 그런 흔적만으로도 읽어낼 수가 있었다. 그런 까닭에 노회한 도망자들은 신발을 거꾸로 신는다거나 발자국을 밟고 이동하는 등, 나름대로 도주술을 발휘하기도 한다.

반면 지금 담우천이 뒤쫓고 있는 자들은 도망자가 아니라 납치범들이었다. 그들은 한 여인을 납치했고, 서둘러 이곳을 벗어나려 했다.

숲속에는 온갖 흔적들이 남아 있어서 그들의 행적을 고스란히 보여주고 있었다. 그중에서도 아무렇게나 짓밟힌 수풀과 부러진 나뭇가지들은, 그들이 지나간 방향과 시간을 알아내는 데 가장 좋은 단서가 되었다.

밟혀서 쓰러진 풀이 누운 방향은 곧 그들이 향하는 행로였고, 부러진 나뭇가지에서 흘러나온 수액(樹液)의 마른 정도에서 담우천은 납치범들이 그 자리를 지나간 시간을 알아낼 수 있었다.

"서남쪽, 하루하고 한나절이 지났겠군."

담우천은 중얼거리며 몸을 일으켜 세웠다. 그의 눈빛이 다급하게 흔들렸다.

하루하고 한나절이라면 상당히 긴 시간이었다.

이미 그들은 산 아래로 내려갔을 것이다. 일반적으로 길잡이가 한 시진의 시간차를 따라잡는 데 보통 한 나절이 걸리는 점을 감안한다면, 최대한 빨리 뒤쫓는다 하더라도 사나흘 동안은 그들과 조우할 수 없을 것이다.

만약 산 아래에 놈들의 조력자가 있어서 미리 말이나 마차를 준비했다면 그들의 도주는 더욱 빠를 것이고, 그만큼 놈들과 마주치게 되기까지는 더욱 오랜 시간이 걸릴 것이다. 최소한 닷새, 그것도 최소한도로 잡아서 걸리는 시간이었다.

　문제는 아이들이었다.

　'빌어먹을!'

　담우천은 입술을 깨물었다.

　차마 아이들을 놔두고 놈들의 뒤를 쫓을 수는 없었다. 왕복 열흘 이상 소요되는 추격전. 그동안 아이들이 무사할 리가 없었다.

　자신들의 능력으로는 불과 사나흘도 제대로 살아가기 힘든 담호와 담창이었다. 만일 담우천이 그들을 놔두고 사라진다면 아이들은 공포와 두려움에 떨면서 그가 돌아오기만을 기다리다가, 결국 서로 껴안은 채 죽음을 맞이하게 될 것이다.

　아무리 아내가 소중하다 하더라도 그렇게까지 할 수는 없었다. 어쩔 수 없는, 자신의 의지와는 전혀 다르게 행동해야 한다는 아비 된 책임감이 스스로를 분노케 만들었다.

　"제기랄!"

　담우천은 버럭 고함을 내질렀다. 화를 참지 못한 그는 불끈 쥔 주먹으로 곁의 나무를 후려 갈겼다.

　철퇴로 내려친 듯 쿵! 하는 소리가 요란하게 울리더니 그의 주먹에 얻어맞은 아름드리나무가 우지끈하며 부러졌다. 무성한 나뭇잎들이 그 충격을 견디지 못한 채 춤을 추며 사방으로 떨어져 내렸다.

잠시 후, 담우천은 다시 몸을 돌려 집으로 향했다.

3. 기다리는 아이

담우천이 돌아올 때까지 담호는 팔랑개비를 쥔 채 우두커니 서서 초조한 얼굴로 사립문을 바라보고 있었다. 담창이야 팔랑개비를 가지고 '우우우!' 하면서 여기저기 돌아다녔지만, 담호는 그럴 수가 없었다.

여기서 꼼짝하지 말고 기다리렴. 곧 돌아올 테니까.

엄마도 그렇게 말했다.

담호는 그 말을 믿고 저 좁고 어두운 침상 밑에서 동생 담창과 함께 하루가 넘게 기다렸다.

담창이 배고파서 울음을 터뜨리려 했을 때, 담호는 용기를 내서 침상 밑을 빠져나와 부엌으로 기어갔다. 그리고 식은 찐 감자 몇 개를 가지고 돌아와 담창에게 먹였다. 그동안 담호는 밖의 상황을 살펴보고 싶었지만 엄두가 나지 않았다.

"엄마가 곧 돌아올 거야, 그러니까 두려워하지 마. 우리는 이곳에서 꼼짝하지 않고 기다리기만 하면 돼."

담호는 자신에게, 그리고 동생에게 그렇게 소곤거리며 격려했다. 담창은 식어버린 감자를 먹는 데 정신이 팔려 있었다. 담호는 어린 동생의 머리를 쓰다듬으며 엄마가 돌아오기만을 기다렸다.

하지만 엄마는 결국 돌아오지 않았다. 반드시 돌아올 거라고 했지만 돌아오지 않은 것이다. 어쩌면 아빠도 그럴 수 있었다.

이제 기다리는 건 싫어.

담호는 눈물이 그렁그렁한 채 사립문을 바라보았다. 해가 진 후 주변의 모든 풍광이 어둠에 잠기게 되자 담호는 저도 모르기 울기 시작했다.

그때였다, 아빠가 돌아온 것은.

담우천이 말했다:

"약속하자, 앞으로 울지 않겠다고."

담호는 고개를 푹 숙인 채 살짝 끄덕였다. 담우천은 자신의 다리에 매달리는 담호를 향해 말했다.

"약속이란 그 무엇보다 중요한 거란다. 아빠는 지금껏 단 한 번도 약속을 어긴 적이 없지. 이제 너도 울지 않겠다고 약속했으니 절대로 울면 안 된다. 알겠느냐?"

담호는 다시 고개를 끄덕였다. 담우천은 한숨을 내쉬다가 말했다.

"들어가자. 배고프겠구나."

담우천은 밥을 짓기 시작했다. 솥에 불을 지피면서 그는 곰곰이 생각했다.

어차피 오늘 내로 이곳을 떠날 수는 없었다. 아이들의 문제를 해결해야 했다. 그 방법은 두 가지였다. 이곳에 남겨두거나, 혹은 데리고 길을 떠나거나. 물론 해답은 한 가지였다.

아이들을 이곳에 남겨둘 생각이었다면 애당초 돌아오지 않았을 것이다. 외진 이곳에 아이들만 두고 길을 떠날 정도로 무정한 그는 아니었으니까.

물론 그렇다고 해서 아이들과 함께 놈들의 뒤를 쫓을 정도로 어리석은 그도 아니었다. 어쨌든 아이들을 안전하게 맡아줄 곳을 찾아야 했다.

하지만 군불을 때우고 밥을 짓고 상을 차릴 때까지 고민해 보았지만 아이들을 맡겨둘 만큼 친한 사람이 없었다. 애당초 사람들과 부대끼기 싫어서 이곳 외지고 깊숙한 산속으로 들어온 그가 아니었던가.

담우천은 밥을 푸면서 입술을 깨물었다. 이럴 줄 알았다면 아랫마을 사람들과 좀 더 친해둘 걸, 하는 아쉬움이 들었다.

아이들은 코를 박고 밥을 먹었다. 상 위에는 먹다 남은 소채와 밥뿐이었다. 하지만 생일이나 명정이 아니면 구경할 수 없는 하얀 쌀밥이 모락모락 김을 내고 있었다.

담창은 밥풀이 코에 묻은 것도 모르고 연신 손가락으로 밥을 쥐어 먹었다. 담호마저 그 탐스러운 새하얀 쌀밥에 정신을 차리지 못한 채, 쉴 새 없이 쌀밥을 입에 퍼 넣었다.

그런 아이들을 보면서 담우천은 잘 결정했다고 생각했다. 남아 있는 쌀들을 아낄 이유는 없었다. 당분간 이곳에서 밥을 짓지 않을 테니까.

아이들이 밥을 먹는 동안 담우천은 천천히 자리에서 일어나 안방으로 향했다. 앞이 보이지 않는 어둠 속에서 음울한 적막이 웅크리고 있었다.

담우천은 침상으로 걸어갔다. 침상 밑에는 관처럼 생긴 궤짝이 있었다. 그는 궤짝을 끌어낸 다음 등불을 켰다. 붉은 불꽃이 꽃처럼 피어났다. 담우천은 침상에 걸터앉은 채 잠시 궤짝을 지켜보았다.

거무튀튀한 궤짝은 먼지로 잔뜩 뒤덮여 있었다. 침상 밑에서 꽤 오랫동안 잠들어 있었던 모양이었다.

"십여 년 만인가."

담우천은 그렇게 중얼거리며 조심스레 뚜껑을 열었다. 먼지가 안개처럼 피어올랐다.

궤짝 안에는 기묘한 물건들로 가득 차 있었다. 기름종이로 겹겹이 싸둔 두 개의 크고 작은 검이야 그렇다 치더라도, 토시처럼 생긴 물건과 장난감처럼 조그만 활, 역시 장난감처럼 귀엽게 만들어진 화살들. 그리고 단정하게 접어둔 검은색의 무복. 그 외에도 쓰임새를 좀처럼 파악할 수 없는 물품들이 꽤 여러 개 들어 있었다.

담우천은 우선 검들을 차례로 꺼내 기름종이를 벗기고 날을 살펴보았다.

큰 검은 넉 자 두 푼 길이의 평범하게 생긴 모양으로, 저잣

거리에서 은자 한 냥이면 몇 개나 살 수 있어 보이는 허름한 검이었다. 작은 검은 약 두 자가량의 길이로 비수치고는 크고 일반적으로 사용하기에는 꽤나 작아 보이는 그런 검이었다.

꽤 오랜 시간 동안 궤짝에서 잠들어 있던 검들이었지만 그날은 아직도 예리하게 느껴졌다. 등불에 반사된 검날이 달빛처럼 파르스름하게 빛나고 있었다.

날에 이상이 없음을 확인한 담우천은 검들을 침상 위에 올려두고는 다시 허리를 굽혔다.

그는 가죽으로 만든 토시를 꺼내 들고 팔목에 찼다. 모양새는 매나 독수리를 기르는 사냥꾼들이 팔를 보호하기 위해 끼는 토시와 비슷해 보였다. 그러나 겉 표면에 가죽을 덧대어 만든 십여 개의 구멍이 나 있는 걸로 보아, 아마도 수리검이나 조그만 암기들을 꽂을 수 있게 만든 무투(武套)인 듯했다.

이후 그는 몇 가지 조그만 재료들을 품에 넣은 다음 검은 무복을 꺼내 침상 위에 펼쳤다. 그 옷을 바라보는 담우천의 얼굴에 애잔한 감상의 빛이 천천히 스며들었다.

아내 자하(紫霞)로 인해 벗었던 옷이었다.

병기들과 함께 궤짝에 옷을 처박아두면서 담우천은 두 번다시 보거나 입을 일이 없을 거라고 생각했다. 하지만 옷은 다시 꺼내졌고 이제 입어야만 했다. 그것 역시 자하 때문이었다.

담우천은 옷을 갈아입었다. 십여 년 전에 입었던 옷이지만 지금도 몸에 맞춘 듯 딱 맞았다. 그동안 몸이 불거나 살이 빠지지 않은 것이다.

기이하게도 옷은 꽤 오랫동안 궤짝 안에 묵혀 있었지만 좀이 슬거나 삭은 곳이 한 군데도 보이지 않았다. 어쩌면 당연한 일일 수도 있었다. 그 검은 무복은 담우천이 평소 목숨처럼 아끼던 세 가지 보물 중의 하나였으니까.

입지 않은 듯 가벼우면서도 한없이 질긴 잠사(蠶絲)로 만든 그 무복의 명칭은 천잠묵갑(天蠶墨鉀)이었다. 전설의 천잠사로 만든 검은 갑옷이라는 뜻이다. 그 무복 덕분에 담우천은 과거 여러 차례 목숨을 구한 적이 있었다.

그는 천잠묵갑을 입은 채로 침상에 드러누웠다. 눈을 감고 있자니 과거 어느 한 자락의 기억이 생생하게 떠올랐다.

그때도 그는 이렇게 옷을 입은 채 누워 있었다. 아마도 도저히 죽일 수 없다고 생각했던 자를 해치운 후였을 것이다.

그는 당시 움직일 수가 없을 정도로 지쳐 있었고, 또한 아무것도 할 수 없는 무력감에 휩싸인 상태였다. 조금만 쉬자고, 체력이 돌아올 때까지 잠시만 누워 있자고 그는 스스로에게 말했다.

그러나 그는 곧 억지로 몸을 일으켜 앉았다. 당시만 하더라도 편한 휴식은 치명적인 독과 같다고 여기던 담우천이었다. 그래서 그는 휴식을 취하는 대신 몸을 일으켜 움직였다.

그럴 수밖에 없었다.

그는 누구보다도 치열한 삶을 살아왔고 또 생존을 위해 그 누구보다도 치열하게 싸워 왔으니까.

한가하다라거나 혹은 휴식이라는 단어는 그와 어울리지 않았다. 그러나 그건 이미 십여 년 전의 일이었다. 그때의 담우천은 이제 어디에고 없었다.

지금의 담우천은 나무꾼이었고 사냥꾼이었으며 한 여인의 남편이자 두 아이의 아버지였다. 새삼 예전의 무복을 입고 병장기를 매만진다 하더라도 그 시절의 담우천으로 되돌아갈 수는 없었다. 무려 십 년이 넘는 기나긴 세월이 거대한 벽이 되어 그의 앞으로 가로막고 있었다.

어쨌든 담우천은 자리에 누운 채 차후 해야 할 일들을 정리하고 계획했다. 그러나 선택의 폭은 너무나도 좁았다. 아무리 고민하고 이것저것 생각해 보아도 지금 그가 할 수 있는 일은 오직 한 가지뿐이었다.

두 아이와 함께 아내를 찾으러 나서는 것.

담우천은 어느새 습관이 된 듯 한숨을 길게 내쉬며 자리에서 일어났다.

밥상에는 깨끗하게 비워진 밥그릇만 남아 있었다. 그리고 옆에는 아무렇게나 누워서 잠든 두 아이가 있었다. 볼에, 입 근처에 밥풀을 묻힌 채 아이들은 곤히 잠든 상태였다.

담우천은 아이들을 침상으로 옮겼다. 큰 아이 담호의 얼굴에는 눈물자국이 말라붙어 있었다. 담창은 새근새근 코를 골며 자고 있었다.

담우천은 아이들을 가지런히 누이고는 이불을 덮어주었다. 담창이 몸을 뒤척이며 이불을 걷어찼다. 아이들의 특성이다, 답답한 건 견디지 못하는.

담우천은 몇 번 더 이불을 챙겨주려다가 포기하고는 방을 나왔다. 은은한 달빛이 사위를 교교하게 내리비추고 있었다. 마당으로 나온 그는 잠시 무언가를 생각하다가 집 뒤쪽의 헛간으로 향했다. 아이들과 함께 길을 떠나기 위해서는 꼭 필요한 게 있었던 것이다.

4. 방송과 조긴

"그게 이 광주리?"

저귀는 담창이 잠들어 있는 광주리를 내려다보며 물었다. 담우천은 고개를 끄덕였다.

저귀는 다시 한 번 광주리를 바라보았다. 겉으로 보기에는 평범했지만, 나무로 바닥을 평평하게 만들고 그 위에 부드러운 요와 가죽을 깔아서 한 살배기 아이가 그 안에서 편히 자고 쉴 수 있도록 개조한 광주리였다.

또 나무 바닥과 원래 광주리 사이의 공간에는 양젖을 담는 통이라는든 기저귀로 쓸 만한 베라는지 하는 것들을 담아놓을 수도 있게 만들어져 있었다.

"그렇다면 왜 아주머니를 납치했는지는 아직도 모르시겠네요?"

예예의 질문에 담우천은 고개를 끄덕이며 술잔을 집었다. 이야기 도중 저귀가 가져온 술병은 벌써 바닥이 나 있었다.

"한 병 더 가져오지. 아, 이야기 값이야."

하면서 저귀가 일어났다.

예예는 턱을 괸 채 잠시 생각에 잠겼다가 담우천이 담호를 안고 자리에서 일어나자 벌떡 일어나며 말했다.

"아창은 내가 데리고 갈게요."

담우천은 고개를 끄덕이고는 그녀와 함께 아이들을 이 층 객방으로 옮겼다. 담호가 잠투정을 하면서 뭔가 중얼거렸다. 엄마, 라고 말하는 것처럼 들은 예예가 저도 모르게 눈시울을 붉혔다.

그들이 다시 일 층으로 내려왔을 때, 저귀는 술 두 병과 뜨겁게 데운 꿩국을 탁자 위에 놓고 있었다.

"오늘 같은 날은 취하도록 마셔야지."

저귀가 술을 따르며 말했다. 담우천이 다른 술병으로 그에게 술을 따르려고 하자 저귀는 손을 저었다.

"난 다른 사람이 따라주는 술은 마시지 않네."

예예가 호기심 어린 눈빛으로 그를 쳐다보았다. 하지만 담우천은 무표정하게 술병을 내려놓으며 중얼거렸다.

"누구에게나 사정은 있게 마련이니까."

저귀는 꽤 오래간만에 많은 술을 마셨다.

그의 술버릇은 매우 독특했다. 남이 따라주는 술은 마시지 않는다던가, 한 잔의 술을 대여섯 차례 나눠서 마신다던가 하는 술버릇은 꽤 보기 힘든 경우에 속했다.

저귀가 마지막 술잔을 비웠다. 이미 술자리는 파한 후였다. 담우천과 예예는 이 층으로 자러간 지 반 시진이 넘었다. 그 후로 저귀는 홀로 자리를 지키며 남은 술을 모두 마신 것이다.

겨울바람은 매섭게 휘몰아치고 있었다. 우우웅! 울리는 소리가 귀신의 호곡성처럼 들려왔다. 저귀는 탁자를 치우고 그릇들을 주방으로 가지고 갔다.

그때였다.

조그만 인기척이 들려왔다. 이 층에서 누군가 살금살금 내려오는 소리였다. 저귀는 주방 밖으로 살짝 고개를 내밀었다. 담호였다.

일 층으로 내려온 소년은 객잔 문을 열려다가 세차게 들이닥치는 바람에 놀란 듯 황급히 문을 닫았다. 그리고는 난감한 듯 잠시 고민하는 얼굴을 지었다. 저귀는 소년이 하는 양을 가만히 지켜보았다.

"조용히 하면 되겠지."

소년은 어깨를 으쓱거리고는 문가 앞에서 자세를 잡더니

곧바로 권법 연습을 하기 시작했다. 언젠가 혁자룡 앞에서 보여주었던 용무팔권이라는 권법이었다.

저귀는 팔짱을 끼고 소년의 수련 장면을 지켜보았다. 소년은 땀을 뻘뻘 흘리면서 용무팔권의 투로를 십여 차례 계속해서 펼쳐 나갔다. 그리고는 갑자기 몸을 숙였다가 앞으로 뛰어오르며 두 무릎을 번갈아 내지르는 초식을 펼쳤다. 혁자룡이 가르쳐 주었던 비연투추의 수법이었다.

반 시진 가까이 홀로 연습하던 담호는 소매로 이마의 땀을 닦으며 헉헉거렸다. 그때, 누군가 그에게 수건을 건네며 말했다.

"이걸로 땀을 닦아라."

담호는 깜짝 놀라 고개를 들었다. 어느 새 가까이 다가온 저귀가 무뚝뚝한 표정을 지은 채 우뚝 서 있었다. 담호는 놀란 눈으로 그를 쳐다보다가 황급히 고개를 숙이며 사과했다.

"미안해요. 저 때문에 잠을 깼다면……."

"아니다. 너 때문에 깬 게 아니라 아직 잠자리에 들지도 않았다."

저귀는 손을 내밀었다. 담호는 망설이다가 고맙다는 인사를 하면서 수건을 받아 얼굴을 닦았다. 저귀는 목덜미를 긁적거리다가 불쑥 말을 건넸다.

"아버지에게 배운 거냐?"

"아뇨."

소년은 고개를 저었다.

"엄마에게 배웠어요."

"호오. 네 엄마도 무공을 할 줄 아니?"

"그건 잘 몰라요. 엄마가 무공을 펼치는 건 한 번도 보지 못했거든요."

"그렇구나."

저귀는 고개를 끄덕이다가 의아한 듯 물었다.

"아버지가 가르쳐 준 건 없느냐?"

"네."

담호는 살짝 입술을 깨물었다.

저귀는 궁금했지만 따로 묻지 않았다. 누구에게나 속사정은 있는 법이다.

대신 그는 엉뚱한 소리를 늘어놓기 시작했다.

"무공에 있어서 가장 중요하고 기본적인 게 무엇인지 아느냐?"

담호는 고개를 저었다. 무공의 요결이나 무언(武諺) 등에 대해서 따로 배우거나 들은 적이 없기 때문이었다.

저귀는 의자를 끌어다가 앉으며 말했다.

"무공의 기본은 중심과 균형이란다."

담호는 눈빛을 빛내며 그의 이야기에 귀를 기울였다.

"어떤 상황에서도 중심을 잘 잡고 균형을 잃지 않으면 그야말로 무공의 고수라고 할 수 있단다. 그만큼 중심과 균형은 중요한 것이지."

저귀는 그렇게 말하고는 담호에게 다시 한 번 용무팔권을 펼쳐 보라고 말했다. 담호는 자세를 잡고 처음부터 끝까지 열심히 투로를 따라 몸을 움직였다.

북해빙궁을 오가는 동안에도 소년은 매일처럼 용무팔권과 비연투추를 수련했다. 그래서였는지 예전 혁자룡이 보았을 때보다 훨씬 더 안정되고 능숙하게 움직였다.

"좋은 자세다. 따로 배우지 않았음에도 불구하고 균형과 중심이 제대로 잡혀 있다."

저귀는 고개를 끄덕이며 말했다.

"하지만 너무 힘이 들어가 있다. 주먹을 내지를 때나 발을 뻗을 때, 불필요한 힘이 가득 차 있어서 속도가 느리고 정확성이 떨어지는구나. 가끔은 힘을 뺄 줄도 알아야 한다. 그걸 방송(放松)이라고 하지."

말을 마친 저귀는 갑자기 소년을 향해 손을 뻗었다. 그들은 약 다섯 자 정도의 거리를 두고 떨어져 있었는데 놀랍게도 저귀의 손이 소년의 이마를 살짝 훑고 지나가는 것이다. 소년은 깜짝 놀라 황급히 뒤로 물러났다. 저귀는 어느새 손을 거둔 채 여전히 의자에 앉아 있었다.

"힘을 뺀다는 건 이런 거다."

소년은 이해가 가지 않았다.

저귀의 팔 길이는 아무리 길게 잡아도 넉 자가 되지 않았다. 그런데 어떻게 자신의 마를 스칠 수 있었을까. 또 그게 힘을 뺀다는 것과 무슨 상관이라는 말인가.

소년의 표정을 본 저귀는 자리에서 일어나 그에게 가까이 다가섰다. 소년이 팔을 뻗으면 닿을 듯 말 듯한 거리였다.

"있는 힘껏 주먹을 내질러 보렴."

저귀의 말에 담호는 망설이다가 힘껏 주먹을 내질렀다. 그의 앙증맞은 주먹이 저귀의 두툼한 뱃살에 닿을 듯한 거리에서 멈췄다. 딱 그 정도 거리였던 것이다.

"그럼 이번에는 가볍게 내질러 보렴. 음, 채찍처럼 손목과 팔꿈치를 후려치는 게다. 이렇게 말이다."

저귀가 시범을 보였다. 담호는 그대로 따라했다. 팡! 하는 소리와 함께 저귀의 뱃살이 출렁거렸다. 놀랍게도, 조금 전에는 닿을 듯 말 듯했던 주먹이 지금은 정확하게 저귀의 배를 후려친 것이다.

저귀의 배를 때린 담호의 눈이 휘둥그레졌다. 저귀는 그 모습이 귀여웠던지 가늘게 눈을 뜨며 웃었다.

"그렇지. 그렇게 힘을 뺀 채 가볍게 후려치면 어깨와 팔이 원활하게 움직이면서 보다 빠르고 멀리 가격할 수가 있단다. 그게 방송의 원리지."

저귀는 다시 말했다.

"하지만 게서 끝나면 안 된다. 불필요한 힘을 빼고 가격하되, 상대를 정확하게 맞추는 그 순간에는 조긴(抓緊)해야 하는 게다. 순간적으로 힘을 집중해야 한다는 뜻이지, 이렇게 말이다."

저귀는 다시 한 번 주먹을 내뻗었다.

나비처럼 벌처럼 빠르고 날렵하게 허공을 후려치던 그의 주먹이 어느 한 순간 바위처럼 단단하게 허공을 끊어 쳤다. 일순, 펑! 하는 소리와 함께 주변 공기가 뒤흔들렸다. 그 주먹에 한번 맞으면 뼈와 살이 박살 날 것만 같은 강렬함이 느껴지는 일격이었다.

저귀는 솥뚜껑만 한 주먹을 거두며 말했다.

"이게 방송과 조긴이라는 게다. 무공의 기본이 중심과 균형이라면 권각의 기초가 바로 방송과 조긴이지. 이 두 가지를 잊지 않고 늘 명심하여 수련한다면 훨씬 더 좋은 성과를 얻을 것이다."

담호는 눈을 동그랗게 뜨고 그의 말을 듣다가 얼른 두 손을 모으며 허리를 숙였다.

"가르침, 감사합니다."

마치 사부를 배알하는 제자의 모습과도 같았다. 저귀는 민망했던지 목덜미를 긁적이다가 불쑥 입을 열었다.

"그런 인사를 받았으니 이왕 시작한 거 제대로 해야겠구나. 이리 와서 앉아 보거라."

第二章
유주의 새벽은 밤보다 아름답다

내게 고향 떠날 때부터 지닌 칼이 있어
칼등으로 구름을 자른다네.
양양 땅의 말 탄 나그네가 말하네.
그때는 걷잡을 수 없이 의기가 피어올랐지.
아침의 칼날이 깨끗한 걸 싫어했고
저녁의 칼날이 차가운 것을 못 견뎌했었어.
칼로 사람들을 베는 건 능했지만
칼날 빛에 자신을 비추는 건 몰랐다네.

1. 주마인(走馬引)

담호는 그의 곁으로 다가가 자리에 앉았다. 저귀는 팔짱을 끼며 말했다.

"나는 말이다, 그리 대단한 건 아니지만 할아버지를 통해 집안 대대로 전해져 내려오는 무공을 배웠단다. 내 선친은 무공에 뜻이 없었고 또 무골(武骨)도 아니셨거든. 할아버지께서는 내 생김새나 체격이 중조할아버지와 똑같다면서 천생 무골이라고 하셨지."

저귀는 어린 꼬마에게 자신의 옛이야기를 하는 게 매우 쑥스러운 듯 연신 헛기침을 하고 있었다.

"하지만 나 역시 무공에는 그리 흥미가 없었고 또 할아버지께서 워낙 일찍 돌아가시는 바람에 제대로 배운 건 두어 가지에 불과하단다."

담호는 눈을 반짝이며 그의 말을 들었다.

"비록 유주 일대에서 내 주먹을 당해낼 자가 없기는 하지만 그렇다고 해서 내가 익힌 무공이 최고라고는 생각하지 않는다. 그러나 한 가지, 심법(心法)만큼은 꽤 훌륭하다고 생각하지. 적어도 그걸 익히고 나서는 단 한 번도 병에 걸리거나 추위를 탄 적이 없으니까."

나름대로 농담이라고 한 말이었는데 담호의 표정은 여전히 진지했다.

어린아이라 농담을 알아듣지 못하는 거야.

저귀는 머쓱한 얼굴로 헛기침을 하며 말을 이어 나갔다.

"나는 아직 혼인을 하지 않았거니와 물론 자식도 없다. 우리 집안 대대로 내려오던 무공과 심법은 이대로 내 대(代)에서 절전(絶傳)될 가능성이 농후하지. 뭐, 아쉬울 것도 없기는 하지만……. 어쨌든 이렇게 사장될 거라면 누군가 익히고 수련해서 그 진전(眞傳)을 이어받는 것도 나쁘지 않다는 생각이 드는구나."

담호는 저귀의 말을 반 정도 알아듣지 못했다. 소년이 이해하기에는 너무나도 어려운 단어들이 쏟아진 까닭이었다. 하지만 그래도 지금 저귀가 무슨 이야기를 하려고 하는지 알 수 있었다.

'날 제자로 받아들이겠다는 거야.'

담호는 자리에서 벌떡 일어났다. 그리고는 사부를 모시듯 구배지례(九拜之禮)를 하려 했다.

하지만 저귀의 손이 빨랐다. 그는 두 손으로 담호를 잡고 자리에 앉혔다. 담호가 의아하다는 얼굴로 그를 쳐다보았다. 저귀는 헛기침을 하며 말했다.

"사부 운운하기에는 낯부끄러운 일이니까, 그냥 내가 가르쳐 주는 대로 익히기만 하거라. 훗날 네가 장성하면 네 자식에게 물려줘도 좋고 아니면 지금 너와 나처럼 인연이 닿는 자에게 전해줘도 좋으니까."

담호는 저귀의 심정을 이해할 수 없었다. 궁금한 것들이 산더미처럼 많았다. 그러나 이것저것 물을 상황이 아니라는 건 담호로 직감하고 있었다.

"알겠어요. 그렇게 할게요."

담호는 약속했다.

"약속은 목숨을 걸고 지켜야 하는 거니까, 제 말을 믿으셔도 돼요."

저귀는 자신도 모르게 미소를 띠다가 이내 정색하며 헛기침을 했다. 그리고는 심법의 구결을 읊기 시작했다. 담호는 진지하게 귀를 기울였다.

하지만 소년은 곧 난감한 듯 울상이 되었다. 구결이 너무나도 난해하고 심오했던 까닭이었다. 구결 읊기를 마친 저귀가 다독거리듯 말했다.

"우선은 외워두는 게야. 무조건 외운 후에, 한 구절 한 구절씩 뜻을 음미하고 이해하려고 노력해라. 내 할아버지 말씀에 따르자면 이 심법의 구결은 백독백해(百讀百解)라 하여 읽는 자의 해석에 따라서 그 내용이 서로 달라진다. 즉, 각자 깨달음에 따라 전혀 다른 무공이 된다는 게야. 그러니 내가 도와줄 수 있는 건 아무것도 없단다."

저귀는 담호가 외울 때까지 천천히, 그리고 정확하게 몇 번이고 구결을 읊었다.

담호는 눈을 감은 채 그 구결들을 머릿속에 각인시키고자 노력했다. 소년의 머리가 뛰어난 건지 아니면 저귀의 가르침이 훌륭했던 덕분인지 채 스무 번도 읊기 전에 소년은 그 구결들을 모두 외웠다.

저귀는 놀랍다는 듯이 말했다.

"내가 외울 때는 무려 이틀이 걸렸단다."

담호는 자랑스럽게 말했다.

"엄마가 늘 똑똑하다고 말씀하셨어요."

하지만 소년의 얼굴은 곧바로 어두워졌다. 납치당한 엄마 생각이 떠오른 모양이었다.

저귀가 얼른 말했다.

"매일 아침, 그리고 저녁마다 정좌를 하고서 그 구결들을 외우거라. 눈을 감은 채 네 단전(丹田)에 정신을 집중하여 외우다 보면 어느 순간 발아(發芽)하는 무언가가 있을 것이다. 구결은 물과 같고 거름과 같은 게야. 너무 많이 줘도, 너무 적게 줘도 그 씨앗은 죽고 말지. 늘 조심해서 돌보도록 해라."

담호가 활짝 웃으며 물었다.

"마치 아창 돌보듯이요?"

"그래. 네 동생 돌보듯이 말이다."

저귀는 고개를 끄덕이며 말했다.

"그 씨앗이 점점 자라나 한 그루 나무가 되면… 그때는 네 인생에서 가장 빛나는 순간을 맞이할 수 있을 것이야. 비록 나는……."

문득 저귀의 목소리가 흐려졌다. 잊고 있었던 청춘의 한 자락이 떠올랐던 것이다. 그는 서둘러 머리를 흔들며 말했다.

"그럼 어디 한번 해보거라. 내가 가르쳐 준 대로 자세를 잡고……."

담호는 곧장 가부좌를 틀고 앉았다. 그리고 저귀가 주의를 준 것처럼 눈을 감고 단전에 집중한 채로 구결을 외우기 시작했다.

그 모습을 가만히 지켜보던 저귀는 문득 고개를 돌렸다. 어느새 날이 밝아오고 있었다.

이런… 꼬박 밤을 새웠구나.

저귀는 자리에서 일어나 기지개를 켰다. 몸이 우두둑거렸다. 그는 담호에게 방해가 되지 않도록 조심조심 밖으로 나갔다.

밤새 내리던 눈은 어느새 그쳐 있었다. 하지만 무릎까지 들어갈 정도로 쌓인 눈이 객잔 주변을 에워싸고 있었다. 사방이 은빛으로 빛나는 고요한 새벽이었다. 유주의 새벽은 그 무엇보다도 아름다웠다.

저귀는 빗자루를 찾아 들고 눈을 치우기 시작했다. 문득 그의 입에서 노랫소리가 낮게 흘러나왔다. 이하의 주마인(走馬引)이라는 노래였다.

　　내게 고향 떠날 때부터 지닌 칼이 있어
　　칼등으로 구름을 자른다네.
　　양양 땅의 말 탄 나그네가 말하네.
　　그때는 걷잡을 수 없이 의기가 피어올랐지.
　　아침의 칼날이 깨끗한 걸 싫어했고
　　저녁의 칼날이 차가운 것을 못 견뎌했었어.
　　칼로 사람들을 베는 건 능했지만
　　칼날 빛에 자신을 비추는 건 몰랐다네.

　　我有辭鄕劍　玉峰堪截雲
　　襄陽走馬客　意氣自生春
　　朝嫌劍花淨　暮嫌劍光冷
　　能持劍向人　不解持照身

2. 녀석이 왔군

"노랫소리가 들리던데."

"아, 들었나?"

저귀는 머쓱한 표정을 지었다. 담우천은 꿩국으로 해장을
하며 말했다.

"꽤 잘 부르시더구려."

저귀는 피식 웃었다.

"소싯적에는 동네에서 귀여움 좀 받았네."

그는 재미없는 농담을 하면서 국수와 만두를 탁자에 올려
놓았다.

여전히 객잔에는 담우천과 예예 일행뿐이었다. 지금이야
이른 아침이라 그렇다 치더라도 어제 하루 종일 다른 손님이
없는 걸 보면 도대체 왜 객잔을 차렸는지 의아할 지경이었다.

"겨울에는 사람이 없어. 다들 집안에 처박히거나 아니면
경계가 느슨해진 걸 타서 유주를 떠나지."

왜들 손님이 없느냐는 예예의 질문에 저귀는 그렇게 말하
면서 담호에게 만두 하나를 더 건넸다. 예예가 입을 삐죽였
다.

"꽤 챙기시네요."

저귀는 하하, 웃으면서 말했다.

"내가 원래 아이들을 좋아하거든."

"잘됐네요."

예예가 좋은 생각이라도 한 듯 눈빛을 반짝이며 말했다.

"그럼 아호, 아창을 아저씨가 맡는 게 어때요? 어차피 손님도 없으니까 바쁘지도 않을 테고. 그동안 담 아저씨는 납치된 아줌마를 찾는 거예요. 딸린 아이들이 없다면 아저씨가 운신하기 훨씬 편할 것 아니겠어요?"

예예의 말에 담우천과 저귀는 동시에 담호를 돌아보았다. 담호는 벌써 울상을 짓고 있었다. 담우천이 한숨을 내쉬었다. 저귀가 무뚝뚝하게 말했다.

"남의 애들이야 좋아하지만 내가 아이들을 돌보는 건 싫거든."

예예는 고개를 끄덕였다. 그녀 또한 담호의 어린 얼굴에 스며든 절망과 불안의 기색을 읽을 수 있었다. 하기야 어린아이에게 있어서 부모가 곁에 없다는 것처럼 절망적인 상황이 또 어디 있겠는가.

"하지만 이 추운 계절에 아이들을 데리고 움직이기 힘들 텐데."

예예는 마치 자신의 일이라도 되는 양 인상을 찌푸리며 중얼거렸다.

마차는 따뜻하지만 안에 아이들만 두는 게 불안했다. 그렇다고 광주리만 메고 다닐 수도 없었다.

"수레는 어떤가?"

저귀가 말했다.

"일전에 자네가 가지고 왔던 수레 말이네. 그거 좀 손보면 아이들과 함께 타고 다닐 수 있을 것 같은데."

건영표국의 짐수레를 말하는 것이다. 표행을 싣고 다니는 수레인 만큼 제법 크고 튼튼해서 조금만 개조한다면 좋은 이 동수단이 될 듯싶었다.

"말이야 자네가 몰고 온 말 두 필이 있으니까 됐고, 바람을 막을 벽과 천장은 마차를 부셔서 만들면 되겠지."

저귀는 어깨를 으쓱거리며 말했다.

"안에 조그만 화로와 가죽, 모포들을 챙겨두면 충분히 견 딜 만할 걸세."

담우천은 잠시 생각하다가 화제를 돌렸다.

"역시 전서구(傳書鳩)를 이용하오?"

저귀가 고개를 저었다.

"아니, 이 매서운 추위의 유주까지 비둘기가 어찌 날아오 겠나? 나는 매를 이용한다네."

"언제쯤 올 것 같소?"

"글쎄. 날이 개였으니 오늘 오후까지는 오겠지."

"그럼 그렇게 합시다. 겨우 한 나절 동안 수레를 고쳐서 사 용할 수 있게 만들 수 있을지는 모르겠지만."

"내가 도와주겠네."

저귀의 말에 예예도 손을 들었다.

"저도 도와드릴게요."

"너는 아이들이랑 놀고 있어."

담우천의 말에 예예는 다시 입을 삐죽였다. 하지만 곧 활짝 웃으며 담호를 향해 말했다.

"넌 좋겠다. 이 어여쁜 누나와 재미있게 놀 수 있으니까."

"괜찮아요, 나는."

담호는 당당하게 말했다.

"그러니까 누나는 아창이랑 놀아주세요. 나는 할 일이 따로 있어요."

담호로부터도 거절당한 예예는 인상을 찡그렸다. 그러나 호기심이 우선이었는지 그녀는 표정을 고치며 물었다.

"할 일이 뭔데?"

담호는 힐끗 저귀를 바라보며 말했다.

"그건 비밀이에요."

저귀가 헛기침을 하며 자리에서 일어났다.

"그럼 나는 가서 연장이나 준비하지."

담우천의 솜씨도 훌륭했지만 저귀의 목공 솜씨는 장인이라 불러도 될 만큼 뛰어났다.

그는 마차의 나무들을 이용하여 짐수레의 양쪽으로 벽을 세우고 지붕을 만들었다. 수레 안쪽으로 마부석을 만든 다음 나무와 가죽 등으로 바람 가리개를 만들어서 바람이 수레 안으로 들어오는 걸 최소한도로 막았다.

또한 수레 뒤쪽 역시 두 겹의 가죽을 휘장처럼 엇갈리게 붙여서 바람이 통하지 않으면서도 쉽게 밖을 내다볼 수 있게 개조했다. 그동안 담우천이 한 일은 거의 없었다.

"대단하군."

담우천은 진심으로 감탄했다. 저귀는 그 대단하다는 의미를 잘못 해석한 듯했다.

"대단하지. 이 정도면 마차와 비교해도 손색이 없을 거야."

저귀는 땀을 닦으며 기분 좋게 수레를 바라보았다. 그 짐수레에 말 두 필까지 연결하자 마치 조그만 마차처럼 보였다. 마부석이 수레 안으로 들어가 있는 게 차이라면 차이점이었다.

"안에 두툼한 모포와 가죽을 깔고 화로를 준비하지. 땔감과 보름치 건량, 아! 양젖도 넉넉하게 준비해 줌세."

저귀의 말에 담우천은 그를 물끄러미 바라보았다. 저귀는 '아' 하며 말했다.

"공짜야. 일전에 천궁팔부의 아가씨로부터 받은 게 넉넉하거든."

"그게 아니라……."

담우천이 조용히 말했다.

"친절이 너무 과하다는 생각이 들어서 말이오."

"그런가?"

"지금껏 봐왔던 당신이 아닌 것만 같소."

"뭐, 사람은 변하니까."

저귀는 어깨를 으쓱거리다가 문득 하늘을 쳐다보았다. 하늘 높이 매 한 마리가 선회하고 있었다. 저귀가 손뼉을 치며 말했다.

"녀석이 왔군."

담우천은 서둘러 객잔으로 들어가는 그를 가만히 바라보았다.

3. 이래서 아이들이 싫다니까

"좋지 않은데."

중얼거리는 저귀의 표정이 굳어져 있었다. 담우천은 그가 들고 있는 쪽지를 낚아챘다. 쪽지에는 좁쌀 같은 글씨로 단 두 글자만이 적혀 있었다.

단고(丹羔).

"단고?"

담우천이 고개를 갸웃거리며 저귀를 돌아보았다. 담창과

놀던 예예가 기웃거리자 저귀는 담우천의 팔을 이끌고 한쪽 구석으로 갔다. 그는 덩치에 어울리지 않게 조그만 목소리로 소곤거렸다.

"붉은 단은 여자를 뜻하네. 고는 어린 양. 자네 두 발 달린 양이라고 들어봤나?"

담우천은 고개를 끄덕이며 말했다.

"사람을 다른 말로 양각양(兩脚羊)이라고 하지 않소?"

"그래. 대체적으로 사람을 잡아서 식용으로 먹을 때 양각양이라는 단어로 표현하지."

일순 담우천의 얼굴빛이 달라졌다.

"그렇다면 설마?"

"아니, 그건 아니네."

저귀는 고개를 저었다.

"어둠 속 사람들이 여인이나 자네 아들들 같은 어린 꼬마들을 사고파는 걸 두고 단고라고 한다네. 그러니까 자네 아내는 지금 인신매매 조직에게 납치된 게야."

담우천의 표정이 굳어졌다. 저귀는 담우천의 눈치를 살피며 말을 이었다.

"인신매매라는 게… 특히 여자의 경우라면……."

"상관없소."

담우천은 그가 무슨 이야기를 하려고 하는지 잘 안다는 표정을 지으며 말했다.

"살아 있기만 하면 되오."

여자를 인신매매하는 경우 대부분 그녀의 육체를 필요로 하기 때문이다. 즉, 사창가나 기루, 혹은 개인의 은밀한 욕구를 배설하기 위한 도구로 사용하려는 의미. 일반적인 사내라면 도저히 참을 수 없고 견딜 수 없는 분노와 더불어 깊은 좌절까지 느낄 수 있는 상황이었다.

그러나 담우천은 설령 자신의 아내가 이미 그런 도구가 되었다 하더라도 아무런 상관이 없었다. 살아 있기만 한다면 그것으로 족했다.

그건 가식이 아니었다. 담우천은 육체의 성결함보다는 정신의 순수함을 중시하는 인물이었다.

저귀가 머쓱한 표정을 짓고 있었다. 담우천은 곧 화제를 돌려 물었다.

"백삼적매(白衫赤梅), 그들은 어떤 조직이오?"

"모르네."

저귀는 한숨을 쉬었다.

"어둠 속에서 은밀하게 움직이는 자들이네. 하오문이나 혹도와는 궤를 달리하는 자들이지. 그들의 역사는 꽤나 깊어서 혹자는 백 년이 넘었다고 하고 또 어떤 자들은 수백 년이나 되었다고도 하지. 하지만 지금까지 그들에 대한 정확한 정보가 없는 걸 보면… 그들의 행사가 얼마나 은밀한지 충분히 알 수 있는 대목이네. 결국 그들에 대한 정보를 알기 위해서는 역시 흑개방이나 황계를 이용할 수밖에 없네."

저귀는 담우천을 바라보며 사과했다.

"미안하네. 내 능력으로는 이 정도밖에 할 수가 없네."

"아니오, 넘치도록 도움을 받았소."

"만약 자네가 흑개방을 찾을 생각이라면 내 한 사람을 소개해 줌세. 하지만 그들에게서 정보를 얻어내려면 꽤 많은 돈이 필요할 걸세."

강호에는 정보를 사고파는 여러 조직이 있었다. 개방이 그러하고 황계가 또 그중 하나였다. 그리고 정보를 사고파는 조직 중에서 가장 악랄하고 지저분하면서 또한 정확한 정보를 파는 곳으로 유명한 곳이 바로 흑개방이었다.

흑개방은 조직의 명칭부터가 그러했다. 굳이 그들이 명문정파로 널리 알려진 구파일방 중의 한 곳인 개방을 빗대어 흑개방이라고 칭한 이유는 두 가지였다.

하나는 개방처럼 수많은 정보원이 있다는 점을 강조하기 위해서였고 다른 하나는 개방과는 달리 강호의 뒷이야기나 은밀하고 더러운 정보들만을 골라 취급한다는 의미였다.

그들은 합당한 금액의 돈만 건네면 그 어떤 정보나 심부름도 해주었다. 황실의 은밀한 정보는 물론, 신주오대세가의 무공 복사본까지 구할 수 있는 곳이 바로 흑개방이었다. 심지어 그곳에서 살인청부까지 받는다고 주장하는 사람들이 있기도 했다.

"만약 흑개방으로부터 단고에 대한 정보를 얻으려면 그 정보료로 최소한 은자 천 냥은 필요할 걸세."

담우천은 입술을 깨물었다.

은자 천 냥이라면 동전으로 백만 문(文)에 해당된다. 길거리 좌판 국수 한 그릇에 동전 다섯 닢이면 꽤 비싼 축에 속하는데 그런 국수를 무려 이십만 그릇, 하루에 세 그릇씩 먹어도 백 년은 족히 먹을 수 있는 금액이 바로 은자 천 냥이다 (註: 이 글에서는 글의 편의를 위해서 동전 열 문(닢)을 동전 한 냥, 동전 백 냥을 은자 한 냥, 은자 스무 냥을 금 한 냥의 가치로 표기합니다. 또한 이 글의 화폐 가치는 당시 중국의 그것과 사뭇 다를 수 있으며, 또한 경제 규모와도 많이 다르게 설정하고 있습니다).

지금 당장 동전 한 닢이 아쉬운 그에게 천 냥이라니, 그건 흑개방을 찾아가지 말라는 뜻과 같았다. 하지만 담우천은 침착하게 말했다.

"소개해 주시면 감사하겠소."

저귀는 계산대로 향했다. 그리고 계산대 뒤쪽의 마지막 서랍 속에서 철전(鐵錢) 하나를 꺼내 들고 되돌아왔다. 그는 철전을 담우천에게 건네며 말했다.

"북경부의 백양로(白楊路) 뒷골목에 가면 홍도루(紅桃樓)라는 술집이 있네. 거기 지배인이 곽가(郭家)라고 하는데 예전에 내가 도움을 준 적이 있네. 이 철전을 가지고 가면 도와줄 걸세."

"알겠소."

담우천은 담담한 어조로 말하며 철전을 받아 쥐었다. 일반적으로 사용하는 동전의 두 배 정도 되는, 증표(證票)나 신물(信物)로 이용하는 물건이었다. 철전의 앞에는 흑(黑)이라는 글씨가 새겨져 있어서 뒷면에는 칼 두 자루가 엇갈리게 양각되어 있었다.

담우천은 철전을 품 안에 넣으며 다시 말했다.

"나 역시 도움을 받았으니 언제고 도움이 필요할 때가 있다면 부르시오. 그 어떤 일이든 도와드리리다. 약속하겠소."

"알겠네. 필요한 일이 있으면 부르지."

저귀가 무뚝뚝하게 말했다.

그들은 겸양이나 공치사 같은 말은 하지 않았다. 고맙다는 말도 하지 않았다. 하지만 그 무뚝뚝함 사이로 정은 강물처럼 넘쳐흐르고 있었다. 하룻밤 사이 그들의 관계는 이미 달라져 있었다.

"그럼 이제 출발하지."

저귀의 말에 담우천이 자리에서 일어났다. 예예도 따라서 일어났다.

"북경부로 가실 거면 저도 같이 가요. 어차피 사천으로 가려면 북경부를 지나야 하니까."

"안 돼."

담우천이 딱 잘라 말했다.

"지금 북해빙궁 사람들이 널 찾느라 유주 일대를 뒤지고 있을 거야. 조금 머리를 굴린다면 북경부에도 사람을 풀었겠지. 그러니 너와 함께 움직이면 또 다시 골치 아픈 일이 벌어지게 된다."

옳은 말이었다. 예예는 입술을 삐죽였지만 담우천의 말에 수긍하는 얼굴이었다.

"뭐, 그렇다면 할 수 없네요."

그녀는 담창을 내려놓으며 소곤거렸다.

"이제 헤어질 시간이네, 꼬마 도련님. 나중에 다시 만나."

담창은 부정확한 발음으로 누나라고 부르며 두 손을 내밀었다. 예예의 눈가가 글썽거렸다.

"아호야!"

담우천이 담호를 불렀다. 문이 열리고 담호가 황급히 뛰어들어왔다. 밖에서 무엇을 했는지는 모르겠지만 그의 얼굴은 시뻘겋게 달아올라 있었고 이마는 흠뻑 땀으로 젖은 상태였다.

"떠날 준비를 하자. 아창을 챙겨라."

담우천의 말에 담호는 머뭇거리다가 아창을 바구니에 넣었다. 그리고는 예예와 저귀를 향해 고개를 숙였다.

"그동안 보살펴 주셔서 고맙습니다."

예예가 그의 머리를 쓰다듬었다.

"인연이 있다면 언제 또 다시 만날 일이 있을 거야. 그때까지 건강하렴. 아버지와 동생 잘 챙기고."

"네, 누나도 더 예뻐지세요."

"어머, 그렇게 깜찍한 말을 하다니."

예예가 웃으며 담호의 뺨을 가볍게 꼬집었다. 그런 두 사람을 바라보던 저귀는 문득 담호의 머리를 향해 손을 내밀다가 다시 뒷짐을 쥐었다. 그리고 헛기침을 하면서 말했다.

"건강해라. 엄마 꼭 찾기를 바란다."

담호는 그를 향해 다시 한 번 허리를 숙였다.

"고마워요, 아저씨."

담우천과 담호, 담창을 태운 수레는 두 필의 말과 함께 유랑객잔을 떠났다. 그리고 얼마 지나지 않아 예예 또한 말을 타고 그곳을 떠났다.

저귀는 계산대에 앉아 사방을 둘러보았다. 언제나처럼 친숙한 적막과 텅 빈 공간.

하지만 지금은 다르게 느껴졌다. 공허함, 외로움, 쓸쓸함이 객잔의 텅 빈 대청에 가득 차 있었다. 마치 시끌벅적하던 명절의 마지막 날, 친척들이 모두 되돌아가고 자신만 홀로 남은 것처럼 가슴 한구석이 왠지 뻥 뚫린 기분이었다.

그렇게 적막한 공간에 혼자 턱을 괸 채 가만히 앉아 있으려니, 어딘가에서 담창이 까르르 웃는 소리가 들리는 듯했다.

예예가 담창과 놀아주며 불렀던 노랫소리도 들렸다. 또 창밖으로는 열심히 수련하는 담호의 모습도 보이는 것 같았다. 저 귀는 고개를 흔들었다.

"이런, 청소나 해야겠군."

저귀는 끄응, 하면서 자리에서 일어났다. 문득 자신이 늙어 가고 있구나, 하는 생각이 그의 뇌리를 스치고 지나갔다. 그 는 저도 모르게 쓰게 웃으며 중얼거렸다.

"이래서 아이들이 싫다니까."

4. 이제 은퇴하실 때가 되셨구나

담우천의 예상은 맞았다.

유랑객잔을 떠난 지 닷새가 되던 날이었다. 그날 저녁 담우 천은 산기슭의 공터에 자리를 잡고 불을 피우며 야숙을 준비 했다. 우연히 근처를 지나던 멧돼지를 잡은 그는 모처럼 솜씨 를 발휘할 생각을 했다.

조그만 솥뚜껑에 멧돼지 비계를 입힌 다음 잘게 썬 고기와 소금, 그리고 몇 가지 양념을 더해 구워냈다. 향긋한 냄새가 주변을 진동시켰다. 그뿐만 아니었다. 조를 갈아낸 가루를 묽 게 부쳐서 얇은 전처럼 만들고 거기에 구워낸 돼지고기들을 싸서 동그랗게 말았다.

조와 돼지고기로 만든 전병(煎餅)은 정말 맛있었다. 담호는 그 뜨거운 전병을 호호 불어가며 네 개나 먹어 치웠다. 담창도 양젖이 담긴 통을 내던지고 자신에게도 전병을 달라고 발버둥을 쳤다.

"그래, 조금 식힌 다음에 주마."

담우천은 그렇게 말하다가 문득 길게 한숨을 내쉬었다. 그리고는 고개를 돌리지도 않은 채 말을 이었다.

"식사 전이면 와서 함께 먹지 않겠소? 제법 많은 양이라 같이 먹어도 상관없을 것이오."

누구에게 하는 말일까.

담호는 주위를 둘러보았다. 수목 우거진 숲에서는 아무런 기척도 들리지 않았다. 하지만 소년은 아버지를 믿었다. 그는 담창을 부둥켜안고 아버지 옆으로 자리를 옮겼다. 담창은 소년의 품에서 벗어나려고 발버둥을 쳤지만 형이 쥐어주는 전병 하나에 이내 희희낙락하며 빨고 무는 일에 정신을 차리지 못했다.

그때였다. 담우천의 등 뒤, 숲속에서 누군가 천천히 걸어 나왔다. 턱수염이 희끗한 초로의 무인이었다. 그 뒤로 백의무복을 걸친 십여 명의 중년인이 차례로 걸어 나와 모닥불 주위를 포위하듯 에워쌌다.

초로의 무인은 곧장 모닥불가로 걸어와 담우천의 맞은편 자리에 털썩 주저앉으며 말했다.

"주인이 청하시니 체면 불구하고 얻어먹겠소. 안 그래도 뜨거운 음식이 그리웠던 참인지라."

그는 방금 구워낸 전병을 집어 들고는 한입에 먹었다. 지그시 눈을 감고 음미하듯 씹던 그는 무릎을 탁 치며 안타깝다는 듯이 말했다.

"이렇게 맛있는 음식에 술이 없다니!"

담우천은 계속해서 전병을 구워내며 말했다.

"아호야. 수레 뒤쪽에 술이 있을 게다. 가지고 오너라."

담호는 담창을 내려놓고 수레로 가서 술을 찾았다. 그리고 한쪽 구석에 몰래 숨겨둔 비수 한 자루를 꺼내 품에 넣었다.

날이 새하얗다 못해 푸르스름한 기운까지 띠고 있는, 한눈에 보기에도 결코 평범해 보이지 않는 그 비수는 냉씨 부인이 소년에게 건네 준 선물이자 유물이었다.

"줄 건 없고 이거나 가지고 있으렴."

북해빙궁의 사람들에게 포위당했을 때, 냉씨 부인은 마차에서 내리기 전에 담호를 향해 그 비수를 건네며 그리 말했다.

"냉혼비(冷魂匕)라는 녀석이야. 내 신표(信標)와 같은 아이지. 그러니 그 비수를 보면서 이 아줌마를 잊지 말아야 한다."

그 말투에서 무언가를 느낀 것일까. 담호는 좀처럼 냉혼비를 받으려 하지 않았다. 냉씨 부인은 부드럽게 웃으며 소년의 머리를 쓰다듬었다.

"건강하고 늘 씩씩해야 한다. 강호무림은 밀림과도 같아서 약할수록 먼저 죽게 된단다. 그러니 강해져야 한다. 이 아줌마가 단언하건대, 너는 네 아빠보다 훨씬 강해져서 어린 동생과 아빠를 보살펴 줄 수 있을 거야."

담호는 왠지 눈물이 날 것 같았지만 억지로 참으며 냉혼비를 받아들였다. 냉씨 부인은 엄마 같은 미소를 지으며 그제야 마차의 문을 열었다.

그녀가 죽기를 각오한 것은 아마 그때일 것이다.

물론 어린 담호야 그런 냉씨부인의 결연한 각오 같은 걸 알리가 없었다. 단지 소년은 그녀의 마지막 선물인 냉혼비로 풀을 베거나 고기를 자를 때 써서는 안 된다는, 막연한 생각을 했을 뿐이었다.

그래서 한쪽에 고이 감춰둔 냉혼비였는데, 무슨 생각인지 담호는 그 비수를 품에 감추고 술병을 찾아 모닥불가로 되돌아왔다. 술병을 본 초로의 무인은 눈을 크게 뜨며 감탄하듯 말했다.

"삼십 년은 족히 되어 보이는 소홍주이구려."

그는 침을 꿀꺽 삼켰다.

담우천은 묵묵히 마개를 벗기고 그릇에 술을 따랐다. 향긋하면서도 깊이 있는 술의 향기가 철철 흘러나왔다. 초로의 무인은 담우천이 자신의 그릇에 술을 따를 때까지 기다린 다음 제 술그릇을 들며 말했다.

"좋은 술, 좋은 안주…… 그리고 형장처럼 좋은 친구를 만났으니 어찌 마시지 않고 배기겠소?"

그는 단숨에 술을 비워내고는 희끗한 수염을 닦아냈다. 담우천은 호들갑스러운 그를 슬쩍 보고는 다시 한 잔을 따라주었다. 초로의 무인은 잔이 차기를 기다리며 입을 열었다.

"나는 왕양천(王陽闡)이오. 이미 짐작하고 있겠지만 북해의 빙궁 사람이오."

담우천은 가타부타 말없이 술병을 내려놓았다. 왕양천이 혼잣말처럼 말했다.

"사실 처음부터 빙궁 사람은 아니었소. 정사대전(正邪大戰) 당시 중상을 입은 나를 구해준 은혜를 갚기 위해서 빙궁에 들어갔으니까. 혹시 들어보셨는지 모르겠소이다. 비차귀도(飛叉鬼刀)라고 말이오. 그때는 그런 별명으로 무림을 종횡했었는데 말이지."

담우천의 눈썹이 살짝 흔들렸다.

비차귀도 왕양천.

한때 강북 낭인의 왕이라는 별명이 붙을 정도로 실력이 강하고 인망이 넓었던 자가 바로 그였다.

낭인 중에서 이른바 절정고수의 경지에 오른, 불과 몇 없는 입지전적인 인물 중의 하나. 휘하에 백여 명의 강하고 충성스러운 낭인을 거느려서 그 어떤 문파도 두려워하지 않았던 패자(覇者)이기도 했다.

하지만 그는 이십여 년 전 발발한 정사대전에 의해, 그 정사대전이 무려 십 년 가까이 지속되는 가운데 수하들을 모두 잃고 자신은 중상을 입은 채 변방 북해로 도주해야만 하는 신세가 되었다. 만약 당시 북해빙궁의 도움이 아니었더라면 그는 이미 십여 년 전에 목숨을 잃었을 것이다.

이후 그는 북해빙궁의 주인인 빙용왕의 절대적인 신임하에 다섯 손가락 안에 드는 직위인 외단주(外團主)가 되어 오늘에 이르렀던 것이다.

"우리 빙궁에는 골칫덩어리 아가씨가 한 분 계시네."

왕양천은 남의 이야기하듯 말을 이어 나갔다.

"하지만 귀엽고 예쁘고 마음씨가 고와서 빙궁 사람 중 아가씨를 싫어하는 사람은 단 한 명도 없지. 그분을 위해서라면 다들 섶을 지고 불에라도 뛰어들 것이야. 나도 그런 멍청이 중 한 명이지만 말이네. 그런 아가씨가 가출을 했으니 빙궁이 발칵 뒤집어진 건 당연하겠지."

왕양천은 벌써 넉 잔째의 술을 비우고 있었다. 담우천은 그의 이야기에 흥미가 없다는 태도로 빈 그릇에 술을 따르고 전병을 구웠다. 꽤 많은 양이었지만, 왕양천이 집어먹는 속도도 만만치 않았던 까닭에 전병은 거의 바닥을 드러내고 있었다.

"사실 궁주께서 무리하기는 하셨지. 열다섯 나이의 아가씨를 예순 넘은 늙은이에게 시집보내려 했으니까 말이네. 아무리 정략적으로 최선이라고는 하지만 당사자인 아가씨의 입장에서 생각하자면 죽기보다 싫은 일일 게야. 그래서 나나 다른 사람들도 아가씨의 가출을 이해하지 못하는 건 아니네. 어쩌면, 속으로는 다들 이 정략적인 혼담이 깨지기를 바라고 있을지도 모르지."

왜 그런 이야기를 구구절절하게 늘어놓는 것일까.

담우천은 그게 외려 더 궁금했다.

"어쨌든 순찰당 친구들이 말하기를 '약속을 목숨처럼 아는 자에게 잠시 아가씨를 맡겼습니다. 사간포에서 아가씨를 모셔올 수 있을 겁니다' 하더군. 하지만 그곳에는 아가씨가 안 계셨네. 어찌된 일인지, 혹시 자네는 알고 있는가?"

여섯 번째 잔을 들면서 왕양천은 담우천을 향해 그렇게 물었다. 담우천은 모닥불에 마른 나뭇가지를 얹으며 담담하게 대답했다.

"그 아가씨, 영악하게도 아이들을 인질로 잡고 협박을 했소이다. 그래서 어쩔 도리가 없었소."

"인질과 협박이라……. 흠, 역시 아가씨다워. 금세 배우신다니까."

왕양천은 흡족하다는 듯이 웃으며 고개를 끄덕였다. 그리고 단번에 술잔을 비운 다음 다시 물었다.

"그렇다면 아가씨가 어디로 갔는지… 자네는 그것도 알고 있는가?"

담우천은 숨길 게 없었다.

"유주 유랑객잔에서 헤어졌소. 그 후 어디로 갔는지는 알 수 없소이다."

"유랑객잔이라면… 뚱보 주인이 있는 그 객잔?"

"그렇소. 가서 물어보면 확인해 줄 것이오."

"아니, 그럴 필요 없네. 나는 자네의 말을 믿으니까."

왕양천은 담우천의 얼굴을 가만히 들여다보며 말했다.

"그런데 말이지. 자네 어딘지 낯이 익어. 혹시 나와 구면인가?"

담우천은 천천히 고개를 저었다.

"나는 일개 사냥꾼에 나무꾼일 뿐이오. 강호의 고수와 일면식이 있을 리가 없소이다."

"이런. 갑자기 자네 말을 믿을 수 없게 만드는군."

"사실이오."

"뭐, 하기야……."

왕양천은 힐끗 담호와 담창을 바라보았다. 담창은 아직까지 전병을 쭉쭉 빨고 있었다. 담호는 그런 담창을 안은 채 왕양천을 노려보듯 쳐다보고 있었다. 왕양천은 고개를 끄덕이며 말했다.

"두 아이를 데리고 다니는 무림인이라는 건 들어본 적이 없으니까."

혼잣말처럼 중얼거리던 왕양천은 문득 무언가 생각이 났는지 담우천을 바라보며 말을 이었다.

　"보아하니 그리 궁금해하지는 않는 것 같네만… 자네가 죽인 조흔과 천궁별부의 호 아가씨는 호위를 붙여서 산동으로 돌려보냈네."

　확실히 담우천은 그들에 대해서 궁금해하지 않았다. 어쩌면 이미 그들에 대한 일을 잊은지도 몰랐다.

　"호 아가씨의 독기와 집념을 보건대 분명 추격대를 조직해서 자네를 뒤쫓을 것이야."

　담우천은 그러거나 말거나, 하는 식으로 여전히 무심한 얼굴이었다. 그게 불만이었는지 왕양천이 다시 말을 덧붙이고 있었다.

　"천궁팔부를 얕잡아보면 안 되네. 그들은 저 태극천맹조차 쉽게 대하지 못하는 산동의 패자라네. 자네가 설령 절정검 조흔을 일 합에 죽였다 하더라도, 개인의 힘은 결코 조직의 무력을 뛰어넘을 수가 없는 법이니까."

　거기까지 말을 끝낸 그는 끄응, 하면서 무릎을 짚으며 일어났다.

　"어쨌든 잘 얻어먹었네. 이걸 무엇으로 보답할까?"

　한동안 잠자코 그의 이야기만 듣고 있던 담우천이 그제야 입을 열었다.

　"집을 나서면 사해(四海)가 친구요. 친구에게 밥과 술을 대접한 것이니 크게 신경 쓰지 마시오."

"좋아. 그렇다면 나 역시 자네를 친구로 대하겠네. 언제고 북해에 놀러오면 거하게 환영해 주겠네."

"멀리 배웅하지 않겠소."

담우천의 담담한 축객령에 왕양천은 빙그레 웃었다. 그리고는 커다란 손으로 담호의 머리를 쓰다듬으려 했다. 담호는 재빨리 몸을 젖히며 그의 손길을 피했다. 왕양천이 의외라는 표정을 지었다. 하지만 그는 곧 껄껄 웃으며 자리를 떴다.

"그럼 다음에 보세. 아무래도 이대로 끝날 인연은 아닌 것 같으니."

그는 손을 흔들며 숲으로 걸어갔다. 모닥불 주위를 에워싸고 있던 백의인들이 유령처럼 자취를 감췄다. 그 한 수만으로도 충분히 알 수 있었다. 이들은 담우천이 북해에서 만났던 백의무사들보다 몇 배는 강한 자들이었다.

왕양천은 숲을 걸으며 뒷짐을 졌다. 곤혹스러운 표정이 그의 얼굴에 스며들었다.

"허어, 이것 참. 다들 한통속이 되었군, 그새."

그는 입맛을 다셨다.

"역시 아가씨라니까. 처음 본 사람들을 자신의 편으로 이끄는 천부적인 재능을 타고 나셨어."

예예의 행방에 대해 입을 다문 건 담우천뿐만이 아니었다. 저 유주 유랑객잔의 저귀도 마찬가지였다.

마차의 흔적을 따라 사간포에서 유주 유랑객잔까지 쫓아오는 건, 왕양천 일행에게 있어서 그리 어려운 일이 아니었다. 그리고 유랑객잔의 저귀에게 은자 스무 냥을 주고 담우천과 예예가 북경부로 향하고 있다는 정보를 산 게 엿새 전의 일이었다.

그런데 알고 보니 저귀도 왕양천을 속인 것이다. 또 지금 담우천도 그를 속이고 있었다. 분명 그들은 예예가 어디로 가는지 잘 알고 있었다. 그런데도 북해빙궁이라는 거대한 변방의 패자를 상대로 거짓말을 하고 있는 것이다. 그게 다 예예의 타고난 친근함 때문이리라.

"못 살겠다니까, 정말."

왕양천은 고개를 휘휘 내저었다. 그때 유령처럼 그 뒤를 따르던 백의인 중 한 명이 가까이 다가와 조심스레 입을 열었다.

"심문을 하면 입을 열지 않을까요?"

"심문?"

왕양천은 걸음을 멈추고 고개를 돌렸다.

"누구를?"

백의인은 망설이다가 대답했다.

"저 담우천이라는 자 말입니다."

"허어, 이것 참."

왕양천은 한숨을 내쉬며 말했다.

"내가 잘못 가르친 건지 아니면 네 성장이 느린 건지 알 수가 없구나."

백의인, 왕양천이 가장 아끼는 제자는 영문을 모르겠다는 표정을 지으면서도 고개를 숙이며 말했다.

"다 속하가 부족한 탓입니다."

"아무것도 모르면서 그렇게 말하지 말아라."

왕양천은 부드럽게 말했다.

"우선 그자를 심문하려면 사로잡아야 하겠지. 그런데 과연 누가 그를 사로잡을 수 있겠느냐?"

백의인이 의아하다는 듯 고개를 쳐들었다. 왕양천은 그의 얼굴을 바라보며 말을 이었다.

"내가 왜 쓸데없는 말만 하다가 일어났겠느냐? 애당초 그를 상대로 제압할 자신이 없었기 때문이다."

"믿을 수 없습니다."

"아니, 사실이다."

왕양천은 뒷짐을 진 채 고개를 돌렸다. 방금 전 자신이 떠나왔던 그 공터 쪽을 바라보면서 그는 말을 이어 나갔다.

"이야기하는 내내 고민하고 생각했다. 나와 너희, 북해십이환(北海十二幻)으로 담우천이라는 자를 생포할 수 있을까 하고 말이다. 결국 자신이 없었다. 이쪽의 희생을 무릅쓰고 그자를 죽이겠다면 그건 가능할지도 모른다. 하지만 죽이지 않고 생포하는 건… 무리라고 생각했기 때문에 자리에서 일어난 게다."

"그렇게……."

백의인은 여전히 믿을 수 없다는 얼굴로 물었다.

"그자가 강합니까? 도대체 천하의 누가 그렇게 강할 수 있답니까?"

"글쎄."

왕양천은 시선을 허공으로 돌렸다. 십여 년 전의 광경이 회색빛 하늘 위로 주마등처럼 펼쳐지기 시작했다. 그는 그 시절을 회상하며 혼잣말처럼 중얼거렸다.

"얼굴이 낯익어. 언젠가 한 번 정도는 본 것 같은 얼굴이야. 어쩌면 그때의 인물일지도 몰라. 적어도 내가 북해로 온 이후에는 만난 적이 없는 자이니까."

"그때의 인물이라면……?"

"그래, 정사대전 당시의 인물. 그때 활약하던 자일 가능성이 크다는 게야."

백의인은 잠시 담우천의 얼굴을 떠올려 보았다.

기껏해야 삼십대 초중반으로 보이는 얼굴. 그렇다면 당시에는 이십대 초중반이었다는 것인데…….

'믿을 수 없다. 외단주께서 뭔가 착각하신 게 분명하다.'

백의인은 고개를 저었다.

정사대전 시절은 겨우 약관의 나이로 맹활약을 펼칠 정도로 간단했던 때가 아니었다. 초절정고수들마저 하룻밤 사이

에 목숨을 잃고 빼앗기는 일이 빈번했던 시절이 바로 그때였
다. 이름 없는 전투에서 겨우 목숨만 부지하고 살아남는 것조
차 행운이라고 여기던 시절이었다.

그런데 전병이나 부치고 앉아 있던 시골 촌부가 그 시절에
활약했던 고수라니.

'사부도 이제……'

백의인은 문득 왕양천을 바라보며 중얼거렸다.

'은퇴하실 때가 되셨구나.'

第三章
북경부 이야기

놀라운 일이 벌어지고 있었다.

느릿하게 움직이는 검이 찻잔의 몸뚱이를 통과하고 있었다. 그
럼에도 불구하고 찻잔은 전혀 움직이지 않았으며 또한 찻물 한 점
흘러내리지 않았다.

이른 바 쾌검이라고 해서 전력을 다해 빠르게 휘두르는 검에 찻
잔이 반 토막이 나는 일은 드물지 않았다. 또 반 토막이 난 찻잔이
나뒹굴지 않고 제 모습 그대로 가만히 서 있는 모습도 아주 가끔은
볼 수 있었다.

그 반 토막이 난 찻잔에 담겨 있던 찻물이 미세한 균열 사이로
새어 나오지 않는 경우는 거의 없었지만, 그렇다고 해서 불가능한
일인 것도 아니었다. 언젠가 무당파의 대장로 중 한 명인 무당검
로(武當劍老)가 장문인의 축수연 때 그런 장관을 펼쳤다는 소문이
나돌기도 했으니까.

1. 홍도루

하늘의 아들이자 이 거대한 대륙의 지배자인 천자(天子)가 사는 곳이 북경부였다.

수천 년 전 주나라 때부터 이미 열국의 왕도로 역사에 등장한 북경부는 계성, 연경, 중경 등의 이름을 거쳐 원나라에 이르러서는 대도(大都)라 명명되었다.

이후 명의 영락제가 북경으로 개칭, 장대한 새 궁전을 조영하고 그 완성과 동시에 정식 수도로 삼았다.

동서로 약 이십여 리, 남북으로 약 십여 리의 직사각형 모습으로 구획된 북경부로 말 두 필이 모는, 마차도 수레도 아닌 기이한 형태의 탈 것이 당도한 건 그해 십일월 초의 어느

날이었다.

"이건 뭐요?"

북문의 경비를 맡은 병사 중 한 명이 그 기이한 탈 것을 보고 물었다. 마차치고는 너무나도 조그맣고 그렇다고 수레라고 하기에는 벽과 지붕까지 있는, 기묘한 모습의 탈 것이니 그들이 궁금해하는 게 당연했다.

담우천은 담담하게 말했다.

"수레요."

"수레? 안에 뭐가 있소?"

"내 아이들이요."

병사들은 서로를 돌아보더니 곧 수레 뒤쪽으로 돌아가 가죽으로 덧댄 휘장을 열었다. 크고 작은 두 아이가 애벌레처럼 모포를 둘둘 만 채 장난을 치다가 낯선 병사를 보고는 활짝 웃었다. 그 귀여운 모습에 병사는 저도 모르게 싱글거리며 손을 흔들어주었다.

"아이들뿐이로군. 통과시켜도 돼."

병사가 휘장을 닫으며 말하자 동료가 타박을 주듯 제지했다.

"요즘 이런저런 일로 시끄러운 것 모르나? 제대로 조사해야지."

"조사할 게 없다니까. 미덥지 않으면 자네가 한번 들여다보게."

그의 말에 동료가 다시 휘장을 걷었다. 그 병사도 곧 아빠 미소를 지으며 휘장을 닫았다.

"그렇군. 확실히 아이들뿐이네. 자네 말대로 통과시켜도 될 것 같군."

담호와 담창 덕분에 그들이 탄 수레는 특별한 검문검색 없이 북문을 통과하여 성내로 들어섰다.

드넓은 대륙에서도 으뜸가는 성시(城市)답게 거리는 넓었고 오가는 행인들로 북새통을 이루었다. 크고 화려한 마차들과 비싸 보이는 말들이 점령한 대로에서, 담우천이 모는 수레는 사람들의 시선을 빼앗기에 충분했다.

"저것 좀 봐."

"마차야, 수레야?"

사람들은 저마다 걸음을 멈추고 호기심 어린 눈빛으로 담우천의 수레를 지켜보았다. 그러거나 말거나 담우천은 대로를 따라 천천히 말을 몰았다.

크고 작은 길을 따라 한참이나 이동한 후 담우천의 수레는 저귀가 알려준 백양로 뒷골목에 도달할 수 있었다. 그곳에도 많은 행인이 오갔는데 다들 걸음을 멈추거나 뒤돌아서서 담우천의 수레를 한 번씩 바라보았다.

홍도루는 찾기 어렵지 않았다. 하지만 담우천은 곧 난색을 지었다.

처음 홍도루라는 이름을 들었을 때부터 떠올렸던 것처럼,

그곳은 일반 술집이 아니라 여인들이 몸과 웃음을 파는 곳이었기 때문이었다. 그런 곳에 아이들을 데리고 들어간다는 게 아무래도 꺼림칙했던 것이다.

"어서 오십… 응?"

길거리에 나와서 호객하던 홍도루의 점소이가 말 두 필이 다가오자 무의식적으로 허리를 숙이며 소리치다가 다시 수레를 보고는 입을 다물었다.

담우천이 수레에서 내렸다. 점소이는 그의 아래위를 훑어보았다. 담우천이 말했다.

"곽가를 찾아왔는데."

"곽가?"

점소이의 말투가 딱딱했다. 담우천은 차분한 어조로 다시 말했다.

"홍도루의 지배인이라고 하던데."

"아, 곽 노야(老爺)?"

"곽 노야라고 불리나? 어쨌든 유주에서 손님이 찾아왔다고 전해주게."

"흠, 무슨 일인데요?"

"자네에게 말할 이유는 없을 것 같은데."

"우리 곽 노야는 바빠서 아무나 만나주지 않소."

점소이는 팔짱을 끼며 말했다. 보아하니 담우천의 행색이 남루한 걸 보고 괜한 트집을 부리는 게 분명했다.

담우천은 잠시 생각하다가 품에서 철전을 꺼내 내밀며 말했다.

"이걸 가져다주면 반드시 만나줄 걸세."

점소이는 철전을 보고는 피식 웃었다.

"그거 제기에 들어가는 철전 아니유? 그걸 가지고 와서 우리 곽 노야를 번거롭게 하려 들다니, 당신 설마 미친 거 아니오?"

담우천은 내심 한숨을 쉬었다.

십여 년 동안 외진 곳에서 생활하다 보니 이런 사소한 말다툼조차 신경에 거슬리고 평정심이 무너지는 것이다. 그 오랜 기간 동안의 수련이 이런 곳에서 흔들리는 걸 보면, 역시 사람은 어쩔 수 없는 감정의 동물이라는 생각이 들기도 했다.

담우천은 두 손가락으로 철전을 쥐고 가볍게 구부렸다. 점소이의 눈이 휘둥그레졌다. 비루한 촌놈인지 알았더니 무인인 것이다, 그것도 제법 두께가 있는 철전을 단숨에 구부릴 정도의 힘을 가진.

"가져다 보여라."

담우천이 다시 손을 내밀었다. 이번에는 감히 팔짱을 끼고 흥! 하며 코웃음을 칠 수가 없었다. 점소이는 두 손으로 반으로 접혀진 철전을 받아 들며 물었다.

"어디에서 오신 누구라고 전할까요?"

담우천은 저도 모르게 쓴웃음을 머금었다. 십여 년이 흘렀

지만 사람 살아가는 세상은 전혀 달라지지 않았다. 역시 힘을
보여야 달라진다. 강자 앞에서는 한없이 비굴해지는 세상인
게다.

그는 무뚝뚝하게 말했다.

"유주의 돼지 귀신이 보낸 사람이라 하면 알 것이다."

2. 전대미문(前代未聞)

곽 노야는 늙은이가 아니었다.

원래 노야는 노인들에 대한 존칭이었지만 이 북경부에서
는 혹은 이 객잔 안에서만큼은 다른 의미로 사용되고 있는 모
양이었다.

사십대 중후반의 삐쩍 마른 중년인. 염소수염에 째진 눈을
하고 있어서 인상이 썩 좋지는 않지만, 그래도 웃을 때는 천
진무구한 모습이 보여서 사람들의 기분을 즐겁게 해주는 묘
한 마력이 있는 자.

곽 노야는 굽어진 철전을 손에 들고서 혀를 찼다.

"하여튼 간에 기본 예의범절이라고는 손톱만큼도 없는 녀
석들이라니까. 내가 겉모습만으로 사람을 평가하지 말라고
누누이 이야기를 해줘도 이 모양이네. 아, 담형을 두고서 하
는 말은 아니네. 사실 담형의 차림새나 끌고 온, 그게 뭐였나?
마차, 수레? 어쨌든 그 볼품없는 녀석도 그렇고… 딱 오해받

기 쉬운 외양이 아닌가?"

곽 노야는 말이 많았다. 하지만 담우천은 묵묵히 그의 말을 듣고 있었다. 어쨌든 부탁하러 온 입장이 아니던가.

"흠, 잊고 있었는데 말이지. 한 십오 년 정도 되었던가? 정사대전이 한창 치열할 때였거든. 그때 돼지 귀신의 도움을 받았고 은혜를 갚는답시고 이걸 남겨두었지. 뭐, 지금 생각하면 나도 꽤 감상적이었단 말이지. 요즘 세상에 누가 은혜를 갚고 또 누가 약속을 지키겠나?"

곽 노야는 비웃는 듯한 눈빛으로 담우천을 바라보았다. 담우천은 여전히 무심한 표정이었다. 곽 노야는 어깨를 으쓱거리며 말을 이어 나갔다.

"하지만 멀리 유주에서 이걸 가지고 왔으니까 어쨌든 약속을 지켜야겠지. 이래 봬도 홍도루의 곽 노야 하면 약속 잘 지키기로 소문난 이름이니까. 그래, 뭘 원하나? 돈? 술? 계집? 말만 하게."

그제야 비로소 담우천은 말할 기회가 생겼다. 그는 천천히 입을 열었다.

"백삼적매, 단고회. 두 가지에 대한 정보를 얻고 싶소."

일순, 유성보다 빠르게 곽 노야의 눈가를 스치고 지나가는 떨림이 있었다. 담우천은 그 흔들림을 놓치지 않고 지켜보았다. 곽 노야는 피식 웃으며 말했다.

"엉뚱한 걸 원하고 있군그래. 이곳 홍도루는 말이네. 술과

먹을 것, 그리고 계집장사를 하는 곳이야. 그리고 나는 주인을 대신하여 이곳을 관리하는 지배인일 뿐이고. 그런데 무슨 정보? 백삼적매, 그리고 뭐? 그런 정보를 왜 내게 얻으려 하는가?"

"저귀가 그렇게 말했으니까."

"흠, 돼지 귀신이 뭔가 오해하거나 착각했나 보군. 나는 그런 거 전혀 모르네."

"그렇소? 진짜 그렇소?"

"물론이야. 조금 전에도 말했지만 나는 이곳 홍도루의 지배인에 불과하다구."

"알겠소."

담우천은 자리에서 일어나며 혼잣말처럼 중얼거렸다.

"생각보다 저귀가 사람 보는 눈이 없군그래."

그 말을 들었는지 곽 노야가 고개를 쳐들며 물었다.

"그게 무슨 뜻이지?"

"말 그대로요. 철전을 건네 주면 반드시 도움을 받을 거라고 말했으니까. 그만큼 당신을 믿었다는 건데……. 알고 보니 당신은 그저 한갓 청루(靑樓)의 지배인에 불과했구려."

"그야 바로 내가 청루의 지배인이니까."

"뭐, 알겠소. 그럼 나는 이만."

담우천은 곧바로 탁자를 벗어났다. 곽 노야가 물끄러미 그 뒷모습을 바라보며 무언가를 생각하다가 불쑥 입을 열었다.

"자네."

담우천의 걸음이 멈춰졌다.

"돈은 좀 있나?"

곽 노야가 물었다.

"내 모습을 보시오. 돈이 있게 생겼나."

"흠……. 은자 이천 냥 정도만 있다면, 뭐, 조그만 정보라도 알아낼 수 있을 것 같은데……. 아쉽군그래."

담우천은 천천히 몸을 돌렸다. 그는 곽 노야의 얼굴을 뚫어지게 바라보았다. 곽 노야는 거만한 표정으로 그 눈빛을 받아내다가 문득 가슴이 서늘해지고 등골이 오싹해져서 절로 진저리를 쳤다.

'뭔 놈의 눈빛이 저렇게 메말라 있담?'

사람의 온기라고는 전혀 느낄 수 없는 사막처럼 메마르고 한없이 차가운 눈빛.

담우천이 입을 열었다.

"몸으로 때우겠소."

"몸으로?"

"무슨 일이든지 하겠다는 말이오, 정보를 얻는 대가로."

"호오, 자네의 몸이 그만한 가치가 있다고 생각하나? 아무리 남색(男色)을 좋아하는 사람들이 많다고는 하지만 그래도 겨우 자네의 얼굴이나 외모로는……."

곽 노야는 피식 웃으며 고개를 설레설레 흔들었다. 담우천은 잠자코 검을 빼 들었다. 곽 노야의 눈이 휘둥그레졌다. 담우천은 천천히 검을 뻗어 탁자 위의 찻잔에 가져가 댔다. 그리고 마치 두부를 베듯 천천히, 느릿하게 검을 움직여 갔다.

"헉!"

곽 노야의 입에서 신음도 외마디 비명도 아닌 소리가 튀어나왔다.

놀라운 일이 벌어지고 있었다.

느릿하게 움직이는 검이 찻잔의 몸뚱이를 통과하고 있었다. 그럼에도 불구하고 찻잔은 전혀 움직이지 않았으며 또한 찻물 한 점 흘러내리지 않았다.

이른 바 쾌검이라고 해서 전력을 다해 빠르게 휘두르는 검에 찻잔이 반 토막이 나는 일은 드물지 않았다. 또 반 토막이 난 찻잔이 나뒹굴지 않고 제 모습 그대로 가만히 서 있는 모습도 아주 가끔은 볼 수 있었다.

그 반 토막이 난 찻잔에 담겨 있던 찻물이 미세한 균열 사이로 새어 나오지 않는 경우는 거의 없었지만, 그렇다고 해서 불가능한 일인 것도 아니었다. 언젠가 무당파의 대장로 중 한 명인 무당검로(武當劍老)가 장문인의 축수연 때 그런 장관을 펼쳤다는 소문이 나돌기도 했으니까.

하지만 이렇게, 느릿하게 검을 휘둘러서 찻잔을 둘로 가르고 그 갈라진 찻잔이 여전히 균형을 이룬 채 서 있으며 그 갈라진 틈에서 한 방울의 찻물조차 새어 나오지 않는 경우는,

곽 노야에게 있어서 전대미문(前代未聞)의 일인 것이다.

그나마 이곳이 지배인의 개인집무실이었기에 망정이지, 만약 객청에서 이런 일이 벌어졌다면 사람들의 이목을 집중시키고 남았을 게 분명했다.

담우천이 이미 검을 거둬들였음에도 불구하고 곽 노야는 여전히 눈만 끔벅인 채 찻잔을 바라보았다. 그는 도저히 믿을 수가 없었는지 손을 뻗어 찻잔을 잡았다. 찻잔은 대번에 반으로 갈라졌고 찻물이 한꺼번에 새어 나왔.

그제야 곽 노야는 담우천을 돌아보았다. 청산유수처럼 말을 잘하기로 소문난 그가 더듬거리며 물었다.

"자, 자네… 누구신가?"

담우천은 담담하게 말했다.

"담우천이라고 하지 않았소?"

＊　　　＊　　　＊

"놀라운 실력을 지니고 있군. 하지만 아쉽게도 우리는 자네처럼 강한 호위무사가 필요 없다네. 기껏해야 술주정뱅이나 걸식꾼들을 상대하는 일이니 조금 인상 좀 쓸 줄 알고 힘만 있으면 되네. 또 그 일로 은자 이천 냥의 거액을 마련하기도 힘들고."

곽 노야는 객잔 입구까지 따라 나와서 연신 미안하다고 했다. 또 이대로 보내기에는 저귀 볼 낯도 없다면서 담우천과 아이들이 하룻밤 묵을 숙소도 알아봐 줬다. 담우천의 형편으로는 쉽게 얻을 수 없는, 별채(別寨)가 딸린 고급 객잔이었다.

곽 노야는 그 별채 중 안쪽 깊숙한 곳의 별채를 얻어주었다. 그리고 하룻밤 식대까지 직접 낸 후 그는 담우천에게 말했다.

"겉만 보고 사람을 판단하는 것처럼 어리석은 일이 없다고 했지? 마찬가지야. 한 번 만나본 걸로 그 사람에 대해 모든 걸 알게 되었다는 식의 태도 또한 어리석기 짝이 없는 일이네. 어쨌든 내가 할 수 있는 일은 다 했네. 그럼 편히 쉬게."

곽 노야는 손을 흔들며 별채 밖으로 걸어갔다. 담우천은 그를 지켜보다가 몸을 돌렸다.

담창은 오래간만의 침상에서 폴짝폴짝 뛰고 있었다. 담호는 수레 안의 짐들을 풀어 헤치는 중이었다. 가죽이나 담요, 이불 등 오랫동안 빨지 않아서 냄새가 나는 것들을 한쪽으로 챙기고 있었다.

'천 냥 정도 필요할 거라는 저귀의 말보다 배나 비싸군. 그동안 정보료가 오른 걸까.'

담우천은 객청에 앉아서 차를 마시며 수중의 돈이 얼마인지 생각해 보았다.

그동안 쓴 걸 제외하고 혁자룡에게 받은 선금과 마차, 말을 판 대가로 저귀가 준 은자를 합쳐서 은자 열한 냥 정도가 남아 있었다.

무일푼에서 이천 냥의 은자를 쥐게 되는 방법에는 여러 가지가 있겠지만, 그 열한 냥으로 이천 냥의 은자를 만드는 방법은 오직 하나였다.

그는 차를 다 마신 후 자리에서 일어났다.

눈치를 보고 있던 담호가 쪼르르 달려왔다. 소년은 밖으로 나가려는 담우천을 붙잡으며 물었다.

"어디 가세요?"

"볼 일이 있다. 식비는 미리 계산해 뒀으니까 때 되면 객잔 대청에 가서 이것저것 주문해서 마음껏 먹어라. 그리고 점소이에게 부탁해서 뜨거운 물을 받아 아창과 함께 목욕한 후 자거라. 아빠는 늦을지도 모르니까."

담호는 망설이다가 힘들게 물었다.

"돌아올 거죠?"

담우천은 아들의 머리를 쓰다듬었다.

"그런 걱정은 이제 하지 않아도 되지 않느냐?"

담호는 모처럼 활짝 웃었다. 자신의 머리를 쓰다듬는 아버지의 손길이 그 어느 때보다도 부드럽고 다정하게 느껴졌기 때문이었다. 그는 힘차게 말했다.

"네. 알겠어요. 이제 걱정 안 할게요."

"그래, 동생 잘 보고 있어라."

담우천은 몸을 돌리다가 문득 생각났다는 듯이 돌아보며

말을 이었다.

"모든 힘은 다리에서 나오는 법이다. 어제 보니 아직 허벅지와 장딴지가 제대로 여물지 않았더군. 별 볼일 없는 권각술을 연습할 시간에 차라리 마보(馬步)를 서는 게 더 효율적일 게다."

말을 끝낸 담우천은 괜한 말을 한 것 같은 후회가 들었다. 그래서였다, 담호의 대답도 기다리지 않고 서둘러 별채를 빠져나간 것은.

담호의 볼이 빨갛게 상기되었다. 처음으로 아버지가 그의 무술 수련에 대해 조언을 해준 것이다. 그는 고개를 끄덕이며 중얼거렸다.

"그래, 엄마도 그랬잖아. 뭐든 기초가 중요한 법이라고. 좋아. 앞으로는 마보만 서겠어."

그는 단단히 결심한 듯 입술을 깨물고는 곧 마보 자세를 취하려고 했다. 하지만 그의 뜻대로 되지는 않았다. 침상에서 뛰놀다가 떨어졌는지 담창의 우는 소리가 쩌렁쩌렁 울려 퍼졌던 것이다.

소년은 한숨을 쉬며 별채 안으로 뛰어 들어갔다.

"바보! 그러니까 조심하라구 했잖아!"

3. 팔복도방(八福賭房)

가뜩이나 짧은 해가 뉘엿뉘엿 지고 있었지만 거리는 사람들로 붐볐다.

이곳이 성도임을 말해주듯 분주하게 짐수레가 오갔고 수많은 마차와 말이 따그닥 소리를 내며 길 한복판을 지나갔다. 화려한 옷을 입은 남녀들로 북적이는 가운데 담우천은 번화가를 벗어났다.

번화가 뒷골목도 사람이 붐비기는 마찬가지였다. 아니, 온갖 등불과 호객꾼, 짐꾼과 장사치, 행인들이 한데 뒤섞여서 외려 대로변보다 훨씬 복잡하고 와시글거렸다.

담우천은 그 혼잡한 길을 따라 한참을 걸었다. 이윽고 그가 찾던 곳이 보였다.

방금 지나쳐 온 골목과는 달리 조금은 음습하고 어두운, 그래서 왠지 가슴 두근거리는 두려운 기분까지 느끼게 하는 골목이었다. 그 골목 양쪽으로 십여 개의 크고 작은 도방(賭房)들이 나란히 서 있었다.

원래 한 골목에 같은 업종의 가게들이 늘어서 있으면 일반적인 생각과는 달리, 번화한 거리 한복판에 홀로 자리 잡고 있는 것보다 훨씬 장사가 잘 되는 법이었다. 다른 장사들처럼 도박도 마찬가지였다.

도박꾼들은 돈이 있을 때에는 큰 도박장을 찾고 돈이 없을 때는 작은 도박장을 찾았다. 큰 도박장에서 밑천을 털리고 개평을 얻으면 다시 작은 도박장을 찾았고, 반대로 작은 도박장에서 돈을 따면 큰 도박장에 가서 쏟아붓는 게 바로 이 골목의 생리라 할 수 있었다.

담우천은 주위를 둘러보다가 팔복(八福)이라는 커다란 깃발이 바람에 휘날리는 가게 앞으로 걸어갔다. 인근 도박장 중에서도 손가락에 꼽히는 큰 곳이었다.

입구에는 두 명의 덩치 크고 험악하게 생긴 사내가 앉아서 손님을 받고 있었다. 담우천이 다가서자 그들이 손을 내밀었다. 담우천은 무슨 뜻인지 몰라 잠시 머뭇거렸다. 덩치 중 한 명이 한숨을 쉬며 물었다.

"초짜냐?"

담우천이 고개를 끄덕였다. 덩치들이 서로 바라보며 피식 웃었다. 담우천을 시골에서 성도 구경 온 촌부 정도로 생각하는 모양이었다.

"입장료를 내라는 것이다."

덩치가 설명했다.

"원래 도방이라는 곳은 말이야, 돈도 없는 어중이떠중이들이 함부로 들어오는 것처럼 골치 아픈 게 없지. 그래서 모든 도방은 입장료를 받고 손님을 안으로 모시지. 도방이 크고 좋을수록 입장료가 비싸. 아, 비싼 만큼 도박장 안의 술과 음식은 모두 공짜야."

"얼마요?"

"은자 여섯 냥."

담우천의 눈이 휘둥그레졌다. 은자 여섯 냥이라면 일반 평민 한 가족이 한 달은 족히 먹고 살 수 있는 금액이었다. 그런 거액이 단지 입장료에 불과하다니.

담우천은 망설이다가 은자 여섯 냥을 건넸다. 덩치가 어깨를 으쓱거리며 옆으로 비켜섰다. 이제 안으로 들어갈 수 있다는 의미인 것이다.

"발복(發福)하시우."

덩치들의 소리를 뒤로하고 담우천은 도방 안으로 들어갔다. 덩치들은 서로 낄낄거리며 여섯 냥을 나눠 가졌다.

원래 도박은 나라에서 정한 불법이었다. 하지만 도박을 하지 않는 사람은 아무도 없었다. 심지어 재상이나 학사들 또한 도박을 하고 도방을 찾았다.

일확천금을 꿈꾸는 자들은 물론 그렇지 않은 자들도 도방을 찾았다. 도박은 신분의 귀천이나 권력의 고하, 재산의 유무에 상관이 없었다. 도박은 도박 자체로 사람을 열광하게 만드는 마력이 있는 것이다.

그리고 이 팔복도방(八福賭房) 또한 그런 사람들로 인해 실내가 북적거리고 있었다.

아편과 엽련(葉煙)의 뿌연 연기 사이로 반쯤 옷을 벗은 여인들이 술과 요깃거리를 쟁반에 받쳐 들고 돌아다녔다. 하지만 실내를 가득 메운 손님들은 그녀들이 안중에도 없는 듯,

오로지 사방에서 터져 나오는 환호와 한숨, 그리고 주사위 굴러가는 소리에 집중하고 있을 따름이었다.

담우천은 조금 구석진 자리로 가서 가만히 서 있었다. 그는 무표정한 눈빛으로 사람들과, 그들이 벌이는 행동과 놀음을 지켜보았다. 누군가 말을 건네 왔다.

"술 한 잔 드시겠어요?"

이십대 초반의 반쯤 벗은, 화장을 아주 짙고 요란하게 한 여인이 쟁반을 내밀었다. 담우천은 술잔을 집어 들고 단숨에 비운 후 쟁반에 내려놓았다. 맛있지도, 맛없지도 않은 평범한 술이었다.

여인이 손을 내밀었다. 담우천이 고개를 갸웃거리자 그녀는 살짝 인상을 찌푸리며 말했다.

"술을 마셨으니 돈을 주셔야죠."

담우천이 의아하다는 듯 물었다.

"공짜가 아니오?"

여인이 어이없어 했다.

"세상에 공짜가 어디 있어요? 이 술들, 내가 사와서 파는 거라구요. 게다가 이곳에서 장사하기 위해 권리금까지 냈는데 공짜라니요?"

담우천은 한숨을 내쉬었다. 입구의 덩치들에게 속은 것이다. 그걸 본 여인은 무슨 영문인지 알겠다는 듯이 고개를 끄덕였다.

"보나마나 거웅(巨熊)이 장난친 거네요. 이곳을 처음 찾는 손님들에게는 늘 바가지를 씌우죠."

"그럼 원래 입장료가 없다는 뜻이오?"

"아뇨. 입장료는 있어요. 그리고 입장료에 따라서 실내의 술과 음식이 공짜인 곳도 있죠. 하지만 그건 어디까지나 고관 대작이나 거상거부들이 즐겨 다니는 고급 도방이나 그렇죠. 둘러보세요, 이곳에 그런 사람들이 있나."

그녀의 말이 맞았다.

실내에 북적이는 사람들은 깔끔하고 좋은 옷을 입었지만 그렇다고 특별히 비싸 보이는 옷을 입거나 기품이 넘쳐흐르는 사람은 보이지 않았다.

"여기 입장료는 은자 반 냥이에요. 한번 들어오면 나갈 때까지 노름과 도박을 즐길 수가 있죠. 물론 술과 음식들은 사서 먹어야 하지만 말이에요."

담우천은 내심 혀를 찼다. 겨우 몇 마디에 종자돈 절반 이상을 사기 당했으니 화가 날 법도 하지만 그보다는 어리석은 자신이 쑥스러웠다.

그는 머리를 긁적이며 말했다.

"생전 처음 와보는 도방이라 그런저런 사정들을 전혀 알지 못했소."

그는 품에서 은자를 꺼내며 말을 이었다.

"술은 얼마요?"

"됐어요. 처음이라니 한 잔은 공짜로 드리죠."

"그럴 수는 없소. 방금 전에 공짜가 세상에 어디 있느냐고 하지 않았소?"

"보아하니 밑천도 별로 없는 것 같은데……. 그럼 이렇게 하죠. 만약 돈을 딴다면 딴 돈의 일 할을 제게 주세요. 대신 오늘 하루는 제가 당신을 도와드리죠. 노름, 어떻게 하는 건지도 모르죠?"

담우천은 다시 머쓱한 얼굴이 되었다. 그가 구석진 자리에 우두커니 서서 주변을 관찰했던 것은 이 도방의 놀음들이 어떤 방식으로 진행되는지 배우기 위해서였다.

여인은 그럴 줄 알았다는 듯이 웃으며 말했다.

"좋아요. 뭐, 장사는 잠시 접죠. 어차피 지금은 초저녁이라 사람들이 그리 술을 찾지 않으니까요."

시간이 흐르면서 분위기가 더욱 달아오르게 되면 그제야 비로소 그녀의 장사 시간이 되는 것이다. 돈을 딴 자는 승리감에 도취되어 한 잔씩, 돈을 잃은 자는 복수심에 불타는 술을 한 잔씩 마시게 되고 그 한 잔이 두 잔, 석 잔이 되면서 도박장의 분위기는 절정에 달하게 된다.

그렇게 밤이 지나고 새벽녘이 되면 도박장의 손님 모두 술에 취해 비틀거리면서 문 밖을 나서게 된다. 결국 그들의 주머니에서 나온 돈은 도박장, 그리고 그곳에서 일하는 자들의 몫이다.

"예전에는 초저녁부터 곧잘 사서 마셨는데 요즘은 다들 주머니 사정이 좋지 않나 봐요. 차도 안 마신다니까. 참, 돈은 얼마나 있어요?"

화장기 진한 여인은 어깨를 으쓱거리며 물었다.

"열한 냥 있었는데 여섯 냥을 입장료로 냈소."

"여섯 냥씩이나요? 정말 대단하네."

속인 거웅이 대단하다는 건지 속은 담우천이 대단하다는 건지 애매한 표정을 지으며 그녀가 말했다. 담우천은 헛기침을 하며 화제를 돌렸다.

"그럼 가장 빨리 돈을 딸 수 있는 노름은 어떤 것이오?"

"그야 주사위 놀이죠."

주사위 놀이에도 여러 종류가 있었는데 그중 가장 인기가 있는 것은 두 개의 주사위를 굴려 숫자가 높게 나오는 쪽이 이기는 놀이와 물주가 사발에 주사위를 넣고 휘둘러서 나오는 숫자의 높고 낮음을 알아맞히는 놀이였다.

여인의 설명을 한참 듣던 담우천은 문득 아직 그녀의 이름을 모르고 있다는 생각이 떠올라 얼른 입을 열었다.

"나는 담우천이라고 하오."

여인은 피식 웃으며 말했다.

"설마 이런 곳에서 시골 사람인 척하면서 여자들을 유혹하는 게 본래 직업은 아니겠죠?"

"그럴 리가 있겠소?"

"그래요, 그럴 사람으로는 보이지 않으니까. 저는 소화(素花)라고 해요. 반가워요."

뒤늦게 통성명을 나눈 두 사람은 곧 어떤 노름을 할 것인지 상의했다.

"가장 빨리 딸 수 있는 게 좋소."

담우천은 당연하다는 듯이 말했다.

"무조건 당신이 딴다고 생각하나요?"

소화는 어이가 없다는 듯 그를 쳐다보며 물었다.

"흠. 그렇다면 가장 빨리 잃을 수 있는 도박이 좋소, 라고 말을 바꾸겠소."

소화는 더욱 어이가 없다는 얼굴이 되었다. 그녀는 어깨를 으쓱거리며 말했다.

"좋아요. 원한다면 안내하죠."

그녀가 담우천을 이끌고 간 곳은 날카로운 눈빛의 중년인이 물주로 자리 잡고 있는 주사위 노름판이었다. 중년인은 사발에 주사위 두 알을 넣은 다음 사발을 덮고 잠시 흔들다가 탁! 하는 소리와 함께 멈췄다.

"이 소리는 내가 잘 알지! 분명히 아홉이라구!"

"뭔 헛소리! 이건 사(四)야. 일하고 삼."

주변의 노름꾼들이 크게 소리치며 앞 다투어 돈을 걸었다. 노름판에는 상하(上下) 두 글자가 크게 쓰여 있었는데 각각의 글자 위로 은자가 수북하게 쌓였다.

더 이상 은자를 거는 사람이 나타나지 않을 때까지 중년인은 기다렸다가 사발을 열었다. 주사위는 사(四)와 육(六), 상이라고 쓰인 글자에 돈을 건 노름꾼들이 환호했다. 반면 하쪽에 돈을 건 자들은 울상이 되었다.

중년인은 하 쪽의 돈을 긁어모은 다음 상 쪽의 액수에 맞춰 돈을 지불했다. 보아하니 은자 한 냥을 걸면 본전까지 포함해서 세 냥을 받는 듯했다.

"손해 아닌가?"

담우천은 고개를 갸웃거리며 중얼거렸다.

"확률은 반반인데 배상이 세 배라면 무조건 물주가 손해를 볼 텐데."

"그렇지 않아요."

소화가 소곤거렸다.

"주사위의 눈이 같게 나오면, 예를 들어 일(一) 일(一), 삼(三) 삼(三) 이런 식으로 쌍(雙)이 맞춰지면 물주가 다 먹거든요."

하지만 담우천은 이해가 가지 않았다.

주사위를 던져서 쌍이 나올 확률은 육분지 일이었다. 즉, 여섯 번을 던지면 한 번 물주가 모두 가져간다는 소리. 다시 말해서 나머지 다섯 번을 손해 보는 거니까 역시 그래도 물주가 불리한 놀이였다.

담우천이 잠시 생각하는 동안 중년인은 다시 사발을 흔들어 엎었다. 상하에 모두 은자 백 냥이 걸렸다. 전판에 약 서른 냥이 걸렸던 걸 생각하면 이번에는 꽤 큰 판이 되었다. 아무래도 전판에 딴 노름꾼들이 몽땅 쏟아부운 모양이었다.

"이번에도 상이 나오면 빚을 다 갚고도 스무 냥을 따게 생겼군!"

"아냐, 이번에는 분명 적은 숫자가 나올 차례라구. 벌써 세 판이나 연속해서 높은 숫자가 나왔잖아?"

사람들은 저마다 나올 숫자를 예상하며 마른침을 삼켰다. 그때 담우천이 알겠다는 듯이 고개를 끄덕였다.

"그렇군. 이런 식이면 확실히 물주가 유리한 놀이가 되겠어."

곁에 서 있던 소화가 그를 돌아볼 때, 중년인이 사발을 뒤집었다. 이내 안타까운 탄성이 노름판 주위를 가득 메웠다.

"빌어먹을! 하필이면 쌍삼(雙三)이 나오다니!"

"아아, 망했다구!"

사람들은 머리를 쥐어뜯으며 실망했다.

하지만 담우천은 이제야 어떤 식으로 이 놀이가 진행되는지 알 수 있었다. 사발을 쥔 중년인은 어떤 이유에서인지는 모르겠지만, 자신이 흔드는 주사위의 숫자를 조절할 수 있는 능력을 가진 것이다.

그는 주로 적은 액수의 숫자가 걸리도록 사발을 흔들다가 중요할 때, 그러니까 판돈이 많이 걸렸을 때는 쌍점(雙點)이 나오도록 해서 판돈을 싹쓸이하고 있었다.

단번에 그 중년인의 기술을 파악한 담우천은 사람들 사이를 비집고 앞으로 걸어 나갔다. 소화가 허겁지겁 그 뒤를 따랐다.

　중년인이 사발을 흔들다가 판 위에 엎어놓았다. 담우천은 상에 은자 닷 냥을 걸었다.

　높은 쪽에 돈을 건 사람은 담우천뿐이었다. 게다가 전 판에 크게 잃은 탓인지 이번 판에는 사람들이 거는 액수가 적었다. 은자 스무 냥가량이 한 쪽에 쌓였다.

　중년인이 사발을 열었다. 오와 사, 높은 숫자가 나온 것이다. 담우천은 졸지에 열 냥을 따서 모두 열다섯 냥의 종자돈을 마련할 수가 있었다.

　이번에는 담우천에게 세 배의 돈을 주었음에도 불구하고 중년인이 열 냥가량이나 땄다. 즉, 패한 쪽에 걸린 돈이 많아질수록 물주가 돈을 잃지 않을 수도 있는 것이다.

　'그렇군. 이런 식이면 매번 쌍점을 나오게 하지 않아도 큰 손해가 없겠네.'

　당우천은 고개를 끄덕이면서 중년인이 사발을 흔드는 장면을 지켜보았다.

　중년인이 다시 사발을 멈췄다. 담우천은 상에 열다섯 냥을 모두 걸었다. 사람들은 저마다 숫자를 추측하며 상하의 글자 위에 돈을 걸었다.

　이번에는 은자 백 냥 정도가 쌓였다. 하지만 그 돈은 대부분 하에 쏠려 있었다. 그도 그럴 것이, 쌍삼을 빼면 벌써 네 번이나 상이 나온 것이다. 어차피 주사위 놀이는 확률의 싸움, 이제 하가 나올 때가 되었다는 건 누구나 쉽게 짐작할 수 있었다.

물론 그 확률이라는 게 얼마나 믿을 수 없는 것인지는 금세 증명되었다. 중년인이 사발을 열었을 때 한숨과 탄식이 함께 흘러나온 게 바로 그 증거였다.

"이런 제기랄! 다섯 번이나 연속해서 상이라니!"

"아니, 따지고 보면 쌍삼은 육이니까 하잖아? 그걸 왜 놓쳤지, 내가?"

사람들은 탄식하고 아쉬워하고 자책했다. 그 와중에 담우천의 은자는 벌써 마흔다섯 냥으로 늘었다. 그는 다섯 냥을 소화에게 건넸다.

그녀의 얼굴에 웃음꽃이 피었다.

"일 할인가요? 와, 횡재했네."

"아니오."

담우천은 담담하게 말했다.

"그걸로 간단하게 먹을 것과 술을 가져다주시오. 아침부터 아무것도 먹지 않았더니 속이 출출하구려."

"네, 알겠어요."

그녀는 부리나케 사람들을 헤집고 사라지더니 이내 쟁반을 들고 나타났다. 말린 과일과 과자, 육포 몇 개와 술병을 통

째로 가지고 온 그녀는 담우천에게 술을 한 잔 따르며 말했
다.

"하지만 적당히 운이 따를 때 그만둬야 한다구요. 그 운 믿
다가 패가망신하는 사람 여럿 봤으니까요."

"이건 운이 아니오."

소화가 쟁반을 가지고 오는 동안 또 한 판의 승리를 거둔
담우천은 백이십 냥이나 되는 은자들을 쓸어 담으며 중얼거
렸다.

"정확하게 말하면 사기라고 할 수 있겠지."

4. 섬전쾌수(閃電快手)

하지만 소화는 담우천 앞에 수북하게 쌓은 은자에 모든 정
신이 쏠려 있었기에 그의 말을 듣지 못했다.

한편 이제 주변 사람들의 시선이 그에게로 집중되고 있었
다. 그도 그럴 것이 연거푸 세 판이나 이긴다는 건 쉽게 볼 수
있는 일이 아니었다. 그것도 매번 가진 돈을 전부 걸어서 그
렇게 이기는 경우는 더더욱 드물었다.

담우천은 망설이지도 않고 백이십 냥을 모두 상에 걸었다.
몇몇 사람이 그를 따라 상에 돈을 걸었다. 중년인이 처음으로
담우천의 얼굴을 바라보았다. 독사처럼 날카로운 눈빛을 지
닌 사내였다.

그는 천천히 사발을 세웠다. 담우천을 따라 상에 돈을 건 자들이 환호성을 질렀다.

"네 판 연속이다!"

다섯 냥의 은자가 삼백육십 냥으로 변하는 순간이었다.

"전표(錢票)로 드려도 되겠습니까?"

중년인이 공손하게 물었다. 담우천은 고개를 끄덕였다. 중년인은 품에서 은자 백 냥짜리 전표다발을 꺼내 그중 석 장을, 나머지 육십 냥의 은자와 함께 담우천 앞으로 밀어 놓았다. 담우천은 돈을 챙길 생각도 하지 않은 채 다음 판을 기다렸다.

중년인이 사발을 흔들고 엎었다. 이제 대부분의 사람은 담우천이 먼저 걸기만을 기다렸다. 다들 그가 거는 쪽으로 따라갈 생각이었던 것이다.

담우천은 잠시 생각하다가 높은 쪽에 은자를 걸었다. 하지만 희한하게도 이번 판에는 가진 돈 전부를 걸지 않고 은자 육십 냥만 올려놓았다.

사람들이 앞 다투어 높은 쪽에 돈을 걸었다. 중년인이 아주 희미하게 한숨을 내쉬었다. 누구도 눈치채지 못할 정도로 미약한 실망감이 섞여 있는 한숨이었다.

사발을 열자 이와 삼의 적은 숫자가 보였다. 사람들은 실망했고, 어떤 이들은 담우천을 향해 욕까지 퍼부었다. 그러나 담우천은 여전히 담담한 표정이었다. 소화가 그를 위로하듯 말했다.

"매번 이길 수는 없으니까요. 그나마 다행이에요, 다 걸지 않아서. 아무래도 행운이 따르나 봐요."

"행운이 아니오."

담우천은 혼잣말처럼 중얼거렸다.

"미리 이길지 질지 알기 때문에 적게 건 것일 뿐."

이번에는 소화가 그 말을 들었다. 그녀는 눈을 동그랗게 뜨며 물었다.

"미리 이길지 질지 안다구요?"

담우천은 대답하지 않았다. 대신 삼백 냥의 전표를 모두 하에 걸었다.

사람들은 환호성을 질렀다. 전판의 패배로 인해 담우천에 대한 기대감이 줄어들었는지 그를 따라 거는 사람의 수가 절반도 되지 않았다.

하지만 상에 거는 사람들도 그리 많지 않았다. 사람들은 어느새 도박보다는 담우천과 물주 간의 승부에 더 관심을 두고 있었다.

중년인의 눈빛이 다시 한 번 흔들렸다. 그는 머뭇거리다가 사발을 뒤집었다. 다섯의 숫자가 나왔다. 다시 한 번 담우천이 승리한 것이다. 그리고 무려 은자 구백 냥의 전표가 그의 손에 들어오게 되었다.

"와아! 대단해요, 대단해!"

소화는 자리에서 팔짝팔짝 뛰며 좋아했다. 일 할을 받기로 했으니 그녀 또한 거의 백 냥 가까운 횡재를 한 셈이다. 이곳에서 일 년 동안 밤새워가며 일해도 벌지 못한 거액인 것이다.

하지만 그녀는 곧 흥분을 가라앉히고는 담우천의 팔을 잡아끌었다.

"이제 그만해요, 더 하다가는 자칫 본전도 못 찾을 수 있어요."

그녀는 주위를 힐끔거리며 소곤거렸다. 어느새 주사위 도박판 주변에는 험상궂게 생긴 자들이 모여들었다. 가슴팍에 팔복이라는 글자가 수놓아진 옷을 입고 있는 걸로 보아 이 도방에서 일하는 자들인 모양이었다.

"너무 많이 따는 것도 좋지 않다구요."

소화가 다시 소곤거렸다. 그러나 담우천은 움직이지 않았다. 그는 중년인을 바라보며 물었다.

"계속 걸어도 되오?"

중년인은 당연하다는 듯이 말했다.

"물론입니다, 손님."

그는 사발을 엎었다. 담우천은 전표 한 장을 낮은 수에 걸었다. 사람들이 웅성거리는 가운데 사발 안에서 나온 주사위는 육, 육 쌍점이었다. 담우천이 진 것이다.

중년인이 다시 사발을 엎었다.

사발 안에서 주사위가 서로 부딪치며 자리를 잡는 소리에
귀를 기울이고 있던 담우천은 가볍게 눈살을 찌푸리며 입술
을 깨물었다.

　'이렇게 나오겠다?'

　보나마나 또 쌍점인 것이다.

　아마도 중년인은 담우천의 돈이 다 떨어질 때까지 쌍점만
나오게 만들 요량인 듯했다. 결국 그게 구경꾼, 도박꾼들의
의심을 사게 될지라도 반드시 담우천을 빈털터리로 만들 생
각인 것이다.

　담우천은 주섬주섬 전표들을 챙겨 품에 넣었다. 중년인이
의아한 눈초리로 그를 바라보며 물었다.

　"더 걸지 않으십니까?"

　담우천은 무덤덤하게 말했다.

　"다른 놀이를 찾아봐야 할 것 같소."

　"그래요. 이 도방에는 더 재미있는 놀이가 얼마나 많은데
요. 그러니 우리 다른 곳으로 가요."

　소화가 담우천의 팔짱을 끼며 서둘러 자리를 떴다. 도박꾼
들이 아쉬운 듯 그 뒷모습을 보다가 소매를 걷어붙이며 돈을
걸었다.

　"저 친구에게만 운이 따르라는 법이 없지. 나도 몽땅 걸겠
다!"

　"그렇지, 남자는 배짱, 여자는 절개라는 말도 있지 않은가?"

방금 전 담우천이 은자 다섯 냥으로 팔백 냥을 번 모습을 본 사람들은 앞 다투어 돈을 걸었다. 그리고 곧바로 탄식과 비명이 쏟아졌다.

"이런 빌어먹을! 또 쌍점이냐?"

"쌍점이 연달아 나오다니, 이거 망했다!"

다른 도박판으로 향하던 소화의 귓전에도 그들의 탄성이 들려왔다. 그녀는 눈빛을 반짝이며 담우천에게 물었다.

"이번에도 쌍점이 나올 줄 알았던 거죠?"

담우천은 대답하지 않고 화제를 돌렸다.

"이 팔백 냥을 한 번에 이천 냥으로 만들 수 있는 도박이 있소?"

자신의 질문에 대답을 하지 않자 소화는 입을 삐죽이다가 고개를 끄덕이며 말했다.

"물론이죠. 곤철구희(滾鐵球戲)라고 있어요. 제대로 걸리면 한 번에 오십 배까지 딸 수 있지만 그 확률은 백분지 일에 불과하죠. 또 검패(劍牌)나 투패(鬪牌)도 재수만 좋으면 한 번에 네 곱절 이상을 불릴 수가 있죠. 어떤 걸 하시겠어요?"

곤(滾)이라면 굴린다는 뜻이니 곤철구희는 쇠로 만든 공을 굴리는 놀이라는 의미일 것이다.

검패는 얇은 나무판에 숫자와 검을 새겨 그 짝을 맞추는 노름이었고 투패는 기름먹인 두꺼운 종이, 혹은 역시 얇은 나무에 그림이나 숫자를 새긴 후 그 숫자의 합에 따라 승패가 좌

우되는 노름이었다.

노름에 대해서 문외한인 담우천은 당연히 물었다.

"어느 걸 추천하겠소?"

소화는 주위를 둘러보다가 손뼉을 치며 말했다.

"마침 투패 자리가 하나 비었네요."

담우천은 고개를 끄덕이며 말했다.

"좋소, 그곳으로 안내해 주시오."

*   *   *

사발을 흔들던 중년인은 도박꾼 사이로 빠져나가는 담우천의 뒷모습을 물끄러미 지켜보았다. 무표정한 외양과는 달리 내심 그는 상당히 동요하고 있었다.

녀석은 자신의 속임수를 눈치채고 있었다.

주사위에 구멍을 뚫고 홍(汞:수은)을 넣어서 그 달라진 중심축을 이용하여 마음대로 숫자를 조절하던 중년인의 기술은 지난 십여 년 동안 단 한 번도 타인의 눈에 걸린 적이 없었다. 그런데 어디 시골에서 갓 올라온 촌부 같은 녀석이 단번에 그 기술을 파악해 낸 것이다.

하지만 놀라운 부분은 정작 따로 있었다.

녀석은 단지 주사위가 부딪치는 소리만으로 그 모든 것을 파악했으며 또한 사발 안에 숨겨진 주사위 눈의 합을 읽은 것이다.

'도대체 어디서 온 박도일까?'

전문적인 도박꾼인 박도(博徒:노름을 업으로 삼는 노름꾼)가 아니고서야 그 정도의 눈썰미를 보여줄 수 없었다.

중년인은 담우천을 타지에서 원정 온 도박꾼이라고 생각했다. 북경부의 전문 도박꾼이야 중년인이 모르는 얼굴이 없었으니까.

그는 문득 뒤를 돌아보았다. 팔복이라고 수놓아진 옷을 입은 두어 명의 거한이 서 있었다. 중년인은 그들을 향해 낮은 목소리로 말했다.

"누군지 알아봐라."

거한들이 허리를 숙이며 대답했다.

"네, 이당가(二當哥)."

"아, 그리고."

이당가라 불린 중년인은 막 돌아서려는 거한들에게 다시 말을 붙였다.

"그 녀석 곁에 붙어 있는 계집은 누구냐?"

"소화라는 아이입니다. 이곳에 온 지 반 달 정도밖에 되지 않아서 이당가께서 잘 모르실 겁니다."

"그래? 그 계집도 마음에 들지 않아."

"알아서 처리하겠습니다."

거한들은 빠르게 움직였다. 중년인은 고개를 끄덕이며 다시 도박판으로 시선을 돌렸다.

원래 중년인은 이곳 팔복도방 사람이 아니었다. 그는 섬전처럼 빠른 손을 지녔다고 해서 섬전쾌수(閃電快手)라는 별호를 지닌 무인이었다. 그러나 이곳으로 온 이후부터 중년인은 그 섬전쾌수보다 이당가라는 이름으로 더 많이 불리고 있었다.

하지만 그는 이당가라는 별명에 대해 매우 흡족해했다. 그가 속해 있던 조직에서는 그렇게까지 존경받지 못했지만, 이곳은 달랐다. 모든 사람이 그를 존경했고 그의 말에 충성을 바쳤다.

게다가 비록 명색은 이곳의 둘째 두목이었지만 허수아비가 되어버린 진짜 주인보다 외려 그의 실권이 더욱 강력했다.

그래서였다. 다른 지역의 전문 도박꾼들이 이 도방의 물을 더럽히는 것을 그는 결코 용서하지 않았다. 어쩌면 오늘 저 촌놈 행세하는 도박꾼의 피가 밤거리를 붉게 물들일지도 몰랐다.

第四章
목숨을 건 도박

그것으로 목숨을 건 것이다, 이 평범해 보이는 사내는.

사람들은 어이가 없다는 듯, 혹은 믿을 수 없다는 얼굴로 담우천을 바라보았다. 정작 담우천은 여전히 무표정한 얼굴로 반위백을 지켜보고 있었다. 그 시선을 따라 사람들의 고개가 반위백을 향했다.

이때 반위백의 얼굴은 처참하게 일그러져 있었다. 평소 그가 얼마나 진중한지, 또 무표정한지를 잘 알고 있는 사람이라면 눈이 휘둥그레질 정도로 격렬한 반응을 보이고 있었다.

1. 용모파기

투패, 투엽(鬪葉), 혹은 투전(鬪牋)이라고 불리는 이 놀이는 각종 문양과 문자가 표시된 패들을 가지고 패의 끗수로 승부를 보는 노름이었는데 주로 기름 먹인 두꺼운 종이를 패로 사용했다.

이곳 팔복도방의 투패는 박달나무를 얇게 다듬어서 손바닥 크기의 직사각형 모양으로 만들고 그 위에 일부터 십까지의 수를 새긴 다음 기름칠을 하여 굳힌 패를 사용했다. 그렇게 열 장의 패를 한 짝이라고 하고 다시 네 짝의 패를 한 벌이라고 하는데 보통 네 짝이나 다섯 짝의 패를 가지고 판을 벌였다.

담우천은 주사위 노름 때와 마찬가지로 잠시 도박꾼들이 투패를 하는 모습을 지켜보았다. 둥근 탁자에 네 명의 사내가 앉아 있었다. 장사치, 일반 백성, 한량 등 제각각의 외양을 하고 있는 그들은 한 벌의 패를 돌려 다섯 장씩 나눠 가졌다.

처음 두 장은 다른 사람들도 볼 수 있도록 펼쳐서 깔고 석장 째부터는 자기만 볼 수 있도록 패를 엎어두는데 그때부터 펼쳐 깔린 패가 가장 높은 사람이 돈을 걸기 시작했다. 만약 자기 패가 더 좋다고 생각하는 사람은 그 건 돈을 받고 더 많은 돈을 걸 수도 있었다.

처음에는 은자 한 냥, 두 냥에서 시작하더니 이내 은자 열 냥, 서른 냥까지 걸었다. 패가 좋지 않은 사람은 고민하다가 돈을 걸지 않고 패를 접었다.

"머리를 잘 써야 해요."

소화가 담우천의 귀에 대고 소곤거렸다.

"좋은 패를 들고 좋지 않은 척, 나쁜 패를 들고 좋은 척, 혹은 좋은 패를 들고 좋은 척도 해야 하고 어쩔 때는 좋은 패를 들고도 바로 죽어야 해요."

귀엣말을 하느라 바짝 다가선 그녀의 향기가 담우천의 코끝을 간질이고 있었다.

"투패는요, 자기가 받은 다섯 장의 패에 새겨진 수를 모두 합쳐서 나오는 끝자리 수가 높을수록 유리해요. 하지만 그건 어디까지나 다섯 장 모두 받아들었을 때의 이야기죠."

투패의 규칙은 간단했다.

패 다섯 장을 받아서 그중 세 장의 합이 십이나 이십 등, 끝자리 수가 영을 만든다. 이것을 통이라고 하는데 그렇게 통을 짓고 나머지 두 장의 수를 합쳐서 아홉이 되는 패가 가장 높고, 세 장의 끝자리 합이 영이 되지 않는 패가 가장 낮다. 의외로 통을 짓지 못하는 경우가 생각보다 많은 게 이 투패의 변수였다.

"배짱과 허풍의 싸움이에요. 제대로 패를 만들지 못한 사람이 큰돈을 걸어서 네 끗, 다섯 끗 가진 사람을 죽이고 판돈을 먹는 경우가 비일비재하거든요. 사실 네 끗이나 다섯 끗이라면 상대방 패를 확인하러 가기도, 죽기도 애매하거든요."

담우천은 그녀의 설명을 들으며 패가 돌아가는 광경을 유심히 지켜보았다.

그렇게 다섯 번째의 패가 돌 무렵에는 오직 두 사람만이 끝까지 살아남아 패를 쪼고 있었다.

"백 냥."

한량으로 보이는 자가 패를 덮으며 돈을 걸었다. 지금까지 당당하고 거세게 은자를 걸며 판돈을 높여온 인물이었다. 죽은 사람 중 분명 그가 좋은 패를 들었다고 생각하여 일찍 패를 덮은 자도 있었다.

다섯 손가락에 굵은 옥가락지를 낀 뚱뚱한 중년인이 슬쩍 웃으며 말했다.

"자네 남은 돈이 얼마나 되나?"

한량의 얼굴빛이 살짝 달라졌다. 그는 헛기침을 하며 말했다.

"이백 냥 정도 됩니다."

"좋아, 다 걸지. 백 냥 받고 이백 더."

뚱뚱한 중년인은 백 냥짜리 전표 석 장을 던졌다. 한량의 얼굴이 핼쑥해졌다. 그는 몇 번이나 자신의 패를 확인하고 덮기를 반복하다가 마침내 결심한 듯 입술을 깨물며 제 앞의 돈을 모두 판돈에 밀어 넣었다. 그리고 패를 열며 말했다.

"다섯 끗입니다, 고 대야(高大爺)."

일, 사, 구, 육, 오의 다섯 장이었다. 담우천은 알겠다는 듯이 고개를 끄덕였다.

'자기 패가 좋지 않아서 일부러 사람들을 죽인 게구나. 또 마지막까지 큰돈을 걸어서 상대로 하여금 자기 패가 높게 보이게끔 유도를 한 거고.'

고 대야라 불린 뚱보가 껄껄껄 웃으면서 패를 폈다.

"이거 어쩌나? 일곱 끗이네."

한량의 얼굴이 새파랗게 질렸다. 고 대야는 판돈을 긁어모으며 말했다.

"허풍을 치려면 삼백 냥 모두 걸었어야지. 그랬다면 자네가 아홉 끗을 들었다고 인정했을 게야."

한량은 두 손을 부들부들 떨다가 한숨을 쉬며 고개를 푹 숙인 채 자리에서 일어났다. 이제 그 탁자에 남은 사람은 세 사람뿐이었다.

고 대야가 산더미처럼 쌓은 은자와 전표들을 차곡차곡 정리하며 투덜거렸다.

"이것 참, 이제야 끗발이 조금 오르는 것 같은데……. 사람이 없어서 어디 할 맛이 나냔 말이지."

일반적으로 투패는 두 사람부터 여덟 사람까지 모여서 할 수 있는 노름이었다. 하지만 다섯 명, 혹은 여섯 명이 가장 재미있고 긴장되는 숫자였다. 세 명은 너무 적고 일곱 명은 너무 많았다.

담우천이 자리로 다가가며 말했다.

"나도 할 수 있소?"

"돈만 있다면야……."

고 대야의 말에 담우천은 전표들을 꺼내 탁자 위에 얹어 두며 자리에 앉았다. 고 대야는 방금 한량이 떠난 자리를 힐끗 보며 중얼거렸다.

"한 사람 더 있으면 좋겠는데 말이지."

그때였다.

"저도 하죠."

귀에 익은 목소리가 담우천의 등 뒤에서 들려왔다. 담우천은 가볍게 눈살을 찌푸렸다. 소화가 뒤를 돌아보다가 깜짝 놀라며 말했다.

"이당가!"

그렇다. 새로 투패에 합류한 자는 조금 전까지 사발을 돌리던 중년인, 섬전쾌수 반위백(盤暐白)이었다.

고 대야가 난감하다는 듯 웃으며 말했다.

"허어, 이당가께서 직접 행차하시다니……. 이거 내가 돈 좀 따는 게 그리 못마땅하시오?"

"하하, 설마요."

이 고 대야라는 자는 팔복도방의 중요한 고객인 모양이었다. 반위백은 어울리지 않게 미소까지 머금으며 말했다.

"고 대야께서 우리 도방에서 따신 돈이 얼마인데 그런 소리를 하시는 겁니까?"

"허어, 남들이 들으면 오해할 소리를 하시는군. 난 늘 잃기만 했다니까."

도박판에서 돈 잃은 사람은 있어도 돈 딴 사람은 없다고, 고 대야의 엄살에 반위백은 그저 부드럽게 웃으며 고개를 끄덕였다. 그러면서도 한편으로는 담우천에게서 눈을 떼지 않았는데, 마치 계속해서 널 주시하고 있으니 장난칠 생각은 하지 말라고 경고를 주는 듯했다.

"어쨌든 인원이 찼으니 패를 돌릴까? 다들 어떠시오?"

고 대야는 판에 앉은 사람들을 둘러보며 의중을 물었다. 담우천과 반위백, 그리고 장사치로 보이는 노인과 깔끔한 비단옷을 걸친 자 모두 고개를 끄덕였다.

고 대야가 마흔 장의 패를 섞기 시작했다. 담우천은 유심히 그 동작을 지켜보았고 반위백은 그런 담우천에게서 시선을 떼지 않았다.

패를 다 섞은 고 대야가 오른쪽부터 한 장씩 패를 돌렸다. 사람들 모두 두 장씩 받자 고 대야가 먼저 돈을 걸며 웃었다.

"우선 닷 냥부터 시작할까?"

그의 입가에 떠오른 미소가 음흉하게 느껴졌다.

                    *   *   *

"이름 있는 놈은 아닌 것 같군."

팔복호리(八福狐狸)는 세 번째 서류철을 뒤적거리며 중얼거렸다. 한 권의 서류철에는 각각 백여 장의 용모파기(容貌記)가 철해져 있었다.

이름과 별명, 대략적인 나이, 활동 지역, 그리고 용모의 특징까지 자세하게 기록된 용모파기의 주인들은 각 지역에서 활동하는 전문 박도들이었다.

반위백의 지시를 받은 거한들은 곧장 뒷문을 통해 팔복호리를 찾아왔다. 팔복호리는 팔복도방의 회계와 정보 등을 담당하고 있는 책임자로, 이곳에서는 삼당가로 불리는 인물이었다.

팔복호리는 거한들의 설명을 듣고 담우천과 비슷한 자가

있는지 서류철을 확인하기 시작했는데 결국 네 권의 서류철을 일일이 살펴보았음에도 불구하고 그와 비슷한 인물은 찾을 수가 없었다.

"흠. 초짜야. 독학을 했거나 아니면 어딘가의 나이든 박도가 키워낸 제자일지도 모르지. 어쨌든 지금까지 한 번이라도 도박장에 출입한 박도라면 이 서철(書綴)에 분명히 적혀 있었을 테니까."

팔복호리는 단언하듯 말했다. 듣고 있던 거한 중 한 명이 조심스레 물었다.

"이당가께는 뭐라 전할까요?"

"뭐, 군이 전할 게 어디 있나? 가만히 지켜보다가 분에 넘치도록 수작을 부리면 그때 가서 우리 팔복도방이 얼마나 무서운 곳인지 보여주면 되지. 그 전에 이당가에게 털리면 뭐한 대 얼굴이나 쥐어박던가."

"알겠습니다."

거한들은 밖으로 나갔다.

팔복호리는 기지개를 켜면서 사방 다섯 평 정도 되는 조그만 공간을 둘러보았다. 온갖 서철들이 벽면의 서가를 가득 메우고 있었다. 문득 팔복호리는 한숨을 쉬며 중얼거렸다.

"언제까지 이곳에서 죽치고 있어야 하는 거야? 얼른 본방(本幇)으로 돌아가고 싶은데."

삼 년 기한으로 반위백과 함께 온 지 벌써 사 년이 흘렀다.

돌아갈 때가 지났지만 상급자 반위백이 움직이지 않으니 그도 눌러앉아 있을 수밖에 없었다.

반위백이야 용 꼬리보다 뱀 머리가 나을 수 있겠지만 그는 아니었다. 어디를 가나 이런 골방에 박혀 있을 바에는 그래도 보다 큰 물이 나은 것이다.

그는 한숨을 쉬다가 머리를 긁적이며 다시 책상머리에 달라붙었다. 이번 달 이익 정산을 마저 끝내려는 것이다.

2. 내 목숨을 걸겠소

무공이 뛰어나거나 내공이 높으면 사발 속 주사위 구르는 소리를 듣고 무조건 그 수를 알아낼 수 있을까.

만약 그렇다면 무림의 고수들은 돈을 벌기 위해서 따로 일을 할 필요가 전혀 없을 것이다. 돈이 필요할 때마다 도박장에 가면 될 테니까.

하지만 실정은 그렇지 않았다. 이른바 입신지경(入神之境)에 이른 절대고수들이 아닌, 수십 년 무공을 수련하고 일 갑자 내외의 내공을 지닌 일반 무림고수 중에서는 돈을 벌기 위해서 호위무사가 되거나 혹은 담장을 넘거나 심지어는 자객(刺客)이 되는 자들도 있었다.

왜 그들은 도박장에 가서 돈을 따려고 하지 않을까.

이유는 한 가지뿐이었다. 무공이 강하고 내공이 높다고 해서 모두 주사위 수를 읽어낼 수가 없기 때문이었다. 그들은 담우천과 같은 수련을 하지 않았기 때문이었다.

담우천은 특별했다. 그는 발걸음 소리만을 듣고서도 그 사람의 키와 몸무게, 체형은 물론이고 심지어는 성격까지 알아맞히는 훈련을 받아왔다. 또한 수천 장의 똑같은 그림을 한 번 보고서 그중에서 다른 그림들과 다른 단 한 장을 찾아내는 수련도 했다.

그는 지난 날, 안력(眼力)과 청력(聽力) 등 오감을 최대한으로 이끌어내는 수련을 근 십 년 가까이 받았으며 함께 수련했던 동료 중에서 가장 뛰어난 성과를 보인 인물이었다.

그런 까닭에 담우천은 사발 속 주사위가 부딪치는 소리만으로 홍(수은)이 들어간 주사위임을 알아차렸고 중년인이 자기 마음대로 수를 조절하고 있다는 것도 눈치챘던 것이다. 그건 지금도 마찬가지였다.

마흔 장의 패를 판 위에 늘어놓고 마구 뒤섞어서 한 뭉치로 만들 때, 담우천은 그 패들이 어떤 식으로 정렬이 되는지 모두 보았고 기억할 수 있었다. 즉, 나눠준 패들의 수가 무엇인지, 그리고 다음 나눠주는 패들의 순서가 어떤지 미리 아는 셈이었다.

그러니 상대의 패를 볼 수 없다 하더라도 그가 무슨 패를 가지고 있는지 뻔히 알고 있었으며 또한 자신이 다섯 장을 모두 가졌을 때 어떤 수의 합이 나오는지도 미리 알 수 있었다.

과연 그런 상황에서 돈을 잃는 자가 있다면 세상에 그보다 더 미련하고 멍청한 자가 어디 있을까.

처음 몇 판 동안 분위기를 보고 익히기 위해서 담우천은 일부러 지거나 혹은 다른 이들이 하는 대로 따라가기만 했다.

낮은 패를 들고서 허풍을 치는 자도 있었으며 좋은 패를 들고서도 마냥 죽는 소리를 하는 이도 있었다. 그런 가운데 담우천은 착실하게 돈을 모아서, 열 판 정도 지났을 때 그의 자금은 천 냥이 훌쩍 넘어 있었다.

소화는 반위백의 눈치를 보면서 담우천의 소매를 살짝 잡아당겼다. 적당히 따라는 신호였다.

사실 그녀는 풋내기였다. 이곳 팔복도방에서 술과 음식을 판 지 불과 보름도 되지 않았으니까.

하지만 겨우 그 반 달 동안 그녀는 무수히 많은 일을 보고 겪었다. 사기를 치다가 손목이 잘린 도박꾼도 봤으며 분에 넘치는 행운으로 인해 일확천금을 한 평범한 자가 도방 뒷골목에서 시신으로 발견된 경우도 보았다.

다들 쉬쉬하고는 있지만 누구나 알고 있었다. 도박장에서는 자신들의 돈을 과도하게 따가는 경우를 결코 용납하지 않는다는 사실을.

그들은 손님들끼리 돈을 따고 잃는 건 상관하지 않지만 자신들이 물주로 앉은 판에서 거액의 돈을 따는 걸 가만 놔두지 않았다.

예전이나 지금이나, 그리고 대부분의 도방 측 사람들은 그 걸 자존심으로 여겼다. 가만 놔두면 사람들이 자신들을 업신 여기고 깔보게 된다고 생각했다.

그래서 경험 많은 도박꾼들은 결코 도방의 돈에 욕심내지 않았다. 또 도방 물주들과의 승부에서 이기려고 애를 쓰지 않 았다. 그들이 아니더라도 눈 먼 고기들은 도방 내에 가득 널 려 있으니까.

담우천은 그런 도방의 불문율에 대해서 알지 못했다. 오늘 처음 도방을 찾은 그가 아니던가.

그에게는 도방의 돈이나 일반 손님들의 돈이나 매한가지 였으며 누구에게 이기든 상관이 없었다. 오로지 이천 냥의 은 자가 필요할 따름이었다.

그리고 그의 자금이 천 냥가량이 되었을 때, 마침내 그 일 확천금의 순간이 도래했다.

담우천이 초반에 받은 석 장의 패는 일, 일, 일이었다. 원래 투패는 초반에 칠이나 팔 정도의 숫자를 받는 게 매우 유리했 다. 그래야 수의 합을 보다 빠르게 십이나 이십, 이렇게 딱 맞 게 만들 수 있었다.

그런 의미에서 담우천의 패는 당장에라도 버려도 전혀 이 상할 게 없는 숫자였다. 하지만 담우천은 표정 하나 변하지 않은 채 사람들을 따라 돈을 걸었다.

이번에는 장사치와 비단옷의 중년인이 꽤 좋은 패를 든 모양이었다. 그들이 서로 번갈아 돈을 걸면서 판돈을 크게 키우고 있었고, 반위백은 조용히, 고 대야는 연신 앓는 소리를 하며 그들을 따라가고 있었다. 네 번째 패를 받아 들면서 판돈은 어느 새 오백 냥 가까운 거액이 되었다.

담우천은 새로 받아 든 패를 보았다. 물론 그의 예상대로 아홉의 수를 가진 패였다. 담우천의 뒤에서 패를 훔쳐보던 소화의 얼굴이 일그러졌다.

'일, 일, 일, 구라니……'

지금 담우천이 지닌 패는 어떻게 조합을 하더라도 끝자리가 영이 되지 않았다. 그나마 지금 상황에서 가장 좋은 가정이라면 나머지 패가 반드시 십이 나와 두 끗이 되는 건데, 사람들 앞에 깔린 두 장의 패 중에서 십의 패가 두 장이나 나와 있었다.

결국 담우천이 조합을 이루려면 사람들이 들고 있거나 혹은 아직 깔리지 않은 패 중에 있을 두 장의 십 중 한 장이 담우천에게 들어와야 한다는 것이다.

설령 그렇게 낮은 확률로 십이 들어와서 조합이 이뤄졌다 하더라도 겨우 두 끗만으로 다른 사람들을 이길 가능성은 거의 없다고 봐야 했다.

무엇보다 상대들은 이미 조합을 이룬 듯, 거침없이 판돈을 키우고 있었다. 최소한 여덟 끗은 되어야 이 판에 낄 수 있을 것 같은 상황이었다.

그럼에도 불구하고 담우천은 패를 엎지 않았다. 그는 장사꾼 노인과 비단옷 중년인이 돈을 거는 대로 묵묵히 따라 걸고 있었다. 지켜보던 소화의 입이 쩍 벌어졌다.

'도대체 무슨 배짱으로 그 패를 가지고 백 냥이나 따라가는 거야?'

그녀가 어이없어 할 때였다. 고민하던 고 대야가 담우천의 깔린 두 패 일, 일의 수를 힐끗 보면서 중얼거렸다.

"도대체 무슨 패를 들고 있는 건가?"

담우천은 처음부터 지금껏 무표정한 얼굴로 일관하고 있어서 그가 무슨 패를 들고 있는지 도저히 감을 잡을 수가 없었다.

사실 좋은 패를 쥐거나 혹은 허풍으로 사람들을 죽게 만들고 큰돈을 따게 되면 누구나 표정의 변화가 있게 마련이었다. 뛰어난 도박꾼일수록 그러한 표정의 변화가 적게 마련이고, 그런 의미에서 보자면 담우천은 매우 훌륭한 도박꾼이었다.

"좋아, 예까지 와서 죽을 수는 없지."

고 대야가 한숨을 쉬며 돈을 걸었다. 반위백도 조용히 따라 걸었다.

이윽고 마지막 패가 돌려졌다.

소화는 두근거리는 가슴을 억지로 진정시키며 담우천의 패를 훔쳐보려고 했다.

하지만 담우천은 좀처럼 패를 볼 생각을 하지 않았다. 그는 패를 엎어둔 채 사람들의 얼굴을 바라보고 있었다. 손을 부들부들 떨며 마지막 패를 쪼이던 사람들의 표정이 희미하게 꿈틀거렸다.

원하던 패가 나온 것일까. 혹은 마지막 패로 인해서 엉망이 되어버렸을까.

처음부터 지금껏 쉬지 않고 돈을 지르던 비단옷 중년인이 처음으로 망설였다. 하지만 그는 곧바로 은자 백 냥짜리 전표 석 장을 밀어 넣었다.

"으음, 패가 떴나?"

고 대야가 눈을 부릅뜨며 중얼거렸다. 장사치 노인네가 피식 웃으며 말했다.

"그렇게 내지를 생각이었다면 애당초 조금이라도 망설이지 말았어야지. 잠깐 망설인 게 무슨 의미인지 뻔히 들여다보이지 않는가?"

장사치는 그렇게 말하며 전표 여덟 장을 판돈 위로 던졌다. 비단옷의 삼백 냥을 받고 거기에 오백 냥을 더 건다는 것이다. 일순 비단옷의 얼굴이 싯누렇게 변했다. 고 대야도 한숨을 길게 내쉬었다.

"이것 참 죽을 수도 그렇다고 따라갈 수도 없게 만드네."

고 대야는 한참이나 고민하더니 결국 패를 엎었다. 그는 투덜거리면서 두 팔을 번쩍 들었다.

"하필이면 여섯 끗이 뭔가? 일곱 끗만 되더라도 지옥 끝까지 따라갔을 텐데."

그런 투덜거림을 들으면서 담우천은 조용히 팔백 냥을 따라갔다. 그에게 남아 있던 돈 전부를 건 것이다.

이번에는 장사치의 눈이 휘둥그레졌다. 고 대야도 담우천의 패가 궁금해 미치겠다는 듯한 표정이었다. 당장에라도 담우천의 패를 까보고 싶다는 듯 손을 움찔거리면서 그가 말했다.

"자네가 무서워서 죽은 거야. 도대체 무슨 패를 들고 있는지 전혀 감을 잡을 수가 없어서 말이지."

남은 사람은 반위백이었다. 그는 잠시 담우천의 얼굴을 바라보다가 처음으로 판돈을 키웠다.

"팔백에 오백을 더하겠소."

열세 장의 전표가 판돈에 쌓였다. 그것으로 이번 판에 걸린 돈이 무려 사천 냥이 훌쩍 넘게 되었다.

비단옷의 중년인이 부들부들 떨었다. 그는 몇 번이나 패를 들춰보다가 결국 한숨을 쉬며 패를 엎었다.

늙은 장사꾼도 비슷했다. 중년인보다는 침착했지만 역시 흔들리는 눈동자로 판세를 다시 한 번 살펴보다가 도저히 안 되겠다는 듯이 고개를 흔들며 기권했다.

"한 사람이라면 쫓아가겠는데 말이지."

그는 매우 아쉬웠던지 제 패를 까서 내던지며 투덜거렸다. 소화가 재빨리 확인했다. 여덟 끗이었다. 고 대야가 활짝 웃으며 말했다.

"죽기 잘했네. 겨우 여섯 끗으로 덤비려고 했다니."

이제 사람들의 시선은 담우천에게로 쏠렸다. 여덟 끗이 죽
은 걸로 보아 아홉 끗이 아니면 결코 쉽게 따라갈 수가 없는
상황이었다.

담우천은 태연하게 말했다.

"지금 내게 남은 돈은 은자 두 냥 정도요."

"판돈이 없으면 죽으시던가."

비단옷의 중년인이 매몰차게 말했다. 담우천은 무심한 눈
빛으로 그를 한 번 쓸어보고는 다시 반위백을 향해 말했다.

"나머지 돈을 감하시던가 아니면 그만한 돈을 빌려주시
오."

"호오, 뭘 믿고?"

중년인이 다시 한 번 빈정거렸다. 아무래도 높은 패를 기대
하고 판돈을 키워가다가 결국 판을 접은 아쉬움이 큰 모양이
었다.

반면 반위백은 담우천을 바라보면서 담담한 어조로 말했
다.

"돈이야 얼마든지 빌려 드릴 수 있습니다. 만약 담보로 잡
힐만한 게 있다면 말이죠."

담우천은 잠시 망설이다가 말했다.

"내 목숨을 걸겠소."

3. 따고 배짱

다시 한 번 방정맞게 입을 놀리려던 중년인의 얼굴이 핼쑥해졌다. 다른 이들도 마찬가지였다. 갑자기 분위기가 싸늘해지면서 무거운 적막이 그 위로 내려앉았다. 반위백이 담우천을 노려보았다. 담우천은 여전히 무심한 얼굴로 그를 바라보았다.

매서운 살기 한 점이 유성처럼 흐르고 지나갈 때, 고 대야가 박수를 치며 감탄했다.

"살다 보니 이런 판을 보는군그래. 도박꾼의 꿈이라고 할 수 있는 목숨을 건 판이라! 좋아, 좋아! 그 정도 각오라면 은자 오백 냥 가치는 충분하지. 만약 이당가가 빌려주지 않는다면 내가 빌려주겠네."

고 대야가 이렇게까지 나오자 반위백도 어쩔 도리가 없는 듯, 희미하게 웃으며 고개를 끄덕였다.

"그렇게 하죠."

반위백은 손가락을 튕겼다. 거한 한 명이 다가오자 그가 말했다.

"담보증을 가지고 와라. 담보는 저 손님의 목숨이다."

"네에?"

거한의 눈이 커졌다. 반위백이 서늘한 눈빛으로 그를 쳐다

보자 거한은 황급히 고개를 숙이고는 부리나케 달려갔다. 그가 돌아오기를 기다리며 반위백은 깍지를 끼며 턱을 괴었다.

"도대체 무슨 패인지 궁금하군요."

고 대야가 고개를 끄덕이며 맞장구쳤다.

"깔린 두 장의 합이 둘, 나머지 석 장으로 통을 맞추고 구가 되려면 팔, 오, 사, 뭐 이 정도 들고 있어야 하나?"

"그건 안 되죠. 오가 벌써 넉 장 다 나왔으니까 말입니다."

지금 판 위에는 고 대야와 장사치 두 사람의 패가 펼쳐져 있었는데 그중에 오가 석 장이 있었다. 그리고 나머지 한 장은 반위백이 든 상태였다.

"호오, 그렇다면 팔, 육, 삼?"

"흠, 그것도 아닐 겁니다."

중년인이 제 패를 깠다. 무려 팔이 석 장이나 들려 있었다. 그리고 장사치의 패 중에도 팔이라는 숫자가 한 장 있었다.

중년인의 패를 확인한 장사치가 그럴 줄 알았다는 듯이 낄낄 웃으며 말했다.

"십, 이, 팔, 팔, 팔이라. 처음 세 장으로 통을 짓고 날뛰다가 결국 여섯 끗으로 끝났구먼."

중년인은 불만이라는 어조로 말했다.

"다른 투패처럼 쌍점을 허용했다면 쌍팔(雙八)입니다. 일인지하만인지상(一人之下萬人之上)의 패라구요."

"하지만 마흔 장의 투패를 사용하는 대신 쌍점은 허용하지 않겠다는 게 애당초 규칙이 아니었나?"

중년인이 불퉁거리는 데에는 다 이유가 있었던 것이다. 스무 장으로 투패를 하는 경우 대부분 쌍점을 허용하는데 쌍팔이라면 쌍구(雙九) 바로 밑, 나올 수 있는 조합 중에서 두 번째로 높은 패였다. 그런 패가 이곳에서는 겨우 여섯 끗으로 전락했으니 아쉬운 게 당연했다.

어쨌거나 패가 펼쳐질수록 사람들은 더욱 담우천의 패에 대해서 궁금해했다. 일, 일이라는 수로 만들 수 있는 조합의 경우를 다들 머릿속으로 그려보았다. 하지만 팔과 오가 빠진 이상, 그 조합으로 아홉 끗을 만드는 건 결코 쉽지 않았다.

이윽고 거한이 전표와 종이와 붓을 가지고 왔다. 종이에는 목숨을 담보로 돈을 빌린다는 글이 적혀 있었는데 반위백이 그 종이와 붓을 담우천에게 내밀면서 말했다.

"서명하십시오."

담우천이 붓으로 서명을 하려는 순간, 소화가 차용증을 낚아채더니 세심하게 읽어 내려갔다. 반위백의 눈살이 꿈틀거릴 때 소화가 손가락으로 어느 한 부분을 가리키며 말했다.

"글자가 하나 많은 것 같은데요? 지급할 의무가 반드시 있다, 이 부분에서 반드시는 없어야 하는 건 아닌가요? 이 판을 따게 되면 목숨이 아니라 돈으로 갚아도 되니까 말이죠."

"흠, 오해를 살 문장이구먼."

고 대야가 고개를 끄덕였다. 반위백은 다시 한 번 소화를 노려보았다. 그녀는 저도 모르게 몸서리를 쳤다.

'내가 미쳤지. 왜 갑자기 끼어들어서……'

소화는 이내 후회했다.

하지만 이미 발을 들여놓은 이상 어쩔 도리가 없었다. 그녀는 가슴을 내밀며 당당한 표정을 지었다. 물론 반위백의 시선을 피해 고개를 돌리기는 했지만.

반위백은 거한을 향해 꾸짖었다.

"이런 차용증 하나 제대로 써오지 못하면 어떻게 하느냐?"

"죄송합니다, 이당가."

반위백은 혀를 차며 손을 내밀었다. 소화가 차용증을 건네주자 직접 붓으로 글자를 지운 다음 돌려주었다. 소화가 다시 한 번 읽어보더니 고개를 끄덕이며 담우천에게 건넸다. 그리고는 낮은 목소리로 소곤거렸다.

"지금이라도 늦지 않았어요."

돈을 빌리기보다는 패를 엎는 게 더 나을 거라는 뜻이었다. 하지만 담우천은 무표정한 얼굴로 제 이름을 적고는 반위백에게 차용증을 주었다.

'담우천이라……'

반위백은 그 이름을 기억하면서 고개를 끄덕이며 입을 열었다.

"귀하가 갚아야 할 금액은 총 오백오십 냥이오. 오십 냥은 선이자로 떼고 오백 냥을 드리오."

기다렸다는 듯이 거한이 전표를 건네자 이번에도 소화가 액수를 확인하고는 판돈 위로 던졌다.

고 대야가 마른침을 삼키며 손을 비볐다.

"자, 그럼 이제 목숨이 걸린 한판의 결과를 볼 수 있겠군. 어여들 패를 펼치라구."

하지만 두 사람은 쉽게 패를 펼치지 않았다. 반위백이 담우천을 향해 말했다.

"먼저 패를 밝히시죠. 아홉 끗이면 제가 졌습니다."

"호오, 여덟 끗인가 보군."

고 대야가 중얼거리며 담우천을 바라보았다. 담우천은 천천히 패를 한 장씩 펼쳤다.

첫 장은 일이었다. 사람들이 웅성거렸다. 일 세 장으로 따라갔다는 게 믿어지지 않는다는 얼굴이었다. 그 다음 패의 수는 구였다. 웅성거림은 더욱 심해졌다. 비단옷의 중년인이 어처구니가 없다는 듯이 중얼거렸다.

"아직 통을 짓지도 못했잖아?"

"아니, 이런 패로는 통을 짓기조차 힘들어 보이는데."

"이걸로 어떻게 따라온 거야?"

"팔이 다 빠졌으니까 통을 지으려면 십밖에 없는 건데……. 그렇게 통을 지어봤자 두 끗 아닌가?"

고 대야와 장사치가 번갈아 이야기하는 동안 마지막 패가 펼쳐졌다. 사람들의 예상대로 십(十)이었다.

결과는 두 끗.

그것으로 목숨을 건 것이다, 이 평범해 보이는 사내는.

사람들은 어이가 없다는 듯, 혹은 믿을 수 없다는 얼굴로 담우천을 바라보았다. 정작 담우천은 여전히 무표정한 얼굴로 반위백을 지켜보고 있었다. 그 시선을 따라 사람들의 고개가 반위백을 향했다.

이때 반위백의 얼굴은 처참하게 일그러져 있었다. 평소 그가 얼마나 진중한지, 또 무표정한지를 잘 알고 있는 사람이라면 눈이 휘둥그레질 정도로 격렬한 반응을 보이고 있었다.

"정말……."

반위백의 목소리가 갈라져 나왔다.

"그 패로 목숨을 걸었나?"

지금까지와는 달리 반말을 내뱉고 있었다. 담우천은 조용히 말했다.

"패나 펼치시오."

고 대야도 닦달했다.

"그래, 얼른 펼쳐 보라구. 여덟 끗 맞아?"

반위백은 입술을 깨물었다.

그의 깔린 패는 육, 구. 그리고 오가 한 장 있다고 했으니 그것만으로 통을 지을 수가 있었다. 나머지 숫자가 궁금한 것이다.

반위백은 한숨을 쉬다가 패를 펼쳤다. 오가 나왔고 육이 나왔다. 마지막 패의 수는 사였다.

"뭐야, 망통이야?"

고 대야가 어처구니가 없다는 듯이 소리쳤다.

통을 지은 패 중에서 가장 낮은 패가 바로 지금처럼 수의 합이 영이 되는, 이른바 망통이었다. 반위백의 얼굴이 붉게 달아올랐다.

망통으로 판을 따라오고 마지막 판돈을 크게 후려친 건 허풍이었다. 그 허풍에 여덟 곳의 장사치도, 여섯 곳의 중년인도 모두 항복하고 패를 덮었으니 나름대로 회심의 일격이라 할 수 있었다.

그런데 이 담우천이라는 자는 놀랍게도 겨우 두 끗밖에 되지 않은 패로 끝까지 따라온 것이다. 그것도 목숨을 담보로 하여 돈을 빌려서까지. 미쳤거나, 아니면 확실히 이긴다는 자신이 있었거나 둘 중 하나였다.

'미친 건 아니다.'

반위백은 입술을 깨물었다.

'그렇다면 반드시 이긴다는 자신이 있었을 터.'

속임수가 있었다. 반위백이 처음부터 끝까지 눈여겨 지켜보고는 있었음에도 불구하고 눈치채지 못한 속임수가 분명 존재했다.

하지만 어쩔 도리가 없었다. 이 바닥에서는 눈치채지 못한 속임수는 곧 실력이었으니까. 심중과 추측만으로는 도저히 어찌해 볼 수 있는 상황이 아니었다.

고 대야가 손뼉을 치고 있었다. 그는 감탄하며 연신 고개를 끄덕였다.

"그러니까 무조건 이당가의 패가 허풍이라고 자신했던 게로군. 또 그 허풍으로 인해서 다른 사람들은 반드시 죽을 거라고 생각했고. 아니, 아무리 그렇게 자신했다 하더라도 나 같은 소인배는 목숨까지 걸면서 확인하려 하지 못했을 거야. 정말 대단하군, 대단해!"

그는 엄지손가락을 세우며 담우천을 칭찬했다. 담우천은 여전히 무덤덤한 얼굴로 판돈을 긁어모았다. 그리고 백 냥짜리 전표 다섯 장과 오십 냥짜리 은원보(銀元寶)를 거한에게 건네며 말했다.

"이자까지 갚겠소."

거한은 떨떠름한 표정을 지은 채 반위백을 바라보았다. 반위백은 억지로 미소를 머금으며 고개를 끄덕였다. 거한이 돈을 받자 소화가 얼른 말했다.

"그럼 차용증을 돌려주셔야죠."

여우같은 년.

반위백이 이를 갈았다.

'두고 보자, 이 계집.'

그는 차용증을 돌려주었고 소화는 그 자리에서 찢었다. 돈을 챙긴 담우천이 자리에서 일어나려고 했다. 반위백이 빠르게 물었다.

"이대로 끝내시려구요?"

담우천은 이해가 가지 않는다는 듯이 되물었다.

"끝내는 건 내 마음대로가 아니었소?"

"맞네, 자네 마음이지. 원래 따고 배짱이라는 말도 있지 않은가? 딸 때 일어서는 게 진정한 도박꾼이지. 다들 그날의 운수를 믿고 더 따려다가 본전까지 잃게 되니까 문제이기는 하지만."

고 대야가 껄껄 웃으며 담우천의 편을 들어주었다. 그렇게 되자 반위백은 더 이상 담우천을 붙잡을 명분이 없게 되었다.

"그럼 다음에 또 뵙죠."

반위백의 인사에 담우천은 고개만 살짝 끄덕이고는 자리를 빠져나왔다. 소화가 흥분한 얼굴로 그 뒤를 따라붙었다. 담우천은 미리 나눠둔 전표들을 그녀에게 건네며 말했다.

"일 할이오."

백 냥짜리 전표 넉 장, 즉 사백 냥이었다.

소화는 전표를 받아 들고는 믿을 수 없다는 듯이 담우천을 뚫어지게 바라보았다.

비록 애당초 딴 돈의 일 할을 주겠다는 약속을 하기는 했지만, 그렇다고 해서 세상의 어느 누가 사백 냥이나 되는 돈을 흔쾌히 내주겠는가.

그녀 역시 사백 냥을 받을 거라고는 생각하지 않았다. 많아

봤자 백 냥, 그것도 감지덕지하면서 받을 생각이었다. 그런데 저자는 조금도 망설이지 않고 사백 냥을 건네 주는 것이다.

"정말 이거 받아도 되나요?"

그녀가 묻자 담우천은 고개를 갸웃거리다가 아, 하는 얼굴로 말했다.

"아, 미안. 좀 더 정확하게 계산해야 했나? 대충 사천 냥 정도 되는 거 같아서 준 건데. 정확하게 얼마를 벌었는지 확인해 보겠소."

그가 품에서 전표와 은자를 꺼내려고 하자 소화가 얼른 팔을 붙잡았다.

"아뇨, 됐어요. 고마워요."

소화는 활짝 웃으며 말했다. 그리고는 그녀는 곧 주위를 살펴보며 그를 외진 구석으로 이끌고 갔다.

"조심하세요."

"뭘?"

"이당가, 저렇게 예의 바른 척해도 아는 사람은 다 아는 살인귀라구요."

"으음."

"나 같으면 이곳에 머물다가 고 대야와 함께 자리를 뜨겠어요. 고 대야와 함께라면 아무리 저들이라 하더라도 감히 건드리지 못할 거예요."

"나는 괜찮소. 외려 당신이 걱정되는구려."

담우천은 지나가는 여인의 쟁반에서 젓가락을 슬쩍 꺼내 소맷춤에 넣으며 말했다.

"그러게나 말이에요."

소화는 가볍게 한숨을 내쉬었다.

"솔직하게 말하면 아까 괜한 짓을 했다는 생각이 들어요. 혼자 흥분해서 그만……. 하지만 엎지른 물, 어떡하겠어요? 이당가에게 단단히 찍혔으니까 멀리 도망가든가, 아니면 한동안 깊이 잠수해 있어야죠."

담우천은 그녀를 바라보았다.

지금 그의 수중에는 은자 삼천육백여 냥이라는 거액이 있었다. 그건 담우천 혼자서 딴 돈이 아니었다. 소화의 도움과 지적, 조언이 아니었더라면 결코 이뤄낼 수 없는 성과였다. 어쩌면 그녀의 몫은 일 할이 아니라 오 할일 수도 있었다.

담우천이 잠시 망설이다가 품에 손을 넣으며 말했다.

"멀리 도망치거나 깊이 잠수하려면 그 돈 가지고는 모자랄 수도 있겠구려."

그는 전표 한 다발을 꺼내 소화에게 들이밀었다. 소화의 눈이 휘둥그레졌다. 언뜻 보더라도 족히 다섯 장은 넘어 보이는 전표더미였다.

"정말 저 주시는 거예요?"

소화는 더듬거리며 물었다.

담우천이 고개를 끄덕였다. 소화는 잠시 망설이다가 양쪽

입술을 혀로 핥고는 서둘러 전표를 받아 쥐고는 이내 가슴골 사이로 밀어 넣었다. 풍만한 그녀의 가슴이 더욱 크게 부풀어 올랐다.

"고마워요, 정말."

소화는 활짝 웃더니 담우천의 뺨에 기습적으로 입을 맞췄다. 담우천은 가볍게 눈살을 찌푸렸다. 그렇다고 기분 나쁘다는 얼굴은 아니었다.

소화는 헤헤, 웃으며 문 앞까지 따라 나왔다. 그리고는 담우천의 팔을 붙들며 진심 어린 목소리로 말했다.

"제 걱정은 하지 마시구요. 곧장 큰길로 나가서서 불이 환하게 밝혀지고 행인들이 많은 쪽으로 움직이세요. 아, 황궁(皇宮) 쪽으로 걸어가는 게 가장 좋아요."

"알겠소."

그녀의 조언에 담우천은 가볍게 고개를 끄덕였다. 그때 문앞을 지키고 있던 거한 중 거웅이 피식거리며 농을 지껄였다.

"따라는 돈은 안 따고 계집을 딴 거요, 형씨?"

담우천에게 입장료라고 은자 여섯 냥을 갈취한 녀석이었다. 그는 아직 담우천이 수천 냥을 땄다는 소식을 듣지 못했는지 능글맞은 시선으로 소화와 담우천을 바라보며 싸구려 농을 지껄였다.

"조심하라구, 형씨. 이쪽 바닥 계집들은 하나같이 가시들이 있어서 먹을 땐 달콤하지만 뱉을 때는 속이 뒤집어지니까."

"흥, 은자 여섯 냥을 날름 삼켜놓구 뭔 흰소리를 그렇게 해요?"

소화의 말에 거웅은 기억나지 않는다는 듯이 눈을 동그랗게 뜨며 손을 내밀었다.

"뭔 소리야? 나는 언제나 정확하게 은자 반 냥의 입장료만 받는데. 안 그런가, 친구?"

"그럼그럼. 게다가 은자 여섯 냥을 내라고 한다고 진짜로 내는 머저리가 문제 아닐까?"

동료가 맞장구를 쳤다. 소화가 뭐라고 쏘아붙이려고 할 때 담우천이 재빨리 말하며 걸음을 옮겼다.

"그럼 먼저 가겠소."

"기다려요."

소화가 그를 따라 붙었다. 그 뒤로 거웅이 질 낮은 농담이 쏟아졌다.

"아 참, 아침에 일어나서 깜짝 놀라지나 말게, 친구. 저 짙은 화장 안에 어떤 노파의 얼굴이 있을지도 모르니까 말이네!"

"흥!"

소화는 뒤를 돌아보고 코웃음을 한 번 친 뒤, 담우천의 팔짱을 낀 채 골목길을 빠르게 걸으며 소곤거렸다.

"같이 가요."

담우천의 눈이 휘둥그레졌다.

"어디를?"

"그야 어디든 지요. 어디로 갈 생각이셨어요?"

"아이들이 기다리고 있는 객잔으로 갈 생각이오."

"아아……. 원래 가정이 있는 분이셨네."

소화의 얼굴에 실망의 빛이 스며들었다. 그녀는 잠시 생각하다가 물었다.

"그런데 왜 집이 아니라 객잔에 있어요? 아이들만 놔둔 건가요, 그곳에? 애들 엄마는요?"

담우천은 일일이 대답해 줄 생각이 없어서 짤막하게 대꾸했다.

"개인적인 일 때문이오."

"그렇죠. 당연히 개인적인 일 때문이겠죠. 하지만 우리는 이제 동료이자 친구이니까 그 정도 개인적인 일은 서로 이야기할 수 있지 않아요?"

알고 보니 소화는 두꺼운 화장만큼이나 얼굴도 두꺼웠다. 그녀는 종종 걸음을 하면서 느릿하게 걷는 담우천을 재촉했다.

"그나저나 빨리 좀 걸어요. 큰길가로 나가려면 아직 멀었다구요."

이미 날은 어두워진 후였고, 골목길은 불이 밝혀져 있지 않아 주변이 껌껌했다.

게다가 도방이 파장하려면 꽤 먼 시각이었고 반면 도박을 하러 들어가기에는 늦은 시각, 그러니 뒷골목에는 오가는 사람이 거의 보이지 않았다. 만약 담우천의 품 안에 거금이 들어 있다는 걸 아는 자가 나쁜 마음을 먹는다면, 딱 기습하기 좋은 상황이었다.

아니나 다를까.

막 길을 꺾어 들어가는 골목 안쪽에서 느닷없이 세 명의 거한이 튀어나오며 무기를 휘둘렀다.

第五章
기나긴 하룻밤

모르는 사람들이 들으면 하늘의 아들이 거주하는 북경부에 무슨 흑도방파가 있겠느냐 하겠지만, 사람 사는 곳에 오물이 쌓이게 마련이고 오물이 쌓이다 보면 파리 떼가 끓는 건 당연한 이치였다.

　　"흑화방은 조정과 관에도 관계를 두고 왕래할 정도로 대단한 권세를 지니고 있어요. 무림이라는 곳과도 연관이 있을 걸요, 아마? 북경부 뒷골목에서 살아가는 우리들에게는 황궁이나 관가의 위엄보다는 흑화방의 이름이 더 무서워요."

1. 흑화방

"꺄악!"

소화가 비명을 내지르며 눈을 감았다.

거한들이 휘두르는 도끼와 쇠방망이가 허공을 가르는 순간, 담우천은 침착하게 손을 뻗었다.

곧바로 신음과 비명이 터져 나왔다. 느닷없이 덤벼들었던 세 명의 거한은 또 느닷없이 무기를 놓친 채 바닥을 뒹굴고 있었다.

소화가 눈을 뜨고는 어찌된 영문인지 몰라 주위를 두리번 거렸다. 변한 거라고는 담우천의 손에 젓가락이 쥐어져 있다는 것뿐이었다.

"갑시다."

담우천은 쓰러져서 엉금엉금 기어가고 있는 거한들 사이로 발을 옮겼다. 소화는 거한들의 얼굴을 훑어보다가 깜짝 놀랐다. 그들은 소화와 안면이 있는 자들이었다. 역시 팔복도방의 수하들이었던 것이다.

소화는 질렸다는 듯이 중얼거렸다.

"도방에서는 우리가 나오기도 전에 미리 준비하고 있었나봐요."

그때 바닥을 기던 거한 중 하나가 이를 갈며 말했다.

"흑화방(黑火幇)을 우습게 여기지 마라."

일순 그녀의 안색이 새파랗게 질렸다.

"팔복도방 뒤에 흑화방이 있었어요?"

"바보 같은 년, 여태 그것도 몰랐더냐?"

거한이 힘들게 일어서면서도 그녀를 향해 이죽거렸다.

"걱정 말아라. 이당가께서 네년은 반드시 살려두라고 하셨다. 백 명의 사내가 윤간(輪姦)을 하기 전까지는 말이다."

소화의 얼굴이 새하얗게 변했다. 그때 골목길을 걸어가던 담우천이 다시 돌아와, 막 일어서려던 거한의 얼굴을 밟았다. 우두둑! 소리와 함께 거한의 안면이 함몰되며 그대로 정신을 잃었다.

"갑시다."

담우천은 그 상황에 너무 놀란 나머지 멍하니 서 있는 소화를 잡아 당겼다. 소화는 깜짝 놀라며 손을 뿌리쳤다. 담우천이 씁쓸한 표정을 지었다. 그녀는 얼른 제정신을 차리며 미안해했다.

"죄송해요. 이런 광경은 처음 보는 거라……."

바로 눈앞에서 뼈가 박살 나고 피가 사방으로 튀는 광경을 보았으니 혼이 반쯤 나가는 것도 무리가 아니었다. 그래서였다, 비록 정신은 차렸지만 발이 쉽게 떨어지지 않는 것은.

"왜, 왜 이러죠?"

그녀가 두 다리를 부들부들 떨며 중얼거렸다. 마치 그 자리에 얼어붙은 듯 꼼짝도 못하고 있었다. 그렇게 그녀가 시간을 지체하고 있는 동안, 골목길 안쪽에서 사람들이 마구 달려오는 기척이 들려왔다.

담우천은 내심 한숨을 내쉬었다.

'정말이지 함부로 죽이고 싶지 않은데.'

실력이 엇비슷하다면 모르되, 주먹질 한 방으로 혹은 젓가락질 한 번으로 목숨을 빼앗을 정도의 사람들과 드잡이질을 벌이는 건 썩 내키지 않는 일이었다.

하지만 세상일이라는 게 마음대로 되는 게 아니었다. 소화가 머뭇거리고 있는 동안 팔복도방의 거한이 무려 십여 명이나 달려온 것이다. 그중에는 거웅도 포함되어 있었다.

"거기 멈춰!"

도끼를 휘두르며 선두에서 달려오던 거웅이 그렇게 소리

치다가 문득 제가 먼저 멈춰 섰다. 소화와 담우천이 서 있는 자리, 그 주위로 세 명의 거한이 엉금엉금 기고 있는 걸 보았던 것이다.

"이 개자식이!"

거웅이 눈을 부릅뜨며 욕설을 퍼부었다.

"어디서 온 개뼈다귀가 하늘 높은 줄 모르고 설쳐 대는 게냐?"

그는 시원하게 욕설을 퍼부으며 동료들이 다가오기를 기다렸다. 그리고 십여 명의 사내가 모여들자 그제야 비로소 그는 담우천에게 가까이 다가가며 으르렁거렸다.

"죽고 싶지 않으면 순순히 항복해라."

담우천은 다시 한숨을 내쉬었다. 한숨이 많아진다는 건 결코 좋은 일이 아니었다. 그의 뜻과 의지와는 상관없이 일이 진행된다는 의미였으니까.

'어차피 이렇게 된 거…….'

그는 모질게 마음을 먹고 앞으로 걸어 나갔다. 거웅은 무방비 상태로 다가오는 담우천을 보고 멈칫거렸다.

'항복하는 건가?'

그게 그의 마지막 생각이었다.

갑자기 주변 풍광이 뒤집어진다 싶더니 이내 뒤통수에 엄청난 충격이 와 닿았다. 동시에 거웅은 눈을 까뒤집은 채 기절하고 말았다.

단 한 번의 손놀림으로 거대한 체구의 거웅을 공중에서 한 바퀴 회전시키며 땅에 처박은 담우천은 계속해서 앞으로 걸어 나갔다. 갑작스런 상황에 당황해하던 거한들이 그제야 정신을 차리고 일제히 도끼와 칼을 휘두르며 덤벼들었다.

  담우천은 어깨를 살짝 비트는 것과 동시에 상대의 복부를 후려쳤다. 돼지 멱따는 소리와 함께 한 사내가 복부를 움켜쥐며 쓰러졌다.

  연이어 담우천은 달려오는 거한의 다리를 걷어찼고 옆에서 도끼를 휘두르는 자의 손목을 낚아채고 한 바퀴 돌렸다. 눈 깜짝 할 사이에 두 명의 사내가 바닥에 나동그라졌다.

  그의 손이 한 번 움직일 때마다, 그의 발이 허공을 가를 때마다 주변의 거한들은 짚 인형처럼 푹푹 쓰러졌다. 그 놀라운 광경에 소화는 그저 입만 벌린 채 멍하니 지켜보고 있었다.

  담우천이 세 걸음을 걷는 동안 십여 명의 거한이 모두 바닥에 쓰러졌다. 쓰러진 자들의 절반은 혼절했고 나머지 절반은 고통에 겨워 신음을 내며 바닥을 뒹굴었다.

  담우천은 그들을 한번 둘러보다가 거웅에게 다가가 허리를 굽혔다. 그는 거웅의 품을 뒤져 은자가 담긴 주머니를 꺼내 들며 중얼거렸다.

  "함부로 사기를 치다가는 뒤통수가 깨지는 법이지."

  물론 머리부터 땅바닥에 떨어진 거웅은 이미 혼절한 상태라 아쉽게도 담우천의 충고를 듣지 못했다.

담우천은 허리를 폈다. 그리고 다시 소화를 향해 시선을 돌리며 물었다.

"아까 이야기하다 만 것 같은데……. 흑화방은 또 무엇이오?"

소화의 표정이 다시 굳어졌다. 그녀는 대답 대신 겁에 질린 듯 주위를 두리번거리더니 담우천의 손을 잡고 빠르게 골목길을 빠져나왔다.

아직 불이 환하게 켜져 있고 오가는 행인들이 많은 거리에 나오자 그녀는 그제야 비로소 안도의 한숨을 내쉬며 입을 열었다.

"어느 도방이나 뒤를 봐주는 조직이 있어요. 그래야 불량배나 하오문 패거리들이 집쩍대는 걸 막을 수가 있거든요. 물론 우리 팔복도방에도 그런 조직이 있다는 거야 예전부터 잘 알고 있었지만 그게 흑화방일 줄은……."

흑화방은 이 북경부에서 다섯 손가락, 아니, 세 손가락 안에 꼽히는 거대한 흑도방파였다.

모르는 사람들이 들으면 하늘의 아들이 거주하는 북경부에 무슨 흑도방파가 있겠느냐 하겠지만, 사람 사는 곳에 오물이 쌓이게 마련이고 오물이 쌓이다 보면 파리 떼가 끓는 건 당연한 이치였다.

"흑화방은 조정과 관에도 관계를 두고 왕래할 정도로 대단한 권세를 지니고 있어요. 무림이라는 곳과도 연관이 있을 걸

요, 아마? 북경부 뒷골목에서 살아가는 우리들에게는 황궁이
나 관가의 위엄보다는 흑화방의 이름이 더 무서워요."

"그렇구려."

담우천은 담담하게 말했다.

"그렇게 넘어갈 일이 아니라구요."

소화는 그가 흑화방의 무서움을 모르는 것 같아서 답답하
기만 했다.

"거웅 같은 자들을 쉽게 해치운 것과는 전혀 다르다구요.
흑화방에는 무림인들조차 벌벌 떠는 고수들이 엄청나게 많아
요. 북경부의 어지간한 무관(武館) 사람들도 그들 앞에서는
고개조차 들지 못한다니까요."

소화는 초조하고 불안한 목소리로 말했지만 담우천의 얼
굴은 여전히 담담했다.

"이제 아저씨는 그런 흑화방에게 쫓기는 신세가 된 거라구
요. 아아, 저도 마찬가지네요. 이런, 빌어먹을! 오늘따라 운수
가 좋다 싶더니만."

그녀는 어울리지 않게 욕설을 퍼부으며 침을 뱉었다. 지나
가던 행인이 눈살을 찌푸리며 황급히 옆으로 피했다. 그녀는
행인을 노려보다가 다시 담우천을 쳐다보며 말을 이어 나갔
다.

"어쩔 수 없죠, 이왕 이렇게 된 이상 전 확실히 몸을 숨길
거예요. 다행히 제 본래 얼굴을 아는 사람이 없으니까, 화장

지우면 아무도 알아보지 못할 거예요."

설마.

담우천은 그녀의 얼굴을 바라보았다. 확실히 요란할 정도로 두꺼운 화장이기는 했지만 그걸 지운다고 해서 사람 얼굴을 알아보지 못할 정도일까, 하는 의아심이 드는 까닭이었다.

그 눈빛의 의미를 눈치챘는지 소화는 피식 웃으며 말했다.

"화장을 과소평가하는군요. 내가 화장을 지우면 아저씨도 몰라볼 걸요?"

담우천은 고개를 갸웃거렸다. 하지만 어쨌든 그게 중요한 건 아니었다. 우선 그는 자식들의 안전을 확인한 후 다시 곽노야를 만나러 가야 했다.

바쁜 날이었다. 몸이 두 개라 하더라도 모자랄 밤이다.

"그럼 이만."

그는 걸음을 멈추며 말했다.

"나와 같이 있다 보면 아까와 같은 상황이 계속해서 벌어질 것이오. 그러니 이즈음에서 헤어지는 게 그대를 위해서라도 나은 일일 것이오."

"알겠어요. 뭐, 돈도 넘칠 만큼 받았으니까."

그녀는 몸을 돌리다가 문득 물었다.

"그런데 아저씨가 묵고 있는 객잔은 어디에요?"

"청화객잔이오."

담우천은 무뚝뚝하게 대꾸했다.

소화의 얼굴에 문득 슬픈 빛이 스며들었다. 하지만 그녀는 곧 손을 흔들며 행인들 사이로 사라졌다. 담우천은 몸을 돌리며 한숨을 내쉬었다.

자꾸만 일이 꼬이고 있었다.

한 가지 일을 해결하는 동안 두 가지 문제가 발생하고 있었다. 사람과 사람이 부딪치다 보니 모든 게 그의 뜻대로, 계획대로 이뤄지지 않는 것이다.

담우천은 고개를 한 번 흔들어 젓고는 서둘러 걸음을 옮겼다.

2. 북경의 밤

담창은 새근거리며 잠자고 있었다. 하지만 담호는 그때까지 침상에 앉아 있다가 담우천이 들어서자 벌떡 일어났다. 담우천은 그의 머리를 쓰다듬으며 말했다.

"자지 않고."

"아빠가 오는 걸 보고 자려구요."

담우천은 고개를 끄덕였다.

"그래. 그럼 이제 자거라."

담호는 불안한 눈빛으로 그를 올려다보며 물었다.

"오늘은 이제 안 나가실 거죠?"

담우천이 망설이다가 말했다.

"그럼. 이렇게 늦었는데 어디를 또 가겠니?"

담호가 활짝 웃으며 침상으로 기어 들어갔다. 담우천은 침상 끄트머리에 앉아서 가만히 담호를 지켜보았다. 이내 담호의 숨소리가 규칙적으로 변했다.

그렇게 한동안 제 자식의 잠자는 모습을 지켜보던 담우천은 문득 머리를 긁적였다. 난감한 표정이 그의 얼굴 위로 스며들었다. 어린아이를 속인다는 건 확실히 마음이 편하지 않은 일이다.

그 미안함과 죄책감을 지우기 위해서였을까. 그는 얼른 품을 뒤져 은자와 전표들을 꺼내 액수를 확인했다. 정확하게 은자 삼천백이십오 냥이었다. 곽 노야가 말한 정보료 이천 냥보다 천 냥 이상이나 벌어들인 것이다.

"돈 걱정은 이제 하지 않아도 되겠군."

담우천은 담담하게 말하여 침상 밑에 놓아둔 검을 집어 들었다. 도박장에 갈 때는 필요 없을 거라고 생각해서 풀어둔 검이었지만 지금은 달랐다. 젓가락만으로 해결할 수 없는 상황이 닥칠지도 몰랐다.

"어쨌든 또 다른 일이 닥치면 그때 가서 해결할 수밖에."

그는 조용히 문을 닫았다.

*　　　*　　　*

"이런……."

이천 냥어치의 전표들을 바라보는 곽 노야의 얼굴이 어딘지 모르게 딱딱하게 느껴졌다. 사람들의 이목을 끄는 걸 원치 않는 듯, 곽 노야와의 만남은 여전히 그의 비좁은 집무실에서 이뤄지고 있었다.

담우천은 무표정하게 말했다.

"당신이 말한 정보료요."

"흠, 이천 냥이라면 적당하기는 하지. 그런데 문제가 있다네."

곽 노야의 말에 담우천은 그럴 줄 알았다는 듯이 다시 품에서 전표 다발을 꺼내 탁자 위로 던지며 말했다.

"천 냥 더 드리겠소. 이것으로도 모자란다면 백삼적매와 단고회에 대한 정보를 받을 때 원하는 액수만큼 드리겠소."

물론 지금 담우천의 품에는 은자 이십여 냥밖에 남지 않은 상태였다. 하지만 어떻게 돈을 부풀릴 수 있는지 방법을 알게 되었으니 이제 담우천은 돈 걱정은 그리 하지 않고 있었다.

"아니, 그런 문제가 아닐세."

곽 노야는 곰방대를 찾아 연초를 꾹꾹 눌러 담으며 말을 이어 나갔다.

"자네의 그 돈, 팔복도방 것이지?"

담우천이 팔복도방을 나선 지 불과 한 시진가량밖에 흐르지 않았다. 그런데 벌써 소문이 예까지 퍼진 것이다.

담우천은 고개를 끄덕였다. 곽 노야는 볼이 홀쭉해지도록 곰방대를 빨며 난처한 표정을 지었다.

"그게 말이야, 팔복도방의 뒤에는 흑화방이 있거든. 자네야 모를 수도 있겠지만 흑화방이라면 이곳 북경부에서 첫째 둘째가는 문파거든. 그들의 비위를 거스르는 날에는 그날 바로 짐을 싸야 하는 실정이라구."

담우천은 담담하게 말했다.

"흑개방도 그들을 감당하지 못하오?"

"으음, 나는 흑개방 사람이 아니네."

거짓말.

"설령 흑개방 사람이라 하더라도 역시 그 지역의 터줏대감은 무시하기 힘들지. 원래 관아보다 무섭게 생각해야 하는 게 바로 터줏대감들이니까."

곽 노야는 입맛이 쓴 듯 가래침을 타구(唾具)에 뱉었다. 담우천은 여전히 무덤덤하게 말했다.

"곽 노야만 입을 다물면 내가 이곳에 왔다 간 것을 그 누가 알겠소?"

"모를 사람이 어디 있나? 우선 우리 점소이부터 시작해서 예까지 안내한 시녀도 그렇고……."

곽 노야는 혀를 차며 말했다.

"사람의 흔적이란 생각보다 쉽게 지워지지 않는 법이네. 아무리 자네가 용의주도하게 움직인다 하더라도 흑화방 사람들은 금세 자네와 나의 관계를 눈치챌 걸세. 자네야 이 바닥을 뜨면 상관없겠지만 나는 함부로 이곳을 뜰 수 없는 처지라서 말이지. 계속 흑화방과 척지는 상태로 지낼 수는 없는 노릇이거든."

담우천이 한숨을 내쉬었다.

"그렇다면 정보를 줄 수 없다는 뜻이오? 내가 들은 흑개방의 위세와는 전혀 다르군그래."

"그렇게까지 말할 필요는 없지 않은가? 아, 그렇다고 물론 내가 흑개방에 관련된 인물이라는 건 아니네만. 어쨌든 서로 좋게 생각하세. 아, 그렇군."

그는 문득 좋은 생각이라도 한 듯 눈빛을 빛내며 말을 이었다.

"이곳에서 남서쪽으로 가면 석가장(石家莊)이라고 있네. 진주(晉州) 근처네. 그곳에 내가 조금 아는 친구가 있는데 바로 흑개방 진주지부의 책임자라네. 그곳에 가면 확실히 자네가 원하는 정보를 얻을 수 있을 것이야. 어떤가? 내가 추천서까지 써줌세. 그렇게 하지, 응?"

곽 노야는 애원하는 듯한 눈빛으로 그를 쳐다보았다. 그제야 비로소 담우천은 알 것 같았다. 지금 왜 이 곽 노야라는 자가 이런 구차한 의견을 내놓으면서까지 자신의 돈을 받으려 하지 않는지.

그건 흑화방 때문이 아니었다. 무엇보다 단고의 정보를 내놓는 것을 꺼름칙하게 여기기 때문이었다.

'믿을 수 없군. 흑개방에서 단고의 정보를 취급하기를 두려워할 정도라면……'

저귀의 말로는 개방조차 두려워하지 않는다는 흑개방이었다. 그런 조직의 인물이 이토록 겁에 질린 채, 저귀에게 받았던 옛 은혜를 외면하고서까지 담우천의 요구를 거절하는 것이다.

과연 담우천의 아내를 납치한 백삼적매의 인물들이 그 단고와 연관이 있을까.

아직 확실한 건 아무것도 없었다. 백삼적매와 단고에 대한 이야기는 오로지 저귀로부터 들었을 뿐이다. 그 누구도 단고에 대한 이야기를 꺼내는 걸 원치 않았다. 그들의 실체는 물론 그림자도 보이지 않았다. 마치 허공으로 손을 뻗어 연기를 잡으려고 하는 상황이었다.

'처음부터 다시 시작해야 하나?'

담우천의 표정이 굳어졌다.

"어쩔 수 없구려."

담우천은 전표들을 다시 품에 넣으며 말했다. 그러자 곽 노야가 곰방대를 털며 말했다.

"미안하네."

"미안할 것 없소."

담우천은 자리에서 일어나며 말했다.

"그저 저귀의 사람 보는 눈이 형편없었을 뿐이니까."

곽 노야의 얼굴이 추하게 일그러졌다.

3. 배신자

그새 큰길가의 불들은 모두 꺼졌고 오가는 행인들도 보이지 않았다. 사위가 쥐 죽은 듯이 고요한 가운데 멀리서 삼경(오후 11시—오전 1시)을 알리는 북소리가 들려왔다.

이 당시 북경부에는 도둑들이 활동하는 것을 막기 위해서 야간통행을 금지시키고 있었다. 그래서 거리에는 야탁(夜柝: 딱따기)을 치는 순라군 이외에는 사람을 찾아볼 수가 없었다.

물론 간이 배 밖으로 나올 정도로 술에 취한 자들이 부르는 노랫소리가 들리지 않는 건 아니었다. 하지만 그 고성방가는 잠시 후 순라군의 욕설과 또 다른 비명으로 이어졌다가 이내 곧 잠잠해졌다.

담우천은 행여 귀찮은 일이 생길까 빠르게 움직여 별채로 돌아왔다.

다른 곳과 마찬가지로 객잔의 별채 또한 어둠과 적막으로 뒤덮여 있었다. 객잔 별채 안으로 막 발을 들이던 담우천의 표정이 살짝 굳어졌다.

그 고즈넉한 공기의 흐름 속에서 이질적인 무언가가 섞여 있는 걸 느꼈던 것이다.

그는 재빨리 주위의 기척을 살폈다. 하지만 아무런 인기척이 느껴지지 않았다. 어쩌면 과민하게 반응한 것인지도 모른다.

담우천은 천천히 자신의 별채를 향해 걸어갔다. 별채 안, 두 아이의 고른 숨소리가 그의 귓전에 들려왔다. 아이들은 별 이상이 없었다.

그제야 담우천은 긴장을 풀며 어깨를 축 늘어뜨렸다. 역시 자신이 과민 반응한 게다, 라는 표정이 그의 얼굴에 떠올랐을 때였다.

스팟! 한 가닥 날카로운 살기와 더불어 지붕 위에서 섬전 같은 일격이 담우천의 정수리를 노리고 내려꽂혔다. 동시에 별채 좌우 양쪽에서 느닷없이 네 명의 흑의인(黑衣人)이 튀어나와 담우천을 향해 칼을 휘둘렀다. 그야말로 담우천이 방심하는 틈을 노린 전면 합공!

그 일련의 공세는 실로 빠르고 살벌했으며 또한 물 샐 틈 없이 완벽한 합공이었다. 담우천은 어느 쪽으로도 피할 수가 없었다. 그리고 담우천은 또 어느 쪽으로도 피하지 않았다.

그는 조금 전 방심하며 어깨를 축 늘어뜨렸던 자세 그대로 몸을 한 바퀴 회전했다. 그것뿐이었다. 그의 손은 여전히 아무것도 쥐지 않았으며 그의 검 역시 검집에 꽂힌 상태였다.

하지만 주변의 상황은 전혀 달라져 있었다. 담우천의 정수리를 향해 뛰어내리며 일격을 퍼붓던 흑의인은 그대로 바닥에 꼬꾸라졌고, 사방에서 협공을 펼치던 네 명의 흑의인은 마치 석상처럼 그대로 멈춰 섰다.

두 손으로 칼을 높이 치켜 올린 채 담우천을 내려찍으려던 자도, 담우천의 허리를 노리고 일도양단(一刀兩斷)의 기세로 베려던 자도 모두 굳은 듯, 혹은 그 자리에 얼어붙은 듯 움직이지 못했다.

담우천은 별채로 들어가 등불을 밝히고 다시 밖으로 걸어 나왔다. 다섯 명의 흑의인은 눈조차 끔뻑거리지 못한 채, 경악에 질린 얼굴로 담우천을 바라보았다.

담우천은 천천히 그들을 둘러보았다.

가슴에 붉은 수실로 흑(黑)이라고 수놓아진 흑의무복은 그들의 소속이 바로 흑화방임을 말해주고 있었다. 또한 기습을 펼칠 때 전혀 소리가 나지 않았던 움직임은, 이들이 흑화방에서도 꽤 상급에 속하는 고수들임을 보여주고 있었다.

"이곳은 어떻게 알았지?"

담우천은 젓가락을 들어 한 사람을 콕 찍으며 물었다.

젓가락에 찔린 흑의인은 몸을 부르르 떨었다. 하지만 여전히 움직일 수는 없었다. 말도 할 수가 없었다.

다섯 명의 흑의인 중 우두머리 격인 자는 그 광경을 힐끗 보며 속으로 물었다.

'도대체 네놈은 누구냐?'

궁금한 게 당연했다.

자신들, 그러니까 흑화방에서 전략적으로 키우는 전문 살수들인 흑살칠십이룡(黑煞七十二龍) 중 다섯 명을, 단 한 번의 움직임으로 아혈과 마혈을 모두 짚을 정도의 고수는 결코 흔치 않았으니까.

게다가 그는 담우천이 그 회전을 하면서 무슨 무기를 사용했는지도 전혀 알지 못했다. 젓가락으로 혈도를 짚은 것인지 아니면 검을 휘둘러 제압한 것인지 알 수 없을 정도로 담우천의 움직임은 너무나도 빠르고 신묘했다.

그 정도의 움직임이라면 최소한 무림 구대문파의 장로급 혹은 그 이상의 실력을 지닌 고수라는 뜻이었다.

'빌어먹을 반위백.'

그는 속으로 이를 갈았다.

'기껏해야 일류고수라고 하더니……'

애당초 그들에게 전해진 정보부터 엉터리였다.

사실 외지인이 도방에 와서 난장판을 만들었다는 것부터 시작하여 손보러 보낸 아이들이 박살 났다는 건 실제 상황과 크게 다르지 않았다.

하지만 이 담우천이라는 자의 실력이 '기껏해야 일류급'일 것이라는 정보가 문제였던 것이다. 그건 그들의 목숨과도 직결되는 거짓 정보였다.

그 거짓 정보로 무려 다섯 명이나 되는 흑살룡(黑煞龍)이 움직인 것은, 그나마 담우천이 이곳에 머무른다는 제보를 건

넨 자 때문이었다.

그는 담우천을 두고 결코 만만한 자가 아니라고 말했으며 또한 최소한 다섯 명 이상의 흑살룡들이 움직여야 할 것이라고 조언했다.

"다섯 명의 흑살룡이라면 너무 과한 게 아닌가? 그야말로 닭 잡는 데 소 잡는 칼을 쓰는 격일 텐데."

흑화방 측에서는 그렇게 생각하면서도 제보한 자의 의견을 존중하여 이렇게 다섯 명의 흑살룡을 보낸 것이다.

그러나 그자도 틀렸다. 이 담우천이라는 놈은 열 명, 아니, 스무 명의 흑살룡을 보내도 감당할 수 없는, 절정고수인 것이다.

흑의인이 그런 생각을 하고 있을 때, 담우천은 젓가락으로 다른 흑의인의 이마를 지그시 찌르고 있었다. 나무로 만든 젓가락이 천천히 이마의 피부를 뚫고 뼈를 관통하며 안으로 깊게 찔러가고 있었다.

흑의인은 고통과 공포 속에서 두 눈을 희번덕거리며 온몸을 부들부들 떨고 있었지만, 아혈이 제압당한 상태인지 비명조차 지르지 못했다.

담우천은 여전히 무표정한 눈빛으로 흑의인들을 바라보며 중얼거렸다.

"대답을 하지 않아도 상관없다. 어차피 누가 자네들을 이곳으로 보냈는지 대충 알고 있으니까."

흑의인의 이마에 구멍이 뚫리면서 피가 흘러내리기 시작했다. 그 잔인한 고문을 하면서도 담우천은 한 점의 표정 변화도 보이지 않았다. 마치 어린아이가 심심풀이 삼아서 이쑤시개로 개미를 찌르는 것처럼, 외려 재미없고 지루하다는 듯한 얼굴이었다.

"물론 소화라는 아가씨는 절대 아니지. 그녀가 내가 묵는 객잔을 물었을 때 나는 아무렇게나 대답했으니까."

그래서였다. 북경부에 청화객잔이라는 이름의 객잔이 없다는 걸 안 소화였기에 그렇게 슬픈 표정을 지었던 것이다. 이 사내가 자신을 전혀 믿지 않는구나, 하는 실망감에서 오는 슬픔.

"그르륵……."

목구멍 안에서 거품 끓는 소리를 내며 흑의인이 천천히 뒤로 넘어갔다. 그 바람에 흑의인의 뇌수까지 꿰뚫은 젓가락이 저절로 빠졌다. 담우천이 들고 있는 젓가락에는 붉고 흰, 정체 모를 액체와 건더기가 묻어 있었다.

"그러니 남은 건 홍도루 사람들. 그중에서 내가 묵는 객잔을 아는 사람은……."

이곳 객잔을 알아봐 준 사람.

담우천은 태연한 얼굴로 그 젓가락을 바로 옆 흑의인의 이마에 가져갔다. 흑의인의 얼굴은 절망과 공포로 사색이 되었다. 담우천은 그 흑의인의 이마를 젓가락으로 찌르며 다시 물었다.

"단지 확인하고 싶을 뿐이다. 내가 이곳에 있다는 건 누구에게 들었지?"

잔인한 놈!

우두머리가 이를 갈았다.

놈은 흑의인들의 아혈과 마혈을 제압한 상태에서 질문을 던지고 있었다. 원래 아혈을 제압당하면 입이 있어도 말을 할 수가 없게 된다. 그러니 애당초 대답하고 싶어도 대답할 수가 없는 것이다.

흑의인들은 그저 저 나무젓가락이 제 이마를, 혹은 동료의 이마를 천천히 꿰뚫는 광경을 물끄러미 바라보며 진저리를 칠 수밖에 없었다.

놈은 그 상태에서 느끼게 되는 공포와 절망감이 얼마나 절대적인 것인지, 정확하게 알고 있었다. 또한 놈은 느긋하지만 망설임없는 손길로 살아 있는 자의 이마를 꿰뚫는 잔인한 행동을 아무런 죄책감 없이 하고 있었다.

즉, 놈은 고문의 달인이자 숙련가였다. 도대체 이자는 누구란 말인가.

나무젓가락에 의해 제 이마를 꿰뚫리고 있는 두 번째 흑의인의 눈에서 눈물이 흘러내렸다. 흑의인의 두 눈동자가 견딜 수 없는 고통과 참을 수 없는 공포로 초점을 잃은 가운데, 간절하게 애원하는 눈빛 한줄기가 실낱같은 희망을 담고 흘러나왔다.

담우천은 그 눈빛을 보고서야 비로소 젓가락을 멈춰 세웠다. 그리고 흑의인의 아혈을 해혈(解穴)하면서 천천히 말했다.

"오직 그 이름만 말하라. 괜한 소리를 했다가는……."

"사, 살려주세요!"

흑의인은 아혈이 풀리자마자 곧바로 비명을 지르듯 목숨을 구걸했다.

담우천은 살짝 인상을 찌푸리며 그대로 젓가락을 밀어 넣었다. 푹! 하는 기이한 소리와 함께 젓가락이 흑의인의 이마 깊숙한 곳까지 파고들었다.

흑의인은 경련을 일으키듯 부들부들 떨면서 눈자위를 까뒤집었다. 그의 목에서도 거품이 이는 소리가 들렸다. 그게 끝이었다.

담우천은 젓가락에 묻은 피와 싯누런 뇌수를 무심하게 바라보다가 세 번째 흑의인에게로 시선을 돌렸다. 흑의인은 이미 까무러치기 직전이었다.

담우천은 그자를 향해 말했다.

"오직 그 이름만 말하라."

흑의인은 알겠다는 듯이 눈을 끔뻑거렸다. 담우천이 아혈을 풀어주었다. 흑의인은 빠르게 말했다.

"이 객잔을 가르쳐 준 사람은……."

4. 한 시진 전

겨울은 언제나 밤이 길었다. 하지만 북경부의 하룻밤은 지루할 정도로 길었다.

담우천은 이 하룻밤 동안 똑같은 길을 네 번이나 지나야만 했다. 그렇게 해서 당도한 홍도루에는 담우천이 머물고 있는 객잔에 대한 정보를 흑화방에 넘겨준 자가 있었다.

*   *   *

"이미 다 알고 왔습니다."

흑화방에서 온 자가 말했다.

"그자만 내놓으시면 됩니다."

정중하지만 조금의 여유도 느끼지 못하게 만드는 위협. 그 위협 앞에서 곽 노야는 살짝 노기를 보였다.

"지금 나를 협박하시는 건가? 내가 누군지 뻔히 알면서도?"

"누군지 알기에 이렇게 정중하게 대하는 겁니다. 만약 귀하가 흑개방과 관련되어 있지 않다면 이렇게 말로 묻지 않았을 테니까요."

상대는 곽 노야의 서슬 퍼런 눈빛에도 불구하고 여전히 침착한 어조로 말했다. 곽 노야는 그 무례함에 분노한 듯 잔뜩 성난 얼굴로 그를 노려보았다. 하지만 그의 뇌리는 언제나처럼 차분하고 논리적으로 움직이고 있었다.

'안 그래도 그자의 요구 때문에 난감한 처지인데 이참에 이들의 손을 빌려 처리하는 것도 그리 나쁘지 않을 것 같다. 어차피 저귀에게 진 빚은 저귀에게 갚으면 그뿐, 내가 굳이 얼굴도 이름도 처음 보고 듣는 녀석에게 괜한 선심을 쓸 이유는 하나도 없으니까.'

하지만 담우천이라는 자는 생각보다 강했다. 그가 자신의 무공도 팔 수 있다는 의미로 시전해 보였던 그 한 수는 결코 아무나 펼칠 수 있는 수준이 아니었다. 아무리 흑화방이라 하더라도 그런 담우천을 상대하려면 적지 않은 피해를 입어야 할 게 분명했다.

'흠, 그건 또 그것대로 좋지 않을까? 안 그래도 요즘 흑화방이 너무 날뛰는 것 같아서 마음에 들지 않았는데 이번 일로 큰코 한번 다치는 것도 그리 나쁘지 않을 것 같군. 게다가 그들이 자랑하는 흑살칠십이룡의 실력이 어느 정도인지 한 번 확인할 수도 있고.'

북경부의 최대 흑도방파 중 하나인 흑화방의 힘은 크게 셋으로 분류할 수 있었다.

하나는 정관계에 널리 퍼져 있는 인맥이 그것이고 또 하나는 수십 개의 기루와 도박장, 등을 통해서 거둬들이는 엄청난 부(富)라 할 수 있었다. 그리고 마지막 하나이자 또 가장 필요하고 중요한 힘이 바로 무력이었다. 흑화방의 흑살칠십이룡은 그들의 무력을 대표하는 상징과도 같았다.

'만약 담우천이 놈들을 해치우면 흑화방과 더 이상 돌이킬 수 없는 관계가 되겠지. 물론 담우천은 나를 잡으려 하겠지만 그건 걱정하지 않아도 되겠고……. 시간만 적당하게 끌면 나는 곧 뒷전에 앉아서 재미있게 구경이나 하면 되니까.'

거기까지 생각한 곽 노야는 어쩔 도리가 없다는 듯이 한숨을 길게 내쉬며 입을 열었다.

"어쩔 수 없군. 그자보다는 흑화방과의 관계가 더 중요하니까. 그는 홍씨네 객잔 별채에 묵고 있네."

"고맙소. 본 방은 결코 곽 노야의 은혜를 잊지 않을 것이오."

사자(使者)로 온 이가 돌아서려 할 때, 곽 노야는 그를 불러 세우며 조언했다.

"한 가지 더. 그는 강하네. 그를 상대하려면 최소한 흑살룡 다섯 명은 필요할 것이네."

"다섯 명씩이나?"

"그것도 최소한으로 잡은 게야. 물론 흑살칠십이룡이 소문만큼 강하다면 또 모르겠지만."

"우리는 강하오."

사자는 자존심이 상한다는 표정을 지었다. 곽 노야가 손을 저으며 말했다.

"알지, 잘 알고 말고. 그래서 하는 말이네. 최소한, 다섯 명은 필요할 것이네."

사자는 곽 노야를 노려보듯 바라보다가 아무런 말 없이 몸을 돌려 밖으로 나갔다. 곽 노야는 그 뒷모습을 바라보며 싱글거렸다. 오늘은 꽤 흥미로운 밤이 될 것이다, 라는 생각이 그의 뇌리를 스치고 지나갔다.

그렇게 흑화방에서 온 자를 배웅한 지 불과 일각도 지나지 않아 담우천이 그를 찾아왔다. 곽 노야는 담우천이 건넨 은자를 보고는 한숨을 쉬며 고개를 저었다.

"흠, 이천 냥이라면 적당하기는 하지. 그런데 문제가 있다네. 자네의 그 돈, 팔복도방 것이지?"

5. 받아들일 수 없는 청부

"삼천 냥이라……."

아깝기는 했다. 한 건의 정보료로 삼천 냥을 받는 건 이쪽 세계에서도 그리 자주 있는 일이 아니었다. 하지만 문제는 담우천이 원하는 정보였다.

사실 백삼적매의 정체나 그 행방을 수소문하는 건 그리 어려운 일이 아니었다. 대륙 전체에 깔려 있는 흑개방의 점조직을 이용한다면 늦어도 보름 이내에 그들의 신분과 정체, 소속과 지금 위치까지 알아낼 수 있을 것이다. 거기까지라면 저귀와의 인연이 아니더라도 충분히 수락할 수 있는 일이었다.

그러나 담우천은 그것만 요구하지 않았다. 그는 단고회에 대한 정보를 요구했고, 그것은 흑개방에서 절대 받아들이지 않는 세 가지 청부 중 하나였다.

당금 천하를 지배하는 태극천맹(太極天盟)의 중추를 이루고 있는 오대가문에 관한 건, 사마외도의 절대적인 신앙인 공적십이마(公賊十二魔)—그중 여섯이 태극천맹의 추격 끝에 죽거나 사로잡혔다고 알려졌으니 이제는 공적육마(公賊六魔)라고 하는 게 더 정확한 표현이지만—그리고 다른 하나가 바로 이 세상의 어둠을 지배하는 자들에 관한 정보였다.

단고회는 세 번째 경우에 속했다. 단고회 자체는 그리 무섭거나 두려운 존재가 아니었지만 그 뒤에 버티고 서 있는 자들을 생각한다면 아무리 흑개방이라 하더라도 쉽게 입을 열 수가 없었다.

아니, 애당초 흑개방은 그들의 존재를 부인하고 있었다. 단고회니 야시(夜市)의 은밀한 주재자니 하는 건 설화(說話)나 민담 같은 것이라고 치부했다. 그게 흑개방의 공식 입장인 것이다.

그런 상황에서 어떻게 담우천의 청부를 받아들일 수 있겠는가. 아무리 삼천 냥이, 또 저귀와의 인연이 중요하다고 해도 그건 받아들일 수 없는 청부였다.

담우천이 떠난 후 곽 노야는 한동안 그런 생각을 하다가 자리에서 일어났다. 흑화방이 왔다 가고 담우천이 다시 왔다 갔으니 앞으로 벌어질 상황이 뻔한 것이다.

흑화방은 담우천에게 살수들을 보낼 게다. 하지만 곽 노야가 본 담우천의 실력이라면 외려 그 살수들을 물리칠 테고, 살수들이 객잔까지 찾아온 것을 두고 곽 노야를 떠올릴 게 분명했다.

그 대비를 해야 했다.

그는 벽장 한구석에 은밀하게 만들어진 비밀 금고를 열었다. 두꺼운 책자 십여 권과 전표 다발이 그 안에 있었다. 곽 노야는 그것들을 챙기며 중얼거렸다.

"담우천이라는 자가 아무리 강하다고 하더라도 결국에는 흑화방에게 죽음을 당하겠지. 혼자서 천 명이나 되는 자를 싸워 이길 수는 없을 테니까."

거기까지 말하던 곽 노야는 문득 생각났다는 듯이 혼자 웃으며 중얼거렸다.

"게다가 그곳에는 혈향검수(血香劒帥)도 있으니까."

일개 흑도방파에 있기에는 너무나도 강한 실력을 지닌 자가 바로 혈향검수였다. 한때 무림의 거대문파에서 그를 초빙하기 위해 심혈을 기울였던 적도 있었으니까.

'그러니 혈향검수와 흑살칠십이룡이라면……'

하지만 그 와중에 흑화방도 무사하지는 못할 것이다. 적어도 삼분지 일의 병력을 잃을지도 몰랐다. 곽 노야는 담우천에게 그럴 만한 능력이 충분하다고 보았다.

"그렇게 되면 욱일승천하던 흑화방의 위세도 꺾을 것이고,

우리가 밀고 있는 청사회(青蛇會)가 그 자리를 대신하겠지."

이거야말로 꿩 먹고 알 먹는 일이었다. 또한 현금 삼천 냥보다 훨씬 커다란 이익이 될 수 있었다.

짐을 다 챙긴 곽 노야는 점소이를 불렀다.

"나는 먼저 들어갈 테니 영업이 끝나면 문단속 잘해라."

점소이의 입이 찢어졌다.

지금 곽 노야가 들어간다는 것은 이후 발생하는 홍도루의 수익 중 일부분이 제 수중으로 떨어진다는 의미, 그는 허리를 굽히며 말했다.

"네, 단속 잘하겠습니다. 걱정 말고 들어가십쇼."

곽 노야는 몸을 돌리려다가 문득 생각났다는 듯이 입을 열었다.

"아. 혹시 나 찾는 자가 있으면 흑화방으로 갔다고, 거기 위치를 자세히 가르쳐 주렴."

"흑화방이요?"

"그래."

"노야를 찾는 사람이 누구든지 그렇게 말하면 되는 겁니까?"

"그렇다니까."

"알겠습니다. 그럼 살펴 들어가십쇼."

점소이는 그가 왜 흑화방으로 갔다고 거짓말을 해야 하는지 의아하기는 했지만, 곽 노야 모르게 뒷돈을 챙길 요량에 무조건 허리를 굽히며 인사했다.

곽 노야는 속으로 피식 웃으며 집무실을 빠져나왔다. 별 하나 보이지 않는 밤이었다.

"내일, 눈이 내리려나."

곽 노야는 밤하늘을 힐끗 보고는 천천히 걸으며 어두운 밤거리 속으로 사라져 갔다.

곽 노야가 떠난 지 반 시진 가량이 흐른 후 담우천이 다시 홍도루를 찾아왔다.

곽 노야로부터 이미 지시를 받은 점소이는 담우천을 보자마자 아, 하고 고개를 끄덕였다. 그제야 곽 노야가 거짓말을 한 까닭을 알아차린 것이다.

'하도 귀찮게 구니까 아예 흑화방으로 보내려고 하셨던 거구나.'

하기야 게서 몇 대 맞거나 협박을 받으면 더 이상 곽 노야를 귀찮게 하지 않겠지.

담우천을 그저 곽 노야에게 돈을 꾸러 온 지인(知人) 정도로만 생각한 점소이는 불퉁거리는 어조로 말했다.

"곽 노야는 지금 흑화방에 가계시오. 원한다면 위치를 말씀드리지."

담우천의 눈살이 살짝 찌푸려졌다.

'약삭빠르군.'

놈은 담우천과 흑화방의 싸움을 즐기고 있었다. 어느 쪽이 이기든 상관하지 않을 것이다. 물론 양패구상(兩敗俱傷)이라면 더더욱 좋을 테지만.

그러니 곽 노야는 당연히 흑화방에 없을 것이다. 그렇다고 집에 갔을 리도 없었다. 이 소동이 끝날 때까지 아무도 모르는 곳에 은신한 채 느긋하게 구경할 생각이리라.

생각할수록 얄밉고 정 떨어지는 작자였다.

'그렇다면… 그 쥐구멍에서 나오게 만들어주마.'

담우천은 고개를 끄덕였다.

"좋소. 그곳이 어디요?"

'가서 몇 대 얻어맞았다고 해서 나를 원망하지 말라구. 이게 다 곽 노야께서 시킨 일이니까.'

점소이는 내심 그렇게 중얼거리고는 흑화방의 위치를 설명했다.

담우천은 고맙다는 인사도 없이 몸을 돌렸다. 점소이는 어둠 속으로 사라지는 그의 뒷모습을 바라보며 혀를 쯧쯧 찼다. 세찬 밤바람이 칼날처럼 매섭게 어두운 거리를 스치고 지나갔다.

"와아, 정말 추워졌네."

점소이는 어깨를 움츠리면서 서둘러 안으로 들어갔다.

第六章
흑화방의 사람들

구걸은 쉽게 하는 게 아니다. 무작정 아무에게나 들러붙어서 하는 건 제대로 된 구걸이 아니었다.

　우선 오늘 구걸할 상대의 기분이 좋은지 나쁜지 재빨리 파악하는 능력이 있어야 했다. 또 돌아오는 제삿날이 언제인지 또 그 집안에 무슨 일이 있는지 알아내는 정보력도 있어야 했다.

　즉, 제대로 구걸을 하기 위해서는 인근 주변 사람들과 가족, 집안의 모든 정보를 꿰차고 있어야 한다는 뜻이었다. 그게 걸인들에게 필요한 기본 소양인 것이다.

1. 공생관계

북경부에는 자금성을 중심으로 동서남북의 구역을 나눠 각 구역을 관리하는 네 개의 세력이 있었다.

그중 가장 큰 곳이 이른바 상인들의 거리라 불리는 북동쪽 상권을 관리하는 백금방(百金幫)이었고, 서남쪽의 구역을 지배하는 흑화방과 동남쪽의 지배자 청사회가 그 뒤를 다투는 중이었다.

흑화방의 야심은 지대했다. 흑사회를 젖히고 백금방을 뛰어넘어 제일세력으로 발돋움하는 것이 그들의 목표가 아니었다.

그들은 북경부의 하오문파, 흑도방파를 하나로 규합, 통일

시켜서 강호의 뭇 거대문파들과 자웅을 겨루고자 했다. 그래서 강호무림의 고수들을 초빙하고 또 한편으로는 싹이 보이는 수하들을 집중 관리했다.

그렇게 해서 만들어진 첫 번째 결과물이 바로 흑살칠십이룡이었다.

흑살칠십이룡은 개개인이 일류급 무공을 지니고 있을 뿐만 아니라, 무엇보다 여럿이서 함께 펼치는 합격술(合擊術)이 뛰어났다.

흑화방은 거액을 들여서 소림사의 나한진(羅漢陣)이나 개방의 타구진(打狗陣)에 정통한 고인들을 초빙했고, 그들에게 흑살칠십이룡이 펼칠 수 있는 진법을 부탁했다.

그것은 무려 은자 십만 냥 이상이 소비되고 기간 또한 오년 이상이나 걸리는 힘든 작업이었다. 하지만 흑화방의 야심은 고래힘줄보다 끈질기고 강렬해서, 마침내 원하는 것들을 얻을 수가 있었다.

다섯 명이 모여 펼치는 흑살오륜진(黑煞五輪陣), 열두 명의 흑살룡들이 톱니바퀴처럼 맞물려 움직이는 차륜연환진(車輪連環陣), 서른여섯 명이 세 개의 원을 만들어 펼치는 삼원불멸진(三元不滅陣)이 바로 그것들이었다.

특히 일흔두 명의 흑살룡 전원이 한데 모여서 펼치는 멸절혼돈진(滅絶混沌陣)에 갇히면 설령 그자가 구파일방의 장로나 장문인이라고 하더라도 빠져나올 수 없다는 소리를 들을 정도로 막강한 위력을 보였다.

올해 여름 흑화방의 드넓은 연무장 앞에서 그 멸절혼돈진
이 펼쳐졌을 때, 그 장관을 지켜본 수뇌부들은 자신들이 북경
부의 패자가 될 날이 얼마 남지 않았음을 직감했다. 그건 이
날도 마찬가지였다.

이미 축시(丑時:오전1시−오전3시)도 한참 지난 한밤중이었
지만 흑화방의 너른 대청에는 아직도 술판이 끝나지 않았다.

아름다운 시녀들의 시중을 받으면서 열 명의 사람이 술과
요리를 즐기고 있었는데, 그중 흑화방의 복장을 입은 사람이
절반가량이었고 나머지는 상인, 관인 차림의 옷을 걸치고 있
었다.

"늦어도 내년에는 북경부의 모든 흑도방파들을 하나로 규
합할 것이오."

흑화방의 부방주이자 병력을 총괄 책임지는 사광생(史光
生)이 너털웃음을 흘리며 말했다.

"이게 다 대인들께서 힘을 써주신 덕분이오. 다시 한 번 감
사드리오."

사광생은 술잔을 들어 연거푸 석 잔이나 마셨다. 술과 여
자, 그리고 무공, 특히 칼에 관해서는 적수가 없다 하여 삼절
무적(三絶無敵)이라 불리는 그답게 술을 들이켜는 동작이 여
간 호쾌한 것이 아니었다. 게다가 그는 벌써 세 동이 이상의
술을 마셨음에도 불구하고 전혀 취한 기색을 보이지 않았다.

하지만 정작 대인이라 불린 손님들은 꽤나 취하고 피곤한 얼굴들이었다. 그들은 얼른 이 연회가 끝나서 각자 마음에 드는 시녀들과 함께 처소로 향했으면 하는 표정을 짓고 있었다.

그러나 사광생은 특별하게 좋은 일이 있었는지 연신 싱글벙글하며 입을 열었다.

"오늘, 아니, 날이 바뀌었으니까 어제가 되었구려. 서왕당(西王黨) 형제들이 백금방이 아닌, 우리와 뜻을 함께하기로 한 것 역시 현 대세를 따른 게 아니겠소? 안 그렇소, 교 아우?"

교 아우라 불린 자는 멋쩍게 웃으며 고개를 끄덕였다. 조금은 분한 기색이 서려 있었지만 다들 술에 취한 상태였고 또 사광생은 혼자 즐거운 탓에 그 표정을 제대로 읽지 못했다.

"허어, 오늘은 백 아우가 우리 흑화방의 다섯 번째 방주가 된 걸 기념하여 모인 자리가 아니오? 그런데 이렇게 벌써 파장 분위기면 섭섭하지. 뭣들 하느냐? 다들 술잔 가득 술을 따르지 않고서!"

사광생의 말에 시녀들은 부드러운 손 맵시로 술을 따랐다. 고위직 관복을 입은 관인 한 명이 제 옆의 시녀를 훑어보며 침을 삼켰다. 아까서부터 점찍어둔 계집인데, 저 사광생 때문에 여태 손목 한 번 잡아보지 못하고 있는 것이다.

'제기랄, 나는 지금 이 한 잔의 술보다도 이 계집의 꿀물을 더 마시고 싶단 말이다!'

그는 속으로 투덜거리면서도 겉으로는 활짝 웃으며 말했다.

"서왕당의 교돈(喬暾)이라면 인물 많은 이 북경부에서도 내로라하는 고수가 아니오? 저 무림의 고수들도 북경의 서패왕(西覇王) 하면 한 수 접어준다는 소문이 있을 정도이니 그 실력이 어느 정도인지는 따로 말하지 않아도 충분할 것이오. 그런 분이 흑화방의 오방주(五幫主)가 되셨으니, 확실히 장차 북경부의 패주(覇主)는 흑화방이 될 게 당연하오."

사광생이 껄껄 웃었다.

"하하 호 주사(主事)께서 그리 말씀해 주시니 분명 그리될 것입니다. 아울러 곽 주사께서도 내년에는 낭중(郎中)이 되실 겁니다. 안 그렇습니까, 방주."

대청 중앙 자리에 앉은, 눈빛 형형하고 수염을 가슴팍까지 기른 중년인이 조용히 미소 지으며 고개를 끄덕였다.

"당연히 그리될 것이오."

호 주사라 불린 관인이 머쓱한 듯 뒷머리를 긁적이며 말했다.

"외랑(外郎)도 아직 멀었소이다. 한데 낭중는 무슨……."

"아니, 그리될 것이오."

중년인, 그러니까 흑화방의 최고 권력자인 일방주는 나직하지만 확실히 힘이 실린 목소리로 단언했다.

"우리가 그리 만들 것이니까."

그의 목소리는 예언과도 같은 힘을 지닌 듯, 호 주사의 눈빛이 몽롱하게 반짝였다. 호 주사는 저도 모르게 침을 꼴깍 삼키면서 고개를 끄덕였다.

"그리 말씀해 주신다면야 내년을 기대해 보죠."

주사는 정육품의 관직으로 조정의 육부(六部)나 그 휘하에서 실무를 담당하는 조직인 경력사(經歷司)의 실무 담당자를 가리킨다.

반면 낭중의 정식명칭은 정오품의 각사낭중(各司郎中)으로 그 경력사의 수장이었다. 또한 외랑은 종오품의 각사외랑(各司外郎)이 정식 관직명으로, 각사낭중을 가까이에서 보좌하는 관료들이었다.

사실 직급이 한 단계 오르는데 삼 년에서 오 년이 걸리는 게 일반적인 관례, 그런데 지금 저 흑화방의 방주는 내년에 두 단계 이상의 승진을 자신하고 있었다.

흑염혈부(黑髯血斧) 구매겸(丘邁兼).

열다섯 나이에 흑도(黑道)에 입문하고 열일곱 살에 흑화방의 조직원이 되었다. 스물의 나이에 흑화방의 당주가 되었으며 스물다섯에 삼대(三代) 방주로 즉위한, 그야말로 입지전적인 인물이 바로 그였다.

그가 방주가 되었을 때만 하더라도 흑화방은 북경부에 존재하는 백여 개의 크고 작은 방파 중에서 중간에 해당하는, 방도(幫徒) 수백 명도 안 되는 중소 규모의 조직이었다.

그러나 지난 이십여 년 간 흑화방은 구매겸의 탁월한 무공 실력과 뛰어난 경영 능력을 바탕으로 규모를 넓히면서 장족의 발전을 했다. 그 결과 오늘날에 와서는 강호의 대문파가 후원한다는 소문이 있는 백금방과 자웅을 겨루는 위치까지 오를 수 있었다.

구매겸은 잔잔한 미소를 머금은 채 탁자에 앉아 있는 사람들의 면면을 훑어보았다.

어릴 적 불알친구이자 둘도 없는 동료인 사광생. 은자 만냥을 들여서 특별히 모셔온 강호의 고수이자 삼방주인 절대쌍검(絶代雙劒) 온주은(溫宙殷). 한때 개방의 인물이었던, 그래서 흑화방의 흑살룡들에게 진법을 가르쳐 준 사방주 노화자(老化子). 그리고 이번에 오백여 명의 서왕당을 이끌고 전면 투항한 서패왕 교돈.

구매겸은 그들의 늠름한 모습만으로도 천하를 제패할 수 있을 것만 같아서 마냥 흡족했다.

이곳에 모인 사람들은 그들뿐만이 아니었다. 십여 년 전부터 공을 들여 관계를 맺은 조정 형부(刑部)의 호 주사, 도찰원(都察院)의 종칠품 벼슬아치 왕 조마(照磨:도찰원의 서기), 그리고 북경부 관아의 추관(推官:포두, 포쾌, 나졸 등을 통솔하는 책임자. 총칠품 벼슬직)도 합석하고 있었다.

나머지 두 사람은 상인이었다. 저 유명한 대륙상가(大陸商家) 지부주(支部主)와 북경부 금서로의 상인연합회 회주(會主)가 바로 그들이었다.

무력과 국법, 돈. 언제나 이 세 가지는 서로 공존하며 공생

한다. 상인들은 흑화방의 보호를 받으며 관인들의 협조를 통해 상권을 키우고, 흑화방은 상인들에게 후원금을 받으며 관인들의 비호 아래 세력을 넓힌다. 물론 관인들은 상인들로부터 용돈을 받고 흑화방에게는 정적(政敵)의 처리나 귀찮은 일들을 부탁하기도 한다.

그 연결고리는 의외로 끈끈하고 강해서 한 번 관계가 맺어지면 수 년, 혹은 수십 년간이나 이어지기도 한다. 그래서 조그만 방파가 대방파가 되고 별 볼일 없던 상인이 상회의 주인이 되거나 조무래기 벼슬아치가 조정의 대신이 될 때까지 그들의 관계가 계속 이어지는 경우도 왕왕 있었다.

물론 그 연결고리의 중심에는 이익이 있어야 했고 그 이익의 교집합이 어느 한쪽으로 크게 기울지 않아야 했다. 서로의 이익이 보장되고 그 이익들이 상충하지 않는 이상, 한번 맺어진 관금력(官金力)의 관계는 결코 끊어지지 않는 법이었다.

2. 격장지계

"그럼 이제 밤도 깊었으니 아쉽지만 그래도 슬슬 파할 때가 된 것 같구려."

구매겸의 말에 호 주사의 얼굴이 활짝 폈다. 안 그래도 이제나 저제나 하며 기다리던 말이었다.

그는 제 옆에 서서 시중을 드는 시녀의 엉덩이를 살짝 꼬집었다. 시녀는 부끄럽다는 듯이 눈을 흘기면서도 호 주사의 어깨에 허벅지를 비볐다. 호 주사는 당장에라도 벌떡 일어날 것처럼 엉덩이를 들썩거리며 입을 열었다.

"그럼 먼저……."

그때였다.

"무슨 소리가 들리는 것 같은데? 정문 쪽에서 소란이 벌어진 것 같소."

삼방주, 절대쌍검 온주은이 대청 바깥쪽으로 시선을 돌리며 중얼거렸다.

그는 스스로를 강남에서 유명한 온씨세가(溫氏世家) 출신이라고 소개했다. 온씨세가는 항주 일대에서 수백 년의 역사를 지닌 명문세가로 과거 수많은 고수를 배출해 낸 적이 있었다. 하지만 지금은 이제 그 이름만 남은 쇠락한 가문, 역사의 뒤안길로 사라진 곳이기도 했다.

"이 밤에 무슨 소란이라는 말이오?"

사람들의 눈이 휘둥그레 뜨며 물었다. 그리고 그들은 온주은을 따라 굳게 닫혀 있는 대청문 쪽으로 시선을 돌렸다. 하지만 밖에서는 아무런 소리도 들리지 않았다.

시간은 한밤중, 사위는 교교하고 적막했다. 아무리 흑화방 내가 크고 넓다 하더라도 한바탕 소란이 일어났다면 이곳 내원까지 희미하게라도 들려야 했다. 그러나 사람들이 아무리 귀를 기울여도 별다른 기척은 들려오지 않았다.

"이제 아무 소리도 들리지 않는 걸 보니 아무래도 술 취한 행인이 고함을 지르는 소리를 들으셨던 것 같소이다."

사방주 노화자가 온주은이 과민 반응을 보인 것 같다며 껄껄 웃었다. 하지만 그건 노화자 또한 정문 쪽에서 일어난 소리를 들었다는 의미가 되기도 했다.

"흠, 종이 울리지 않는 걸로 보아 별일은 아닌 것 같구려."

잠시 귀를 기울이던 사광생이 가볍게 눈살을 찌푸리며 말했다. 온주은과 노화자와는 달리 아무런 소리도 듣지 못한 게 조금은 자존심 상한 모양이었다.

다급하거나 혹은 위급한 일이 생기면 정문 옆의 종루(鐘樓)에서 종을 치게 되어 있었다. 흑화방주가 기거하는 내원에서는 그 종이 울리는 회수로 상황을 파악할 수 있었는데, 사광생의 말대로 종이 울리지 않는 것으로 미루어 큰 소란은 아닌 모양이었다.

하지만 온주은의 표정은 여전히 딱딱하게 굳어져 있었다. 그는 양미간을 찌푸린 채 정신을 집중하여 바깥 상황에 귀를 기울이며 말했다.

"아무리 술에 취했다 하더라도 감히 본 방의 정문 앞에서 고함을 지르거나 행패를 부리는 자가 있을 수 있소?"

사람들의 얼굴이 굳어졌다. 그런 경우는 지난 이삼 년 동안 단 한 번도 없었다. 누구나, 심지어는 관가의 사람들조차 흑화방의 정문을 지날 때면 기척을 죽이고 눈치를 살폈다. 그런 의미에서 노화자의 술 취한 행인 운운하던 말은 확실히 있을 수 없는 일이었다.

"걱정도 팔자구려. 설령 뭔가 일이 있다 하더라도 아이들이 잘 해결할 것이고 만약 해결하지 못할 일이 벌어졌다면 금세 연락이 올 것이오."

사광생은 술잔을 들며 말했다. 온주은의 표정이 살짝 찌푸려졌다. 사사건건 그의 말에 딴죽을 걸고 나서는 사광생이 못마땅한 것이다.

그건 사광생 또한 마찬가지였다. 나름대로 무공에 관한 한 북경부 토박이 중에서는 가장 뛰어나다고 자부하고 있었는데, 뒤늦게 초빙되어 삼방주가 되면서 무사들의 총교두(總敎頭) 직위까지 빼앗아 버린 온주은이 불편한 것은 당연한 일이었다.

"그러고 보니 슬슬 돌아올 때가 되었는데."

사방주 노화자가 생각났다는 듯이 중얼거렸다.

이 밤의 연회가 시작될 무렵 팔복도방에서 도움이 필요하다고 해서 흑살룡 다섯 명을 보낸 지도 벌써 두 시진이 넘게 흘렀다. 그러니 지금쯤이라면 일을 끝내고 돌아와 보고해야 했다.

"흠, 담우천이라고 했던가?"

온주은이 턱을 매만지며 중얼거렸다.

홍도루의 곽 노야를 만나고 온 사자에 따르자면 유주에서 온 낭인이라고 했다. 사자는 담우천이 유주 일대에서는 잘 알려진 실력자라며 그자를 해치우려면 최소한 다섯 명 이상의 흑살룡이 필요할 거라고 곽 노야가 말했다고 전했다.

온주은이 그렇게 중얼거리며 자신을 바라보자 노화자는 고개를 저었다. 강호무림의 밥을 먹은 지 오십 년, 하지만 담우천이라는 이름은 전혀 생소하기만 한 것이다.

"뭐, 곧 오겠죠. 자자, 다들 마지막으로 건배하고 끝냅시다. 세상에 어느 미친놈이 있어서 감히 흑화방을 넘보려 하겠소이까?"

시녀와 뜨거운 밤을 보내고 싶어서 안달인 호 주사가 술잔을 들며 호기롭게 외칠 때였다.

"미친 것 같지는 않은데."

대청 밖에서 낮은 목소리가 들려왔다. 사람들의 안색이 급변했다. 특히 온주은과 노화자의 얼굴은 눈에 띄도록 창백해졌다.

'내 이목을 속이고 예까지 다가오다니.'

두 사람 모두 그런 생각을 하고 있는 것이다. 그때, 대청의 문이 열리고 한 사내가 들어왔다.

담우천이었다.

사람들의 표정이 걷잡을 수 없이 변했다. 믿을 수 없는 일이었다. 낯선 외인(外人)이 아무런 제지도 받지 않은 채 흑화방의 내원 깊숙한 이곳까지 걸어 들어오다니. 도대체 그동안 흑화방 곳곳을 지키는 경호무사들은 도대체 무얼 하고 있었단 말인가.

사광생이 자리에서 벌떡 일어나며 소리쳤다.

"네놈은 누구냐? 어떻게 이곳에 들어왔느냐?"

꽤 많은 술을 마셨지만, 북경부에서 으뜸가는 실력자답게 어느새 그는 소리없이 칼을 빼 들고 있었다.

담우천은 그를 힐끗 보고는 고개를 끄덕이며 말했다.

"성질 급한 사광생이라더니, 정말 그렇군. 다짜고짜 칼을 빼 들다니 말이지."

사광생의 눈이 커졌다. 자신은 그를 전혀 모르는데 상대는 자신을 알고 있는 게다.

담우천은 이내 그에게서 시선을 떼고 연회에 참석한 자들을 일일이 둘러보며 말했다.

"잘됐군. 마침 흑화방의 다섯 방주가 모두 모여 있으니까 말이지. 아, 그대가 흑화방주 구매겸이오?"

담우천의 시선이 멈춘 자리에는 흑염을 가슴까지 드리운 구매겸이 앉아 있었다. 담우천의 느닷없는 출현에도 불구하고 여전히 그는 태연자약하게 앉아 있었다. 북경부 흑도의 거물다운 모습이었다.

"예의가 없는 자로군."

그는 담우천을 쳐다보며 천천히 말했다.

"손님이면 손님답게 제 이름과 용무를 먼저 말해야지, 어디 감히 주인장의 이름을 묻는 겐가?"

담우천은 그의 얼굴을 바라보다가 살짝 고개를 끄덕이며
말했다.

"좋소. 나는 담우천이오. 그대들이 보낸 자객들 때문에 찾
아왔소."

일순 누군가의 입에서 '헉!' 하는 신음이 흘러나왔다. 사람
들이 일제히 소리 난 쪽을 돌아보았다. 노화자였다. 그는 믿
을 수 없다는 눈빛으로 담우천을 쳐다보며 입을 열었다.

"다섯 명의 흑살룡을 보냈는데, 살아남았다는 게냐?"

담우천은 대청 기둥에 등을 기대며 말했다.

"그들을 흑살룡이라 하나? 내가 보기에는 흑토룡(黑土龍)
에 불과하던데."

토룡은 곧 지렁이. 몇 년 동안 애지중지 키운 수하들에 대
해 그런 비아냥거림을 들었으니 가만있을 리가 없었다. 노화
자가 그대로 의자를 박차고 몸을 날렸다. 하지만 그보다 구매
겸의 입이 더 빨리 열렸다.

"멈추시게, 사방주."

막 담우천을 향해 덤벼들려던 노화자의 몸이 움찔거렸다.
그는 주먹을 불끈 쥔 채 담우천을 노려보다가 천천히 자리에
앉았다.

구매겸이 다시 입을 열었다.

"그럼 이곳을 찾은 용건은?"

'생각보다 큰 인물이다.'

담우천은 내심 그렇게 중얼거렸다. 또한 좋은 기회가 사라진 게 아쉽다는 생각이 언뜻 그의 뇌리를 스치고 지나갔다.

갑작스런 등장에 따른 혼란, 격장지계를 통한 분노 등으로 상대를 교란시키고 덤벼드는 자를 제압하여 선기를 빼앗으려고 했던 그의 계획이, 구매겸의 한마디로 인해 물거품이 되고 만 것이다.

"나는 흑개방의 북경부지부가 어디 있는지 찾고 있는 중이오."

담우천은 구매겸을 바라보며 말했다.

"만약 그 위치를 가르쳐 준다면 이대로 물러나리다."

"푸하하하하!"

사광생이 어이가 없다는 듯이 크게 웃었다. 그리고는 이내 두 눈을 부릅뜨며 담우천을 노려보았다.

"이대로 물러나? 누구 마음대로? 이곳에 네가 오고 싶을 때 오고 가고 싶을 때 갈 수 있는 곳이라고 생각하느냐?"

"물론."

담우천은 당연하다는 듯이 대답했다.

"그렇지 않으면 내가 어찌 함부로 왔겠나?"

"보자보자 하니까 이 개자식이!"

사광생은 더 이상 참을 수 없다는 듯이 담우천의 앞으로 다가섰다. 그때 온주은이 자리에서 일어나며 손을 들어 그를 제지했다. 사광생의 눈에서 불똥이 튀었다.

하지만 온주은은 그는 아랑곳하지 않고 오로지 담우천만을 바라보며 입을 열었다.

"귀하를 찾아간 흑살룡들은 어찌 되었소?"

'이자가 삼방주 온주은이라는 인물이구나.'

담우천은 들은 바를 기억하며 온주은을 바라보았다. 깊게 가라앉은 눈빛, 안정된 자세. 무엇보다 분위기에 휩쓸리지 않고 필요한 걸 묻고 있는 침착함과 냉정함이 눈에 띄는 인물이었다.

담우천은 조금은 거만한 얼굴로 말했다.

"다 죽이지는 않았네."

일순 노화자와 사광생의 얼굴에 분노의 불길이 피어올랐다. 그러나 여전히 온주은은 침착하게 말했다.

"만약 우리가 흑개방 지부의 위치를 가르쳐 주지 않는다면 어찌하시겠소?"

"그대들의 안위를 장담할 수 없게 되겠지."

"내가 보기에 확실히 귀하는 강하오. 하지만 우리와 흑화방 전체를 상대로 이길 수 있을 정도로 강한 것 같지는 않소이다만……."

"시험해 보고 싶으면 덤벼."

"이 개자식이 진짜!"

그 거침없이 오만한 말투가 도저히 용서되지 않는지 사광생이 버럭 소리쳤다. 동시에 그는 지면을 박차고 뛰어올라 자신의 앞을 가로막고 서 있는 온주은의 머리 위로 날아올랐다.

"이런……."

온주은이 눈살을 찌푸리며 손을 뻗었다. 자신의 머리를 뛰어넘은 사광생을 말리려는 것이다.

'바보같이, 격장지계에 넘어가다니!'

하지만 다음 순간 그는 다시 손을 움츠렸다. 이왕 이렇게 된 거, 사광생을 통해 저 담우천이라는 자의 실력이 어느 정도인지 확인해 보자는 생각이 들었던 것이다.

"죽어라!"

한 번의 도약으로 담우천의 지근거리까지 날아온 사광생은 천둥처럼 소리치며 벼락처럼 칼을 휘둘렀다.

초식이고 뭐고 없는, 단번에 머리부터 가랑이까지 일직선으로 쪼개 버리는 일합의 공격! 사광생의 칼이 담우천의 머리를 향해 태풍처럼 휘몰아쳤다.

기다렸다.

담우천의 입가에 희미한 미소가 그려졌다. 구매겸과 온주은의 방해에도 불구하고 끝까지 격장지계를 펼친 결과물이었다.

"컥!"

마치 가래가 목에 걸린 듯한 신음 소리가 터졌다. 동시에 사광생의 칼은 담우천의 몸 대신 애꿎은 허공을 가르며 바닥에 떨어졌다.

담우천은 손을 벌려 제 앞으로 쓰러지는 사광생을 부축하나 싶더니 이내 몸을 돌려 세우고는 발로 오금을 걷어차서 무릎을 꿇게 만들었다.

장내는 아무런 소리도 움직임도 없었다. 사광생이 온주은의 머리를 뛰어넘는 순간부터 그가 무릎을 꿇을 때까지 불과 하나, 둘을 헤아리는 시간밖에 소요되지 않았다. 그 짧은 순간에 벌어진 일이 흑화방 사람들의 입과 표정과 움직임을 모두 얼어붙게 만든 것이다.

'보, 볼 수가 없었다……'

온주은은 저도 모르게 마른침을 삼켰다. 사광생이 어떠한 수법에 당했는지, 담우천이 어떤 식으로 공격을 펼쳤는지 전혀 알 수가 없었던 것이다.

너무나도 간단하게 사광생을 제압한 담우천은 그의 머리 위에 한 손을 올려놓으며 입을 열었다.

"자, 이제 흑개방의 위치를 말해줄 때가 된 것 같은데……"

3. 정보란 원래 길거리에 굴러다니는 법

홍도루를 나선 담우천은 곧장 흑화방으로 향했다. 하지만 두어 걸음을 걸으면서 그의 마음이 바뀌었다.

젠장.

객잔에 두고 온 아들들이 떠오른 것이다.

'흑화방의 자객들이 한동안 돌아오지 않는다면 수상하게 여겨서 객잔으로 사람들을 보내겠지.'

그렇게 되면 별채 한구석에 처박힌 자객들과 침상에서 곤히 자고 있는 두 아들이 놈들의 수중에 떨어지게 될 것이다. 그다음 상황은 불 보듯 뻔했다.

담우천은 한숨을 내쉬었다. 이번에도 역시 아이들의 존재가 족쇄로 다가온 것이다.

어쩔 도리가 없었다. 아이들을 데리고 다니기로 결정한 이상 그것은 업보와도 같았다. 그가 짊어져야만 하는 짐이었다. 이제 와서 무겁다고 내팽개칠 수는 없었다.

그는 발길을 돌려서 객잔 별채로 돌아가면서 이런저런 생각을 하기 시작했다.

'아니, 이건 이것대로 괜찮을지도 몰라.'

문득 그런 생각이 들었다.

'흑화방에 대해서는 그 위치 빼고는 아무것도 알지 못하는 상황, 행여 뒤통수를 얻어맞을 수도 있지. 싸울 상대에 대해 제대로 파악하는 일보다 중요한 게 없다는 거야 어린아이도 잘 아는 상식이니까.'

지금 당장 흑화방으로 가는 것보다 잠시 시간을 두고 놈들에 대해서 이것저것 알아보는 것도 나쁘지가 않았다. 시간이 흐른다고 해서 흑화방이 도망갈 것도 아니니까.

그럼 흑화방에 대해서 자세히 알기 위해서는 누구를 찾아야 할까.

객잔 별채에 가둬둔 놈들을 족치는 것도 좋은 방법일 것이고 팔복도방에 가서 한바탕 소란을 부리는 것도 나쁘지 않았다.

하지만 담우천은 자신이 원하는 정보를, 최소한의 노동과 돈과 시간을 들여서 가장 간단하게 얻는 방법을 잘 알고 있었다.

*　　　　*　　　　*

객잔 별채로 돌아온 담우천은 침소를 찾았다. 여전히 아이들은 새근거리며 잠들어 있었다. 담우천은 광주리에 담창을 눕히고 담호를 등에 업었다. 담호가 비몽사몽 눈을 뜨며 물었다.

"어디 가요?"

"오늘 밤에는 수레에서 자자꾸나."

담우천의 말에 담호는 알 수 없는 말을 중얼거리다가 다시 눈을 감았다. 걷잡을 수 없이 덮쳐드는 수마(睡魔)를 감당해내기에는 아직 어린 나이인 것이다. 게다가 제 아비의 등에 업혀 있다는 편안함이 더욱 소년을 안도하게 만들고 방심케

하는 게다.

담우천은 두 아이와 함께 객잔의 마구간으로 향했다. 그들이 타고 온 수레마차가 말들과 함께 그곳에 있었다.

사실 따로 이 한밤중에 잠잘 숙소를 찾는 건 난감한 일이기도 하거니와 원래 등잔 밑이 어둡다는 속담도 있으니, 그 수레마차라면 놈들의 이목에서 벗어날 수 있을 것이다.

담우천은 아이들을 수레마차에 눕히고는 다시 별채로 돌아가 이불과 모포를 챙겨 돌아왔다. 아이들은 새우처럼 몸을 웅크린 채 깊은 잠에 빠져 있었다. 담우천은 아이들에게 이불을 덮어주며 중얼거렸다.

"이 녀석들이 깨어나서 주변을 둘러보고 깜짝 놀라기 전에 돌아와야겠지?"

겨울밤은 깊었다. 성등 한 허리를 잘라내도 될 정도로 기나긴 게 겨울밤이었다. 그러나 담우천은 요즘 담호가 새벽처럼 일어나 무공을 수련하는 사실을 잘 알고 있었다.

한 시진, 길어야 두 시진. 그 안에 돌아와야 했다.

담우천은 객잔을 빠져나왔다. 시간은 얼추 삼경이 지나고 사경 무렵으로 접어들고 있었다. 거리에는 이제 술 취한 행인들도 보이지 않았다.

담우천은 모든 집과 거리의 불빛들이 사라진 어둠 속을 내달렸다. 삭풍의 매서운 바람이 거친 소음을 내며 귓가를 스치고 지나갔다.

불과 이각도 지나지 않아 담우천은 흑화방의 장원에 당도
할 수 있었다. 정문 앞에는 화톳불이 밝혀져 있었고 네 명의
건장한 무인이 그 앞에 서 있었다.

잠시 그곳을 바라보며 흑화방의 주변 경계망을 확인한 후
담우천은 다시 발걸음을 돌렸다. 그리고 인근에서 가장 높은
건물의 지붕 꼭대기로 올라가 주변을 살폈다. 얼마 지나지 않
아 목표한 것을 발견한 그는 곧장 그곳으로 몸을 날렸다.

흑화방의 장원에서 그리 멀리 떨어져 있지 않은 죽우교(竹
友橋) 밑에는 그 일대 걸인들이 모여 사는 움막이 있었다.

담우천이 그곳에 당도했을 때는 이미 꽤 늦은 시각이었지
만, 추위를 물리치기 위해 구덩이를 파고 모닥불을 피우고 있
는 거지들을 만날 수 있었다. 담우천은 교각 위에서 잠시 지
켜본 후 교각 아래로 내려갔다.

서너 명의 거지는 모닥불 가에서 앉아서 졸고 있다가 그 야
심한 시각에 낯선 사람이 느닷없이 다가오자 깜짝 놀라며 뒤
로 물러났다. 젊은 거지 하나는 불붙은 장작을 꺼내 들며 휘
휘 젓기도 했다.

담우천은 품에서 동전 몇 푼을 꺼내 내밀었다. 거지들의 눈
이 휘둥그레졌다. 담우천이 차분한 어조로 말했다.

"몇 가지 물어볼 게 있는데 대답해 주는 사람에게만 동전
한 푼씩 주겠네."

거지들은 서로의 얼굴을 바라보았다. 하지만 그들이 눈빛

으로 의중(意中)을 나누기도 전에 담우천의 질문이 터져 나왔다.

"흑화방의 방주는 누군가?"

무슨 소리인지 이해가 가지 않는다는 듯 거지들은 다들 멍하니 서 있었다.

담우천은 일부러 큰 소리로 혀를 차면서 동전 하나를 모닥불에 던져 넣었다. 걸인 하나가 비명을 내지르며 손을 뻗었다가, 그 뜨거운 불길에 놀라 황급히 손을 뺐다.

담우천이 다시 동전 하나를 손가락으로 집어 보이며 물었다.

"흑화방의 방주는?"

여전히 다들 머뭇거리는 가운데 장작을 든 거지가 재빠르게 대답했다.

"흑염혈부 구매겸."

"좋아."

담우천은 엄지손가락으로 동전을 퉁겼다. 동전이 싯누런 빛을 발하며 허공을 날았다. 젊은 거지는 엉겁결에 동전을 받아 들었다. 다른 거지들의 눈에 탐욕의 빛이 스며들었다.

담우천이 말했다.

"설명을 해주는 자에게도 동전을 주지."

늙은 거지가 재빨리 입을 열었다.

"흑화방 삼대 방주가 된 지가 이십여 년 정도 되었습죠. 아직 쉰 살은 안 되었을 거고 자식이 셋이 있습니다."

담우천은 늙은 거지에게 동전을 퉁겨 주었다. 허약해 보이는 거지가 머뭇거리며 말했다.

"수염이 가슴까지 나 있구요, 눈빛이 범처럼 무섭습니다. 이, 이것도 됩니까?"

"물론."

담우천은 그에게도 동전을 퉁겨 주었다. 마침 동전이 떨어진 듯 담우천은 품에서 은자를 꺼냈다. 모닥불에 반사된 새하얀 빛에 거지들의 눈에 광기 같은 번들거림이 일렁였다. 담우천은 아무렇게나 은자를 집어 들며 다시 물었다.

"그럼 구 방주 밑에는 누가 있나?"

"이방주 사광생!"

"삼절무적 사광생."

네 명의 거지가 앞 다투어 입을 열었다. 누가 먼저라고 할 것 없이 그들은 흑화방의 방주들, 심지어 서왕당의 서패왕 교돈에 대한 정보까지, 그리고 어젯밤부터 지금까지 벌어지고 있던 연회에 대해서까지 속속들이 이야기하기 시작했다.

담우천의 입가에 희미한 미소가 스며들었다. 역시 자신의 생각이 맞아떨어진 것이다.

자신이 원하는 정보를, 최소한의 노동과 돈과 시간을 들여서 가장 간단하게 얻는 방법. 그것은 바로 거지였다. 목표하는 대상의 주변에 있는 거지들. 그들을 잘 구슬리기만 하면

오지랖 넓고 입이 싼 아줌마들보다 훨씬 많은 정보를 얻어낼 수가 있었다.

구걸은 쉽게 하는 게 아니다. 무작정 아무에게나 들러붙어서 하는 건 제대로 된 구걸이 아니었다.

우선 오늘 구걸할 상대의 기분이 좋은지 나쁜지 재빨리 파악하는 능력이 있어야 했다. 또 돌아오는 제삿날이 언제인지 또 그 집안에 무슨 일이 있는지 알아내는 정보력도 있어야 했다.

즉, 제대로 구걸을 하기 위해서는 인근 주변 사람들과 가족, 집안의 모든 정보를 꿰차고 있어야 한다는 뜻이었다. 그게 걸인들에게 필요한 기본 소양인 것이다.

그래서 거지들의 정보력이 뛰어난 거고 개방이 천하제일의 정보력을 지닌 건 바로 그러한 거지를 무려 수십 만 명이나 문하에 두고 있기 때문이었다.

담우천이 교각 위에서 잠시 이 걸인들을 관찰한 것은 이들이 개방 거지들인지 아닌지를 파악하기 위해서였다.

개방의 거지들은 일반적으로 허리끈과 부대(負袋)나 타구봉(打狗棒) 등으로 자신들의 신분을 나타내는 데 만약 이들이 개방의 거지라면 결코 돈으로 정보를 얻어낼 수가 없었다.

반면 일반 평범한 걸인들이라면 은자 몇 냥으로 흑화방의 모든 정보를 알아낼 수 있었다. 다행히 이 죽우교 다리 밑의 걸인들에게는 개방 거지의 표식이 없었다.

그렇게 해서 흑화방에 대한 대략적인 정보를 들은 담우천은 거지들에게 은자 한 냥씩을 던져 주고 다리 밑을 빠져나왔다.

"정보란 원래 길거리에 굴러다니는 법이지."

담우천은 흑화방으로 향하면서 중얼거렸다.

만약 유주에서 시간을 지체하지 않았더라면, 어처구니없는 상황에 처해서 북해빙궁까지 갔다 오지 않았더라면 담우천은 이런 방식으로 아내를 납치한 놈들을 추격했을 것이다.

거지들은 세상 어느 곳에나 있으니까.

흑화방의 정문 앞에는 여전히 네 명의 건장한 무사가 화톳불 옆을 지키고 서 있었다. 담우천은 정문 담벼락 뒤쪽, 흑화방 내부에 우뚝 서 있는 종루를 쳐다보았다.

종루 꼭대기에는 커다란 종과 주변을 감시하는 두 명의 무사가 있었다. 적이 쳐들어오거나 소란이 일면 그 종루에서 종을 친다고 죽우교 다리 밑의 거지들이 그에게 알려주었다. 그러니 종소리가 나지 않도록 주의하는 게 최선이었다. 천 명이 넘는다는 흑화방도들과 굳이 싸우지 않으려면.

흑화방 정문 맞은편 거리, 그 한적한 어둠 속에 숨어 있던 담우천이 천천히 앞으로 걸어 나갔다.

그가 향하는 곳은 정문에서 오른쪽으로 약 사오 장 떨어진 담벼락. 하지만 정문을 지키는 무사 중 누구 하나 그의 기척을 알아차리는 자가 없었다.

담우천이 담벼락 가까이 걸어가고 있음에도 불구하고 그들은 여전히 시시껄렁한 농담을 하면서 화톳불의 불을 쬐고 있었다.

화톳불의 불빛이 밝혀주는 주변을 지나면 빛과 어둠이 공존하는 경계가 나온다. 바로 그 지점 너머, 완벽한 어둠이 시작되는 공간이야말로 사람들의 시야가 무용지물이 되는 곳이었다.

불빛에 익숙해진 두 눈은 그 어두운 공간에 존재하는 사물을 파악할 수가 없게 된다.

차라리 애당초 불빛이 없다면 모르되, 화톳불에 익숙해진 눈이 어두운 공간을 바라볼 때에는 그야말로 눈먼 봉사가 되게 마련인 것이다.

그러한 어둠의 공간을 소리없이 걷는다면, 불과 사오 장 거리를 지나쳐 가도 사람들은 그를 인지하지 못한다.

그런 방법과 논리들을 담우천은 아주 어렸을 적부터 배우고 실행해 왔다. 담우천 강호를 떠나기 전, 그러니까 그의 실력이 최절정기에 달해 있을 때에는 바로 옆을 지나쳐도 사람들은 그의 존재를 결코 인식하지 못했다.

비록 무림을 떠나 은둔한 지 십여 년이 되어서 예전의 실력에 훨씬 미치지 못한다고는 하지만, 그래도 흑화방의 일개 수문위사(守門衛士)가 알아차릴 정도로 실력이 퇴보한 건 아니었다.

게다가 나름대로 지난 십 년 가까운 세월 동안 꾸준히 수련을 해온 담우천이 아니었던가.

담우천이 거리를 지나 담벼락 위로 뛰어오를 때까지 무사들은 전혀 인식하지 못한 채 잡담을 나누고 있었다. 담장 위에 오른 담우천은 종루와의 거리를 대충 잰 후 곧바로 신형을 날렸다.

종루의 높이는 육 장 정도, 흑화방 주변 오십여 리가 한 눈에 내다보였다. 어느 방향에서든 적이 공격한다면 쉽게 확인할 수 있을 정도의 높이였다.

하지만 아무리 유용하고 쓸모있는 물건이라도 정작 그걸 사용하는 사람에 따로 그 효용성이 달라지게 마련이다. 이 종루도 그러했다.

두 명의 무사가 종루 꼭대기에 있었지만, 망루(望樓)의 특성상 불도 피우지 못한 채 사방을 경계하던 그들은 결국 추위를 견디지 못한 채 두꺼운 모포를 뒤집어쓴 채 잠들어 있었다. 그리고 담우천은 거리 저편에서 이미 그걸 확인한 후였다.

한 번의 도약으로 종루 상단부까지 뛰어오른 담우천은 팔을 뻗어 종루의 지지대를 잡은 후 공중제비를 돌며 종루 위로 뛰어올랐다. 그의 신형이 막 망루 난간 위로 솟구치는 순간이었다.

"아악!"

때마침 소피가 마려워 눈을 뜬 무사가 바로 자신 앞으로 솟구쳐 오르는 담우천을 보고는 비명을 내질렀다. 담우천의 얼굴이 찌푸려졌다.

'역시 완벽한 건 어디에도 없는 건가.'

그런 생각을 언뜻 하면서 담우천은 허공에서 방향을 바꿔 종루 안으로 뛰어내렸다. 그리고 손을 뻗어 무사의 뒤통수를 가격해 기절시키고는, 방금 일어난 소란에 막 깨어나 눈을 비비는 무사의 턱을 후려쳤다.

실로 눈 깜짝할 사이에 종루가 담우천의 것이 되었다. 하지만 그 소란은 게서 끝이 아니었다.

"뭔 소리야?"

"종루 쪽에서 들린 것 같은데?"

정문을 지키던 무사들이 비명을 들었는지 종루 쪽으로 고개를 쳐들며 소리쳤다.

"이봐, 무슨 일이야?"

"왕형! 비명 소리가 난 것 같은데?"

담우천의 눈썹이 휘어졌다.

사위가 적막하기 그지없는 한밤중인 까닭에 무사들의 목소리가 꽤 크게 울려 퍼졌다. 만약 내원에 귀 밝고 내공 깊은 자가 있다면 분명 이 소란에 귀를 기울일 게 분명했다. 아무 소동 없이 잠입하려 했던 계획이 틀어진 것이다.

담우천은 나직하게 한숨을 내쉰 후 소리 낮춰 말했다.

"아무것도 아니야. 소피를 보려다가 발을 헛디뎠네."

밑에서 껄껄 웃는 소리가 들려왔다.

"보나마나 자다가 헛디뎠겠지."

"고뿔이나 조심하라구. 벌써 목소리가 변했어."

무사들은 종루 위의 사람이 낯선 침입자일 거라고는 꿈에도 생각하지 않는 모양이었다. 그들은 서로 낄낄거리면서 다시 화톳불 주위로 몰려들었다.

담우천은 무사들이 다시 하녀들 엉덩이 이야기로 돌아갈 때까지 잠시 기다리면서 주변을 둘러보았다.

내원 깊은 곳, 삼 층 전각에 불이 밝혀져 있었다. 술 향기도 흘러나오고 있었다. 담우천은 곧장 망루에서 뛰어내렸다. 박쥐가 먹이를 찾아 허공을 하강하는 것처럼 담우천은 그렇게 육 장여 망루에서 공터를 지나 전각 위로 살며시 뛰어내렸다.

물론 흑화방 내부 곳곳에는 순찰을 도는 무사들, 한 곳에 지켜 서서 주변을 감시하는 자들, 그리고 은밀한 곳에 몸을 숨긴 채 혹시 모를 침입자를 대비하는 자들도 있었다. 하지만 그들 중, 전각의 지붕에서 지붕을 타고 내원으로 접근할 때까지 담우천의 기척을 눈치챈 이들은 아무도 없었다.

안에서 누군가 시끄럽게 떠드는 소리가 들려왔다. 담우천은 지붕에서 조용히 내려와 대청 문 앞으로 다가가 말했다.

"미친 것 같지는 않은데."

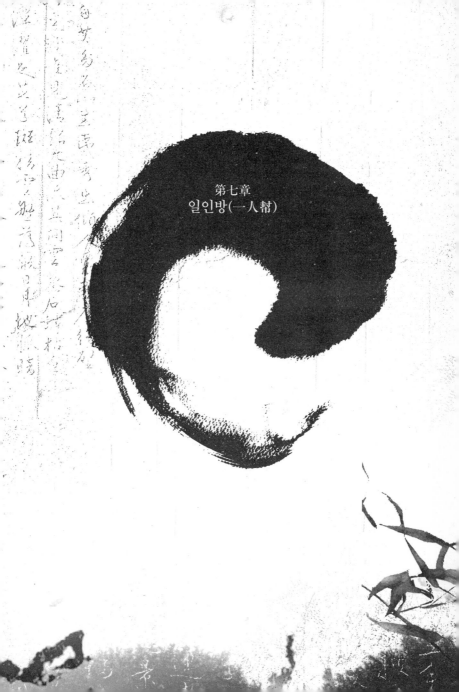

第七章
일인방(一人幇)

그리고 심벽을 넘어선 고수들을 일컬어 초극고수라고 하는데 다시 그 각각의 경지를 따로 만벽파(萬壁破), 생사록(生死爐), 조화연(造化衍), 부지도(不知道)라고 했다.

대륙에 존재하는 수십만, 수백만의 무인 중에서 심벽을 넘은 고수는 과연 몇이나 될까.

1. 혈향검수(血香劍帥)

눈 깜짝할 사이에, 도대체 어떻게 당했는지도 모르게 제압 당한 사광생은 말 그대로 폭발 일보 직전이었다. 하지만 이미 마혈을 제압당해 꼼짝도 하지 못하는 상태, 그는 악을 쓰는 것 말고는 할 수 있는 게 없었다.

"이 개자식! 정정당당하게 싸워보자!"

"방금 정정당당하게 싸운 게 아니더냐?"

"당연하지! 네가 무슨 암수(暗手)나 환술을 펼치지 않고서 야 어찌 내가 단 일합에 제압당하겠느냐?"

"그건 실력이 아닌가?"

"당연히 실력이 아니지! 그럼 방심하고 있는 사람 뒤통수를 느닷없이 때리는 싸움도……."

거기까지 말하던 사광생은 입을 다물었다.

생각해 보면 젊은 날의 시절, 자신보다 강한 자의 방심을
틈타 뒤통수를 치고 등을 가격했던 적이 어디 한두 번이었던
가.

그때마다 방심도 실력이다, 라면서 쓰러진 적을 비웃었던
그였다. 그런데 지금에 와서 방심 운운하는 게 아무래도 낯부
끄러울 수밖에 없는 것이다.

담우천은 다시 구매겸을 바라보며 말했다.

"내 제의는 간단하다. 흑개방의 위치에 대해서 말해주면
이자를 놓아주고 떠나지. 그러면 우리 사이에는 아무 일도 없
던 게 되는 게다."

"그건 아니지."

구매겸이 고개를 저으며 말했다.

"물론 흑개방에 대해서 가르쳐 주는 건 그리 어려운 일이
아니지. 하지만 정중하고 간절하기 그지없는 부탁이 아니라
이런 식의 협박을 통해서 우리가 굴복했다는 게 세상에 알려
지게 된다면……."

구매겸은 잠시 말을 끊었다. 그리고는 더없이 굴강한 눈으
로 담우천을 쏘아보듯 바라보며 말을 이었다.

"그때는 이 바닥에서 버틸 수가 없게 되는 게야. 그게 흑도
의 율법(律法)이라는 거고."

군이 흑도의 사람들이 아니더라도 협박에 의해서 무릎을 꿇는 건 누구에게나 치욕적인 일이었다. 하지만 흑도의 경우, 한번 무릎을 꿇게 되면 두 번 다시 일어날 수 없게 된다.

그렇게 한번 위엄을 잃게 되면 저 시궁창 밑을 기어 다니는 조무래기들까지도 업신여기며 말을 듣지 않게 된다. 또한 잃어버린 위엄을 다시 쌓아올리는 건, 아무것도 없는 상태에서 시작하는 것보다 열 배는 어려운 법이다.

구매겸의 말에 가만히 앉아 있던 서패왕 교돈의 얼굴이 붉어진 건, 바로 그러한 자격지심 때문이었다. 강제는 아니지만 어쨌든 흑화방과 구매겸의 위세에 눌려 스스로 문호를 폐하고 무릎을 꿇었다는 것.

"그래서 자네 말을 들어줄 수가 없는 게야."

담우천은 어깨를 으쓱거리며 물었다.

"이자가 아무 이득 없이 죽게 되는데도?"

"자네의 목숨과 바꾸게 되면 큰 손해는 아니지."

만약 사광생을 죽인다면 담우천 또한 결코 용서하지 않을 거라는 엄포.

담우천이 한숨을 내쉬었다. 그는 고개를 설레설레 흔들며 중얼거렸다.

"자꾸만 일을 어렵게, 복잡하게 만드는군. 애꿎은 살상은 하지 않기 위해서 군이 야밤에 몰래 들어왔거늘."

"자신감이 넘치는군."

"이건 자신감이 아니라구."

담우천은 당연하다는 듯이 말했다.

"호랑이가 양들을 상대로 싸우는 데 자신감 운운할 게 어디 있나?"

양? 늑대도 아니고 양?

사람들은 어이가 없는 표정들이었다.

하지만 온주은은 여전히 진지한 얼굴이었다. 방금 전 사광생이 제압당했던 광경을 되돌아보았을 때, 어쩌면 지금 저자의 말은 사실일지도 몰랐다.

그러니 흑도의 율법 운운하면서 자존심을 세우는 것보다는 잠시 한 발 물러서는 게 옳은 일일 수도 있었다. 논리적이고 이성적으로 따지자면 확실히 그게 옳았다. 그러나 사람이라는 건 꽤나 묘한 동물인 게다.

"나를 이긴다면……."

온주은은 한 걸음 앞으로 나서며 말했다.

"만약 나와 승부해서 이긴다면 귀하의 요구를 들어주겠소. 물론 사 방주를 먼저 풀어주시고."

담우천은 구매겸을 바라보았다. 지금 제의에 동의하냐는 표정이었다.

'확실히 온 방주라면……'

구매겸은 잠시 궁리했다.

무공으로만 치자면 이곳에 모여 있는 자 중에서 가장 강한 실력을 지닌 이가 온주은이었다.

노화자는 진법에 대단 해박한 경험과 깊은 경륜을 높이 사서 초빙했지만 온주은은 달랐다. 흑화방이 강호의 명문 거대 문파들과 맞설 수 있는 기반이 될 수 있도록, 바로 그 바탕을 만들어낼 수 있는 능력자라고 생각하여 초빙한 이가 바로 온주은이었다.

무엇보다 국면을 바라보는 식견이나 무리를 이끌어가는 능력 등이야 구매겸이 훨씬 앞서지만, 무공만 따지자면 온주은이 위라는 걸 그 스스로도 인정하고 있었으니까.

구매겸이 고개를 끄덕였다. 지켜보던 사광생이 입술을 깨물었다. 노화자도 수긍하겠다는 듯한 얼굴이었다.

반면 서패왕 교돈은 묘한 표정이었다. 그 표정만으로는 교돈이 누구를 응원하는지 알 수 없었다. 하기야 자신을 단 일합으로 굴복시켜서, 결국 이 흑화방에 들어오게 만든 장본인이 바로 온주은이었으니까.

"그럼 그렇게 하지."

담우천은 장대한 체격을 지닌 사광생을 가볍게 들고는 공깃돌처럼 집어던졌다. 온주은이 받아 들고는 그의 마혈을 풀었다.

"비켜!"

사광생은 온주은의 손길을 뿌리치며 다시 담우천에게로 덤벼들려고 했다.

"멈추게, 아우."

구매겸의 목소리만 아니었더라면 사광생은 죽을 때까지 담우천과 싸울 작정이었다.

"혀, 형님."

사광생은 억울하다는 듯이 구매겸을 돌아보았다. 하지만 그는 곧 고개를 푹 숙이고는 한쪽 구석으로 물러났다. 치욕, 굴욕, 비참함, 좌절감 등등의 단어들이 그의 뇌리를 헝클어놓고 있었다.

온주은이 다시 한 걸음 앞으로 나서며 두 손을 모아 포권지례(抱拳之禮)를 펼쳤다.

"항주의 온주은이오. 친구들은 나를 가리켜 혈향검수라고 부르오."

일순 담우천의 표정이 살짝 변했다. 옛 기억의 한 귀퉁이에서 혈향검수라는 단어를 찾아낼 수가 있었던 것이다.

언제나 검끝에서 피의 향이 피어오른다고 해서 불리는 별호였다. 이자, 최소한 절정검 조혼보다 한 수 위에 있는 인물이었다.

'들어본 적이 있는 별호다. 서른이 안 된 나이로 절정의 경지에 이른 자라고 했지. 그래서 우리 편으로 끌어오기 위해 꽤나 애를 썼다고 했는데……'

하지만 결국 그를 끌어오는 데 실패했다는 소문을 들은 것 같았다. 그는 한 마리 고독한 늑대처럼 홀로 떠돌아다니기를 좋아한다는 소문과 함께.

그 늑대의 무덤이 결국 여긴가.

담우천은 담담한 어조로 말했다.

"유주의 담우천이오."

언제부터인지 그는 자신을 유주 출신이라고 소개하고 있
었다. 하기야 그에게 있어서 출신은 중요하지 않을지도 모른
다. 유주의 담우천 이전에는 요동의 담우천이라고 소개했고
또 그 이전에는 불산의 담우천이라는 식으로 소개를 했었으
니까.

온주은이 다시 한 걸음 앞으로 나섰다. 이제 검을 빼 들면
곧바로 상대의 목을 꿰뚫을 수 있을 정도의 거리였다.

"보아하니 쾌검의 달인인 것 같은데……."

온주은은 담우천의 허리에 매달린 검집을 보며 입을 열었
다.

"나 역시 쾌검을 주로 사용하오. 그런 의미에서 단 일 합으
로 승부를 결정지읍시다."

일 합의 승부라.

담우천의 입꼬리가 희미하게 움직였다. 절정검 조혼도 그
렇게 말했다. 어쩌면 진심으로 담우천을 상대하려면 그 일 합
의 승부에 모든 것을 걸 수밖에 없는지도 모른다.

"좋아."

담우천은 양손을 내렸다.

한 발을 살짝 앞으로 디디고 허리를 낮춰서 금방이라도 검을 빼 들 것만 같은 온주은과는 달리, 아무 생각 없이 어깨를 축 늘어뜨린 채 우두커니 서 있는 모습이었다.

그러나 담우천의 자세를 본 온주은의 얼굴에서 땀이 흐르고 있었다.

'역시……'

온주은은 처음 떠올렸던 자신의 생각이 맞았다는 걸 확인할 수 있었다.

'이자, 최소한 벽을 넘어본 경험이 있는 자다.'

2. 귀하의 검을 볼 수 있었소

일반적으로 무인들은 지닌 무공의 수위에 따라서 열 단계로 분류된다.

내공을 익힌 적이 없이 오로지 타고난 신체의 능력과 무술로 싸우는 삼류급 무사가 제일 하급이고, 내공을 익혔으나 깊이가 낮고 그 운용이 자유롭지 못한 자가 이류급 무사에 해당되었다.

그리고 상당한 깊이의 내공을 바탕으로 해서 익힌 무공을 자유자재로 펼치는 이들을 일류급 무사라 칭하는데 담우천이 유주에서 만났던 낭인들이나 흑화방의 정예인 흑살칠십이룡들이 이 범주에 속했다.

사람들은 그 일류급의 단계를 넘어서는 이들을 상승고수, 혹은 절정고수라 불렀는데, 이들이야말로 전체 무인의 일 할 이 채 안 되는 절정의 실력을 지닌 고수들이라 할 수 있었다.

상승고수는 역사가 깊고 널리 알려져서 그 무공의 수준을 어느 정도 객관화할 수 있는 소림사와 무당파를 기준으로 해 서 설명하는데, 최소한 일 갑자의 정심한 내공을 바탕으로 삼 아 무공을 펼치는 이들을 소림이나 무당의 당주급이라 하여 당경(堂境)의 고수라 했다. 저 절정검 조흔이 이 범주에 속한 다 할 수 있었다.

그 위의 고수는 장로급에 해당된다 하여 노경(老境)의 고수 라 칭한다. 어쩌면 온주은도 이 단계일 수도 있었다. 담우천 이 보기에는 최소한 그렇게 느껴지는 기도를 풍기고 있으니 까.

그리고 절정의 고수라고 하기에는 넘치는 감이 있지만 그 래도 아직 심벽(心壁)을 깨지 못한 초절정의 고수들을 문주 급, 문경(門境)이라 했다.

그리고 심벽을 넘어선 고수들을 일컬어 초극고수라고 하 는데 다시 그 각각의 경지를 따로 만벽파(萬壁破), 생사록(生 死爐), 조화연(造化衍), 부지도(不知道)라고 했다.

대륙에 존재하는 수십만, 수백만의 무인 중에서 심벽을 넘 은 고수는 과연 몇이나 될까. 불과 천? 아니, 많이 잡아도 몇 백 명 정도에 불과할 것이다. 그런데 지금 온주은은 담우천이 그 심벽을 넘어본 경험이 있는, 초극고수일 거라고 생각하고 있었다.

'믿을 수 없어. 나보다도 어린 것 같은데…….'

온주은은 식은땀을 흘리며 담우천을 바라보았다.

겉으로 보기에는 삼십대 초반의 사내. 평범하기 그지없어서 오히려 투박해 보이기까지 한 외모. 보통 체구의 보통 몸매. 뿜어져 나오는 예기(銳氣)라고는 전혀 찾아볼 수 없는, 마치 산들바람처럼 혹은 아지랑이처럼 서 있는 자.

그런데도 온주은은 쉽게 움직일 수가 없었다.

무위자연(無爲自然).

기둥에 등을 기대고 있을 때나 사광생을 무릎 꿇게 만들고 그 머리에 손을 얹었을 때의 모습에서는 전혀 찾아볼 수 없었던, 막상 정면으로 마주 서서 직접 느껴보아야만 알 수 있는 기도. 그게 온주은을 보이지 않은 거미줄처럼 꽁꽁 옭아매고 있었다.

기다리다 못한 담우천이 먼저 입을 열었다.

"그럼 내가 먼저 가지."

담우천이 한 걸음 내디뎠다. 온주은은 저도 모르게 엉거주춤 허리를 빼면서 뒤로 물러났다. 일순, 아주 독한 화주(火酒)를 한 사발이나 들이켠 것처럼 그의 얼굴이 삽시간에 달아올랐다.

'이게 무슨 추태냐!'

검을 쥔 이후로, 단지 기도에 눌려서 뒷걸음질 한 건 이번이 처음이었다. 저 십여 년 전 막이 내렸던 정사대전의 격랑에 휩싸였을 때에도 그는 결코 제 앞을 가로막는 자를 피해 도망친 적이 없었다. 그런데.

'항주 온씨세가라는 이름이 부끄럽구나.'

온주은은 이를 악물었다.

그의 허리가 살짝 낮아졌다 싶은 순간, 그의 모습이 온데간데없이 사라졌다. 온씨세가의 절초 중 하나인 취환구보가 펼쳐진 것이다. 공간과 공간의 빈 틈, 사각(斜角)과 사각(死角)을 이용하여 몸을 숨기고 종적을 감추는 기환적인 보법(步法)!

"아!"

지켜보고 있던 사람들은 저마다 놀라 탄성을 내질렀다. 그들 모두 온주은의 종적을 놓쳐 버린 것이다.

그 탄성이 사람들의 입을 통해서 공기 중으로 터져 나오는 순간, 담우천의 우측에서 빛살 한 점이 섬전처럼 허공을 그었다.

담우천의 얼굴에 이채의 빛이 떠오른 건 바로 그때였다. 그 빛살에 따라 모든 사물이 반으로 갈라지고 있었다.

'생각보다 강하다!'

담우천은 자책하듯 눈살을 찌푸리며 손을 뻗었다. 어느새 그의 손에 쥐어진 검 한 자루가 빛살이 파고드는 방향으로 뻗어 나갔다. 너무나도 빠르고 강렬해서 외려 그 어떤 소리도 들리지 않고 또한 한 가닥 빛조차 일지 않는 쾌검이었다.

"으음."

담우천을 향해 그어가던 빛살이 사라진 것과 미약한 신음 하나가 흘러나온 건 동시에 벌어진 일이었다. 그 뒤를 이어, 담우천의 우측의 빈 공간에서 신기루처럼 온주은이 비틀거리며 걸어 나왔다. 그것은 마치 보이지 않는 장막 사이로 모습을 드러내는 것만 같았다.

담우천은 여전히 두 팔을 축 늘어뜨린 채 서 있었다. 이곳에 있는 자들 누구도 그가 검을 휘두르는 광경은 보지 못했다. 그랬기에 사람들은 지금의 상황을 도저히 이해할 수 없다는 시선으로 지켜보고 있었다.

하지만 오히려 비틀거리는 온주은만큼은 달랐다. 그의 입가에는 미소가 스며들어 있었는데, 어찌 보면 승리의 미소로 착각할 정도로 밝은 웃음이었다.

"귀하의 검을… 볼 수 있었소."

온주은은 힘겹게 몸을 똑바로 세우며 말했다.

"그리고 귀하가 누구인지 알게 되었소."

담우천은 묵묵히 온주은을 바라보다가 문득 제 옆구리를 내려다보았다. 한 가닥 빛살이 닿았다가 사라진 부근에 조그마한 구멍이 뚫려 있었다. 하마터면 상처를 입을 뻔한 것이다.

역시 이자, 온주은은 생각보다 강했다. 아니면 그동안 담우천의 무공이 생각보다 훨씬 퇴보한 것일지도 모르겠지만.

반면 온주은의 가슴에는 꽤 깊은 상처가 난 듯, 붉은 피가 쉴 새 없이 흐르며 옷을 적시고 있었다. 그러나 온주은은 지혈할 생각도 하지 못한 듯 담우천을 바라보며 말을 이어 나가고 있었다.

"생각해 보면 나도 참 바보요. 눈앞에서 그런 쾌검을 보고서도 미처 귀하를 떠올리지 못했으니까."

그는 부상의 통증이 격심할 텐데도 불구하고 싱글거리며 말했다.

"그동안 어디 계셨소? 귀하의 명성을 듣고서 한 번쯤 만나고 싶어 강호를 헤맸었는데……."

담우천은 망설이다가 대꾸했다.

"요동에 있었소."

온주은은 잠시 담우천을 바라보다가 문득 이해할 수 있겠다는 듯한 표정을 지으며 고개를 끄덕였다.

"그랬구려. 하기야 정사대전이 끝난 이후 토사구팽(兎死狗烹)이 유행이었으니……."

살기 위해서는 어딘가로 숨어들어야 했을 것이다. 그래서 담우천은 유주 너머 요동 땅에 은거했을 테고, 또 그러니 온주은이 그를 만나 검을 섞어보기 위해 수 년 동안 강호를 떠돌아다녀도 만나지 못했던 게다.

"어쨌든 이렇게나마 검을 섞을 수 있어서 영광이오. 역시 귀하의 쾌검이야말로 명불허전(名不虛傳)이더구려."

담우천은 살짝 눈살을 찌푸리며 말했다.

"지혈부터 하시오."

"아니, 괜찮소. 손속을 봐줘서 다행히 죽을 정도의 부상은 입지 않았으니."

"봐준 게 아니오. 나는 전력을 다했소."

담우천은 고개를 저으며 말했다.

"내가 생각했던 것보다 그대가 강했던 것이고, 그래서 그대가 버틸 수……."

담우천이 거기까지 이야기했을 때였다. 고통을 참으며 버티고 서 있던 온주은이 비틀거리나 싶더니 그대로 꼬꾸라졌다. 흘린 피가 너무 많아 일시적으로 혼절한 것이다.

담우천이 재빨리 그에게 다가가 부축하며 지혈했다. 그때까지도 흑화방의 사람들은 전혀 움직이지 못했다. 철석같이 믿고 있던 온주은이 채 일 합도 버티지 못하고 패했다는 것이 그토록 충격적인 일이었던 것이다.

담우천은 온주은을 천천히 내려놓은 후 일어섰다. 그는 구매겸을 바라보며 입을 열었다.

"이제 말해줘도 되지 않을까 싶소만."

구매겸이 입술을 깨물 때였다. 퍼뜩 정신을 차린 듯 사광생이 큰소리로 외쳤다.

"온 방주가 패했다고 해서 우리 흑화방 전체가 패한 거라고 생각하면 착각이다! 우리 천여 명의 아이가 한꺼번에 덤벼들면 네가 아무리 강하더라도 결코 이기지 못할 것이다!"

"그럴지도 모르지."

담우천은 순순히 시인했다. 그 바람에 사광생이 외려 당황해하며 입을 다물었다. 담우천은 무심한 눈빛으로 그를 바라보며 말을 이었다.

"어쩌면 나를 죽일 수도 있을 것이다. 하지만 그 전에, 천 명이라고 했던가? 그중에서 최소한 육칠백 명의 목숨을 뺏을 수 있을 것이다."

사광생은 마땅히 대꾸할 말이 떠오르지 않았다. 광오한 말이기는 했지만 지금 담우천이 보여준 신위를 생각한다면 충분히 그럴 만한 능력이 있었다.

"그러면 누가 손해일까? 나? 아니면 지금 이 자리에 있는 수뇌부를 몽땅 잃어버리고 불과 삼사 백 명밖에 남지 않게 된 흑화방?"

사광생은 입술을 깨물었다. 반박할 수가 없었다. 순간의 자존심과 오기를 내세워 싸우기에는 확실히 너무나도 벅찬 상대인 것이다.

그때 구매겸이 입을 열었다.

"졌소."

그는 처음으로 담우천에게 말을 높였다.

"두말할 것 없이, 우리가 패배했소. 승복하겠소. 그러니 승

자의 요구 조건에 따라야겠지."

"혀, 형님!"

사광생은 다급했던지, 구매겸을 형님이라고 불렀다. 패배한 게 사실이라 하더라도 흑화방의 제일방주가 이렇게 그 사실을 인정해서는 결코 안 되는 것이다. 하지만 구매겸은 단호한 표정을 지으며 말했다.

"흑개방에 대해 무엇이든 물어보시오. 또 우리에게 따로 요구하는 게 있으면 모두 들어드리겠소."

역시.

'흑도의 우두머리치고는 확실히 거물이다.'

담우천은 내심 감탄했다.

한 문파를 이끄는 수장이 이렇게 패배를 인정하는 건 생각보다 어려운 일이었다. 대부분의 경우 사광생처럼 무리를 해서라도 담우천을 죽여 이 치욕적인 사실을 덮으려 하는 게 일반적이었다.

하지만 구매겸은 냉정하고 이지적이었다. 담우천과 싸우는 것과 이렇게 패배를 인정하는 것 중 어느 쪽이 더 이익인지, 그 짧은 시간 내에 고민하고 생각해서 내린 결정인 게다.

게다가 이미 담우천이 무엇을 원하는지 잘 알고 있음에도 불구하고 저렇게까지 이야기하는 것은 담우천과의 관계를 호전시킬 의도에서 비롯된 속셈이리라.

다시 말해서 담우천이라는 고수를 적으로 두는 것보다는

우호적인 관계를 유지하는 게 흑화방에 더 도움이 된다는 판단을 한 것이다.

담우천은 차분하게 말했다.

"다른 건 필요 없소. 흑개방의 위치만 알면 되오."

구매겸은 잠시 담우천을 바라보다가 고개를 끄덕이며 말했다.

"알겠소. 그러니까 흑개방은……."

3. 흑개방 북경지부

곽 노야의 이야기를 모두 들은 흑개방의 북경지부주 오구서(吳俅瑞)는 혀를 차며 인상을 찌푸렸다. 가뜩이나 주름진 얼굴이 더욱 구겨졌다.

"쯧쯧."

홍도루의 지배인이자 흑개방 북경지부의 총관인 곽 노야는 자신이 뭔가 잘못을 했나 주눅이 든 표정으로 오구서를 쳐다보았다. 오구서는 한숨을 쉬며 말했다.

"은자 삼천 냥을 그냥 버렸다는 말이지."

"그, 그야 아깝기는 합니다만 그래도 원하는 정보가 아무래도……."

"단고회가 어째서?"

"아시잖습니까? 만약 우리가 그들의 정보를 누설했다는 걸 알게 된다면 꽤 큰 곤욕을 치러야…….”

"우리가 누설했다는 걸 누가 아는데?"

"그야 단고회 측에서…….”

"어떻게?"

"그, 그건…….”

"자네 말을 따르자면 그 담우천이라는 자, 꽤 입이 무거운데다가 자존심이 강하고 실력 또한 상당하다고 했지? 최소한 노경급의 절정 고수라고?"

"그, 그렇게 느꼈습니다."

"그렇다면 말이지, 그자가 단고회의 뒤를 쫓다가 잡힐 가능성은 거의 없을 거야. 노경급의 고수를 죽이는 건 쉬울지 몰라도 사로잡는 건 꽤 힘든 일이니까."

"하지만…….”

"거기에 또, 만에 하나 그자가 사로잡혔다고 치세. 그 무거운 입을 가지고 흑개방에 관한 이야기들을 함부로 내뱉을까? 그렇게 자존심 강한 자가? 설령 이야기했다고 치세. 하지만 우리가 끝까지 오리발을 내밀면 단고회 측에서 어떻게 할 건데?"

"그, 그건…….”

"이보라구, 곽 노야. 단고회와 우리의 관계에 대해서 뭔가 착각하고 있나 본데, 그들이 우리의 상전은 결코 아니라구. 서로 필요에 의해서 상부상조를 하는 것뿐이지. 우리가 저들을 곤란해하는 것만큼 저들도 우리를 꺼려할 수밖에 없어."

오구서는 진지한 표정을 지으며 말을 이었다.

"만약 저들이 적대적으로 나온다면… 우리가 지닌 저들에 대한 모든 정보를 낱낱이 까발리면 되거든. 그렇게 되면 저들은 우리를 적으로 삼는 게 아니라 천하무림 전체를 적으로 삼게 될 테고……. 결국 우리에게 전력을 집중할 여유가 없게 되는 게지."

"그, 그렇군요."

"그러니 삼천 냥을 받았어야 하는 게야. 이런 불경기에 그 정도 돈이라면 최소한 몇 달 간은 밑의 애들의 봉록(俸祿)에 대해서 걱정하지 않아도 되잖나?"

"그, 그렇죠."

곽 노야는 식은땀을 흘리며 맞장구를 쳤다. 오구서는 다시 혀를 차며 말했다.

"게다가 담우천이라는 자의 주된 관심은 백삼적매에 대한 정보라면서? 그들의 정보라면 얼마든지 줘도 상관없다구. 정자네가 꺼림칙했다면 단고회는 불가, 하지만 백삼적매는 가능. 그러면서 흥정을 했어야지. 그게 제대로 된 장사치의 기본 아니겠나?'

"죄, 죄송합니다."

곽 노야는 꾸중 듣는 어린아이처럼 고개를 숙였다. 그의 어깨는 축 늘어졌고 등은 새우처럼 굽었다.

나름대로 제대로 일을 처리하고 왔다고 즐거운 마음으로 지부로 돌아와 오구서에게 이야기를 시작한 건데, 이렇게까지 잘못을 빌게 될 줄은 미처 몰랐던 그였다.

"뭐, 어쩔 수 없지."

오구서는 곰방대로 등을 긁으며 말했다.

"자네 예상대로 흑화방이 그자를 해치우기를 기다릴 수밖에. 그나저나 새벽부터 잠을 설치게 되었으니."

오구서는 혀를 찼다.

나이가 들어서일까. 환갑을 치른 이후부터는 한번 잠에서 깨면 쉽사리 다시 잠을 청할 수가 없게 되었다. 한밤중에 곽 노야가 지부로 돌아온 걸 보고는 행여 큰일이라도 벌어졌나 싶은 심복이 깨우는 바람에 오구서는 이대로 새벽을 맞이할 수밖에 없었다.

"죄송합니다."

곽 노야가 연신 고개를 조아리면서 사과할 때였다.

쾅! 거대한 망치로 벽을 부수는 듯한 소리가 가게 입구 쪽에서 들려왔다. 오구서와 곽 노야의 표정이 달라졌다.

"뭐지?"

오구서가 중얼거렸다.

"제가 알아보고 오겠습니다."

곽 노야는 황급히 방을 빠져나갔다.

아직 밖은 어두웠다. 차가운 공기가 곽 노야의 이마에 맺힌

식은땀을 닦았다. 곽 노야는 저도 모르게 길게 숨을 토해냈다. 가시방석과 같은 자리를 벗어난 안도의 한숨이었다.

하지만 언제까지 그렇게 마냥 서 있을 수는 없었다. 우당탕탕! 하는 소리와 함께 사람들의 고함과 비명 소리가 가게 쪽에서 연달아 터져 나왔던 것이다.

"어떤 개자식이 감히 흑개방 지부에 와서 난동을 부리는거지?"

곽 노야는 인상을 찌푸리며 마당을 가로질러 가게 쪽으로 달려갔다. 내심 잘 걸렸다 싶었다. 오구서에게 당한 화풀이를 할 대상이 필요했던 참이었으니까.

원래 흑개방 북경지부는 북경부에서 가장 유명한 포점(布店:포목점)으로 위장하고 있었다. 황서가 대로변에 위치한 서금상주포점(瑞金祥綢布店)은 황실의 주문을 받을 정도로 귀하고 질 좋은 비단을 파는 곳으로 정평이 나 있는 곳이었다.

서금상주포점은 오백여 평이 넘는 가게가 전부가 아니었다. 가게 뒷문으로 들어서면 그만큼 넓은 마당과 대여섯 개의 창고들이 있으며 또 그 뒤쪽으로 커다란 내원이 자리 잡고 있는 구조였는데, 바로 그 내원이 흑개방의 북경지부였다.

오구서와 흑개방 사람들이 상주하는 내원에서 마당을 가로질러 막 가게 후문을 향해 달려가던 곽 노야가 저도 모르게 우뚝 멈춰 선 것은 바로 후문이 박살 나며 한 사내가 거침없이 들어서는 광경을 본 직후의 일이었다.

"자, 자네는……?"

곽 노야는 부들부들 떨며 말했다.

산산이 부서진 후문 너머로 십여 명의 건장한 사내가 아무렇게나 쓰러져 있는 광경이 곽 노야의 시야에 들어왔다. 하지만 그들의 안위에 대해서 신경 쓸 겨를이 없었다. 곽 노야의 신경은 지금 자신을 향해 다가오는 사내에게 모두 쏠려 있었기 때문이었다.

사내, 담우천은 희미하게 웃으며 말했다.

"여기 숨어 있었구려."

곽 노야의 안색이 창백해졌다. 평소에는 영활할 정도로 잘 돌아가는 그의 머리였지만 지금은 아무 생각도 나지 않았다.

담우천은 곽 노야의 바로 앞까지 다가서며 말했다.

"이런, 만나지 못할 사람을 만난 것도 아닌데 그렇게나 놀란 표정을 지으면 어찌하오?"

곽 노야는 마른 침을 삼켰다. 그는 재빨리 정신을 차리고 머리를 굴렸다.

담우천이 이곳의 위치를 알고 찾아왔다는 것은 다시 말해서 그에게 흑화방이 철저하게 패했다는 의미였다. 그렇지 않고서야 흑화방이 이곳 위치를 담우천에게 알려줄 리가 없으므로.

'흑살칠십이룡, 아니, 혈향검수도 이자를 당해내지 못했단 말인가?

곽 노야가 반쯤 얼이 빠진 얼굴을 한 채로 그런 생각을 할 때였다.

담우천이 일으킨 소란을 들었는지 내원 쪽에서 십여 명의 사내가 일시에 달려왔다. 하나같이 눈빛이 매섭고 태양혈(太陽穴)이 불룩 솟아 있는 자들이었다.

"총관!"

사내들이 다급하게 소리쳤다. 곽 노야와 낯선 타인이 가까이 서 있는 걸 보고는 그가 위기에 처했다고 지레짐작을 한 것이다. 흑개방의 정예무사들은 고함을 내지르며 담우천을 향해 덤벼들었다.

"아서!"

곽 노야가 소리쳤다.

너희들이 상대할 자가 아니란 말이다!

하지만 뒷말이 나오기도 전에 정예무사들은 곧장 담우천을 향해 날아들었다.

그들의 움직임은 흑살칠십이룡보다 훨씬 빠르고 매서웠다. 검을 찌르고 칼을 휘두르는 동작 하나하나에 힘과 패기가 철철 넘쳐흘렀다. 그 무시무시한 공세 앞에서 담우천은 꼼짝하지 못하고 난도질을 당할 것만 같았다.

그러나 누구 하나 그를 제대로 가격하는 사람이 없었다. 담우천은 여전히 그 자리에 우뚝 서 있었지만, 그를 향해 덮쳐들던 사내들은 애꿎은 허공을 향해 무기를 휘두르고는 담우천의 곁을 지나치면서 그대로 앞으로 꼬꾸라졌다.

'암기?'

곽 노야는 저도 모르게 그렇게 중얼거렸다. 담우천이 검을 휘두르는 모습을 보지 못했는데, 애꿎은 흑개방 정예들이 연거푸 바닥에 쓰러지는 걸로 보아 세우침(細雨針)이나 우모침(牛毛針) 같은 암기를 발출한 게 분명했다.

'아니, 암기가 아니다.'

그러나 곽 노야는 이내 고개를 흔들었다. 너무나도 빨라서, 눈으로는 도저히 따라잡을 수 없을 정도로 빠르고 강렬해서 보지 못했을 뿐이다. 분명 담우천은 검을 휘두르고 있었다.

곽 노야의 얼굴에 공포와 절망, 두려움과 경이의 빛이 마구 뒤섞였다.

강해도 이렇게 강할 줄을 전혀 몰랐다. 담우천은 일인방(一人幫)이었다. 단 혼자서 일개 방파를 무너뜨릴 수 있는 힘을 지닌 자. 그게 담우천이었던 것이다.

'어쩌면 내가 커다란 실수를 한 것인지도……'

곽 노야가 그렇게 자조를 하고 있을 때 담우천은 살짝 어깨를 움직이며 그를 돌아보았다. 그를 향해 덤벼들던 자들은 하나같이 바닥을 뒹굴고 있었다.

천천히 동쪽 하늘이 밝아오고 있었다. 드디어 기나긴 북경부의 하룻밤이 끝나가고 있는 것이다.

밝아오는 동쪽 하늘을 등진 채 담우천은 곽 노야를 향해 느릿하게 말했다.

"다시 의뢰하지. 하지만 상황은 달라졌네. 정보료는 자네들의 목숨 값으로 대신할 테니까."

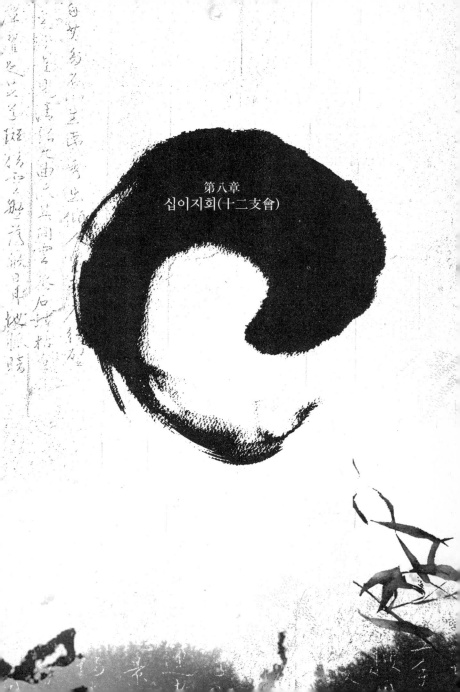

第八章
십이지회(十二支會)

사람을 납치하는 조직은 중원 전역에 널리 퍼져 있으며 그 수만 하더라도 수백 개에 이른다. 하지만 워낙 은밀하게 행동하는 데다가 수익금의 절반가량을 뇌물이나 일의 무마비조로 쓰기 때문에 세상은 그들의 존재에 대해서 그리 신경 쓰지 않는다. 아니, 일부러 외면하고 있다는 게 보다 정확한 표현일 것이다.

　　그런 은매당이 백매적삼의 표식을 드러낼 때는 오직 한 가지 이유에서였다. 자신들의 신분을 그들과 비슷한 업종 사람들에게 보여주기 위해서였다. 즉, 인신매매를 하는 은매당 사람이니 동료─정확하게 말하자면 인신매매의 대상─에 눈독을 들이지 말라는 경고인 것이다.

1. 결산보고

"올 한 해 동안 대륙 전역에서 모아온 여인의 수는 칠백육 십이 명. 아이의 수는 천사백칠십 명, 그중 현재까지 남아 있 는 수는 여인이 오십사 명, 아이가 백이십구 명입니다."

염소수염을 하고 관모(官帽)처럼 생긴 모자를 쓴 초로의 사 내가 허리를 구부린 채 연말 정산에 대한 보고를 하고 있었 다.

"올해에는 상등품이 꽤 많아서 수입은 작년보다 많이 늘어 났습니다. 총수익은 은자 이백오십구만 냥, 물론 우수리는 뗀 액수입니다. 그중 진행비나 임금, 관례에 따른 선물 등의 경 비로 소요된 백십사만 냥을 빼면 순수익은 총 백사십오만 냥입니다."

거기까지 말한 염소수염의 중늙은이는 자랑하듯 말을 덧붙였다.

"물론 이번 달의 수익은 뺀 금액들입니다. 죄송합니다만 아직 이번 달의 마감이 끝나지 않아서요."

그의 보고가 끝났다. 신중하고 진지한 얼굴로 듣고 있던 자들이 고개를 끄덕이며 저마다 한마디씩 던졌다.

"나쁘지 않군."

"작년 비례해서 칠 할 정도 더 늘어난 건가?"

"올 목표는 벌써 초과달성했네. 그럼 내 수익은 어느 정도나 되나?"

"백사십오만 냥이니 열둘로 나누면 대략 십이만 냥이 넘겠군. 나쁘지 않아, 확실히."

원형의 커다란 탁자에 앉아 있는 열두 명의 사람은 염소수염의 결산보고에 대부분 만족한다는 표정들이었다. 하지만 중앙 바로 좌측에 앉아 있던 사람만큼은 조금 다른 듯했다. 그는 염소수염을 향해 물었다.

"북경부가 한바탕 뒤집어졌다던데?"

염소수염은 다시 허리를 굽히며 대답했다.

"유주에서 온 낭인 한 명이 흑화방의 방주들을 제압한 일이 발생했습니다. 또한 그자는 곧바로 흑개방 북경지부에 난입하여 육십오 명의 중상자를 만들어내고 유유히 사라졌다고

합니다."

"호오, 그런 일이 있었나?"

"금시초문이군. 하지만 해토신(亥土神)께서 지금 왜 그 이야기를 꺼내는지 모르겠네."

원탁에 앉은 사람들이 고개를 갸우뚱할 때, 해토신이라 불린 자가 다시 말했다.

"듣기로는 그자가 백삼적매와 단고회에 대한 정보를 수소문한다던데 사실인가?"

일순 원탁의 사람들 표정이 달라졌다. 그들은 입을 다물고 염소수염을 바라보았다. 염소수염이 마른침을 삼키며 대답했다.

"확실한 건 아닙니다만… 아마도 그런 것 같습니다."

"그런 것 같다? 확실한 건 아니다?"

해토신의 눈빛이 매서워졌다. 염소수염은 고개를 들지 못한 채 쩔쩔맸다.

"내가 듣기로는 벌써 열흘 전에 벌어진 일이라고 알고 있네. 그런데 여태 그 일에 대한 조사가 제대로 이뤄지지 않았다면 확실히 문제가 아닌가?"

"죄, 죄송합니다. 이번 회담에 올릴 결산보고에 집중하느라 그만… 다른 일은 미처 신경을 쓰지 못했습니다."

"허어, 다른 일이라고 하기에는 사안이 생각보다 심각한 게 아닌가?"

해토신 맞은편 자리에 앉아 있는 사람이 입을 열었다.

"백삼적매야 그렇다 치더라도 단고회라는 명칭을 알고 있다는 그 자체만으로도 꽤 중대하게 다룰 사안인 건 같은데……. 안 그런가, 오 총관?"

총관 오로한(吳路漢)은 식은땀까지 흘렸다. 그가 전전긍긍하며 아무런 대답도 하지 못하고 있을 때, 또 다른 이가 오로한을 거들며 말했다.

"사실 우리가 오 총관에게 너무 많은 일을 시켜서 그런 게 아니겠소. 그러니 닦달은 그쯤에서 멈추고 그 일에 대해서 좀 더 이야기를 나눕시다. 나는 그 유주의 낭인이라는 자에 대해서 처음 들어보는 거라… 어찌 된 영문인지 매우 궁금합니다, 해토신."

해토신은 고개를 끄덕이며 말했다.

"오을신(午乙神)께서 궁금할 법도 하오. 그자의 이름은 담우천이라 합디다. 어디 출생인지, 과거 어떤 이력을 지니고 있는지는 전혀 밝혀지지 않았지만 꽤 강한 실력의 소유자라고 들었소."

보아 하니 원탁에 앉아 있는 열두 명은 모두 서로 존대하고 있었다. 누구 하나 부족함이 있거나 넘치는 자가 있는 게 아닌, 열두 명 모두 서로 동등한 관계로 앉아 있는 듯했다.

오을신이라는 자가 살짝 고개를 갸웃거리며 말했다.

"흑화방이라면 들어 알고 있소. 요 근래 의욕적인 투자와

영입을 통해서 상당히 왕성한 활동을 하는 방파라고 말입니다. 그 흑화방을 굴복시킬 정도라면 확실히 실력은 있겠죠. 그러나… 아무리 흑화방이라 하더라도 결국에는 일개 흑도문파가 아니겠소이까?"

오을신의 말은 정중했다.

하지만 자세히 들여다보면 겨우 흑화방 따위를 굴복시킨 것 가지고 우리가 일희일비(一喜一悲)해야 하겠느냐. 또 당장 우리의 모임이 무너질 것처럼 호들갑을 떨어야 되겠느냐, 하는 비아냥거림이 그 속에 숨어 있었다.

해토신은 무뚝뚝하게 물었다.

"흑화방에 혈향검수 온주은이 있다는 건 아시오?"

그 질문에 다른 자가 깜짝 놀라며 되물었다.

"혈향검수 온주은이라면 저 항주 온씨세가의 그 온주은 말이오?"

"물론이오. 그 말고 또 다른 온주은이 어디 있겠소?"

"흠, 그 온주은이라면 제법 강한 실력자이지. 십사 년 전이던가, 그 친구를 만난 적이 있었는데 어린 친구가 상당히 뛰어난 검술을 지녔더구려. 그래서 우리 쪽에서 그 친구를 포섭하려고 생각도 하기는 했소이다."

"인왕신(寅王神)의 말이 아니더라도 온주은은 강하오. 최소한 노경급 이상의 실력을 지닌 절정고수요."

해토신은 다시 오을신을 돌아보며 말을 이었다.

"그 온주은을 단 일 합에 무릎꿇렸다면, 과연 담우천이라는 자의 실력은 어느 정도이겠소? 설마 같은 노경급이나 문경급이라고는 생각하지 않으시겠죠?"

오을신은 입을 다물었다. 그의 표정 또한 조금 전과 달리 매우 신중하게 가라앉아 있었다.

노경급이라고 해서 그 안에 포함된 자들의 실력이 모두 똑같거나 비슷하지는 않았다. 같은 노경급의 고수라 하더라도 갓 그 단계에 들어선 자와 다음 단계를 눈앞에 둔 자와는 현격한 차이가 있었다.

하지만 아무리 그렇다 하더라도 단 일격에 상대를 쓰러뜨리거나 혹은 물리칠 수 있을 정도로 차이가 벌어지는 건 아니었다.

원래 무공이 높아지면 높아질수록 그 차이라는 게 매우 현저하게 줄어드는 법이었다. 일류고수는 삼류고수 백 명을 상대할 수 있지만 절정에 이르면 달라진다. 설령 구파일방의 장문인 격인 문경급 고수라 하더라도 결코 당경급 고수 백 명을 상대할 수가 없었다. 또 노경급 고수를 상대로 일 초에 패퇴시킬 수도 없었다.

그러니 온주은을 일격에 쓰러뜨렸다면 최소한 두 단계 이상, 그러니까 저 담우천이라는 자가 심벽을 넘은 초극고수라는 의미가 되는 셈이었다.

"대체 담우천이라는 자가 누구요? 그가 왜 백삼적매와 단고회를 찾아다니는 것이오?"

답답한 듯한 사람이 소리쳐 물었다. 흑토신은 고개를 저었다.

"나 또한 그 일에 대한 보고를 받은 게 어제였소. 그러니 그자에 대한 정보는 하나도 알지 못하오. 물론 아이들을 시켜서 조사를 해보라고는 말했지만······."

그때 몇 되지 않은 여인 중 한 명이 교태로운 표정을 지으며 입을 열었다.

"뭐, 굳이 조사까지 해봐야 아나요? 지인이나 딸이 우리 조직에 끌려온 게 분명하네요."

사람들의 이목에 쏠리자 그녀는 화사한 미소를 지으며 말을 이었다.

"다들 바쁘신 분들이고 오 총관 또한 결산 정리에 정신이 없을 것 같으니 그 일은 제가 맡을게요."

사람들이 반색했다.

"미후신(未后神)께서 나서주신다면야······."

"그렇게 해주신다면 고마운 따름이오."

해토신도 말했다.

"그럼 우리가 지금까지 조사한 부분에 대해서 따로 정보를 드리겠소."

"네, 그래주세요. 어디로 보내주실 건지는 잘 알고 계시겠죠?"

"물론이오."

그렇게 이야기가 끝나갈 무렵까지 홀로 상념에 잠겨 있던 오을신이 문득 궁금하다는 표정을 지으며 해토신에게 말을 건넸다.

"한데 조금 전 말씀하시기를, 담우천이라는 자가 흑개방 북경지부에 난입하여 육십오 명의 중상자를 만들어놓았다고 하신 것 같은데……."

해토신이 고개를 끄덕였다.

"사실이오."

"중상자란 말은 곧 죽은 자가 없다는 뜻입니까?"

"아니, 그쪽 총관이라는 자가 목숨을 잃었다고 하더이다. 그러니 한 사람만 죽은 것이죠."

"호오, 그것참 이상하군요. 그런 난동을 피우면서 오직 한 사람만 죽이다니."

"그건 나 역시 의아하게 생각하고 있는 부분이오. 사실 흑화방에서도 죽은 자가 없다고 들었으니까."

"으음… 정말 의외로군그래. 설마 사람 죽이는 걸 끔찍하게 싫어하는 자일까? 아니면 굳이 사람을 죽일 생각이 없는 것일까?"

오을신이 턱을 매만지며 중얼거렸다.

무림에 적(籍)을 두고 살아가는 자 치고서 살인을 두려워하고 싫어하는 이는 오직 소림의 중들뿐이었다. 물론 그들도 필요한 때가 되면 내가 아니면 누가 지옥에 가리, 운운하며 살계(殺戒)를 열기도 했다.

그런 부분에서 보자면 이 담우천이라는 자는 꽤나 이해가 가지 않는 인물이었다. 최소한 문경급 이상의 실력을 지닌, 살인을 싫어하는 자라……

"깊게 생각하는 건 나중에 하자구요."

미후신이 활짝 웃으며 말했다.

"오늘 회담은 이것으로 끝난 것 같으니까 다들 술 한 잔씩 하시면서 회포를 푸는 건 어떨까요? 좋아하시는 음식과 술, 그리고 취향에 맞는 시녀와 하인들을 대령해 두었거든요."

"하하! 내 이래서 미후신이 주최하는 회담에는 단 한 번도 빠진 적이 없다니까."

누군가의 말에 또 다른 여인이 눈을 흘겼다.

"그래서 내가 주최했던 저번 회담 때는 급한 일이 있다고 빠지신 게로군요, 신화신(申火神)."

여인의 뾰족한 목소리에 신화신이라 불린 자는 두 손을 황급히 내저으며 변명했다.

"그게 무슨 말이오, 유수신(酉水神). 그때는 정말 바쁜 일이 있었다니까. 왜 잘 알고 있지 않소? 본가(本家)에서 가출한 큰아가씨의 행적이 발견되는 바람에 저 귀주 땅까지 갔다 왔다니까."

"아, 그 일은 참 어찌 되었나요?"

"음, 말해도 될지 모르겠소. 본 가의 사적인 일인데."

"뭐, 상관있나요? 어차피 우리 모두 서로 다른 문파와 가문에 적(籍)을 두고 있는 몸이잖아요. 하지만 우리에게는 그 소속된 문파나 가문보다 십이지회(十二支會)가 우선이 아니겠어요?"

"물론이지."

유수신의 말에 다른 사람 모두 고개를 끄덕이며 동의했다. 그렇게 되자 신화신은 어쩔 도리가 없다는 듯이 입을 열었다.

"사천 일대에 숨어 계시는 것 같더이다. 그래서 본가에서는 사람들을 그곳으로 파견할 생각인 모양이오."

"그 큰아가씨라는 분이 하인과 함께 도망쳤다는 그분이죠? 신물(神物)도 함께 훔쳐서 달아났다는…….."

미후신의 질문에 신화신은 고개를 끄덕였다.

"그렇소. 그래서 그동안 가주(家主)께서는 꽤 근심을 하고 계셨소이다. 아무래도 본가의 신물이 없어졌다는 걸 다른 문파나 가문들이 알게 된다면 다들 그 신물을 탈취하고자 할 게 뻔하니까."

"우리는 걱정하지 마세요. 다들 입이 무거운 사람들이 아니겠어요?"

"물론이오. 우리들의 모임에서 한 말과 들은 말은 이곳을 빠져나가는 동시에 잊어버린다. 이게 우리의 두 번째 율법이니까."

"그야 잘 알고 있소. 내가 큰아가씨와 신물에 대한 이야기를 말한 게 벌써 수 년 전의 일이었지만 지금껏 어느 곳에서도 그들을 찾는 움직임이 없었으니까."

"어쨌든 잘 되기를 바라고 있어요."

미후신은 밝게 웃으며 말을 이었다.

"물론 신화신뿐만 아니라 이곳에 모인 열두 분의 신 모두 잘 되어야 하죠. 그래야 우리의 첫 번째 목표를 달성할 수가 있으니까. 그럼 이것으로 회담은 끝내죠."

그녀는 손뼉을 쳤다. 기다렸다는 듯이 오 총관이 물러나고 대신 이십여 명의 시녀와 하인이 온갖 요리를 들고서 입장했다. 그들은 하나같이 빼어난 미모와 잘생긴 얼굴들이었다.

십이지신(十二支神)의 표정이 밝아졌다. 그들은 다른 이들의 시선은 아랑곳하지 않고 저마다 마음에 드는 시녀와 하인들을 끌어안았다.

요리가 원탁에 차려지기도 전에 이내 질펀한 육체의 향연부터 시작되었다. 방금 전까지 보여주었던 그 엄숙하고 진지한 모습들은 온데간데없이 사라져 버렸다.

미후신은 그들과 조금 떨어진 곳에 홀로 앉아서 잘생기고 매끈하게 빠진 육체를 지닌 하인이 따라주는 술을 마시며 의미심장한 미소를 머금고 지켜보았다.

2. 은매당(隱梅堂)

모종의 은신처에서 그러한 육체의 향연이 벌어지고 있을 때, 담우천과 그의 아이들은 수레처럼 생긴 마차를 타고 남하하던 중이었다.

북경부의 기나긴 하룻밤이 지난 지도 벌써 열흘 가까이 흘렀다. 그동안 담우천의 마차는 북경부를 출발하여 하북을 지나 하남에 이르렀다.

그의 목적지는 정주(鄭州). 곽 노야를 죽이고 예순 명이 넘는 자들을 쓰러뜨린 후, 흑개방의 북경지부주인 오구서를 통해 알아낸 단서 중 하나가 바로 정주였다.

"백삼적매, 그러니까 백의 소매에 붉은 매화를 수놓은 무리들은 본래 은매당(隱梅堂) 사람들이네."

내원이 반쯤 박살 나고 흑개방 북경지부에 상주하고 있던 무사들이 모두 쓰러진 이후, 오구서는 반쯤 넋이 나간 표정을 지은 채 은매당에 대해 설명했다.

사람을 납치하는 조직은 중원 전역에 널리 퍼져 있으며 그 수만 하더라도 수백 개에 이른다. 하지만 워낙 은밀하게 행동하는 데다가 수익금의 절반가량을 뇌물이나 일의 무마비조로 쓰기 때문에 세상은 그들의 존재에 대해서 그리 신경 쓰지 않는다. 아니, 일부러 외면하고 있다는 게 보다 정확한 표현일 것이다.

그런 은매당이 백매적삼의 표식을 드러낼 때는 오직 한 가지 이유에서였다. 자신들의 신분을 그들과 비슷한 업종 사람들에게 보여주기 위해서였다. 즉, 인신매매를 하는 은매당 사람이니 동료—정확하게 말하자면 인신매매의 대상—에 눈독을 들이지 말라는 경고인 것이다.

"인신매매의 대상은 여자뿐만이 아니네. 아이들도 있고 또 건장한 청년들도 있지. 소비자가 원한다면 또 그에 합당한 가격이 매겨진다면 그들은 지옥에서 아수라까지 납치해 올 것이네."

은매당의 본거지는 정주에 있었다.

정주 남쪽 외곽 지역에 있는 백여 호가량의 마을, 그게 은매당의 본산(本山)이었다. 그 일대 논밭을 경작하는 농민들은 은매당의 일원들이었고, 마을 한복판에 있는 지주(地主)의 장원은 은매당주가 머무는 곳이었다.

"거친 일을 하는 자들이네. 또한 수백 년의 역사를 지니고 있지. 게다가 각자 일을 벌일 때에는 경쟁자이지만 외부의 적이 쳐들어오면 모든 조직이 하나가 되네. 그러니 은매당 하나를 상대한다고 생각하면 큰 오산일세. 대륙 전역의, 수백 개 조직을 상대로 싸우는 일이 될 것이야. 그걸 무시하면 안 되네."

"아무리 자네가 강하다 하더라도……."

오구서는 게서 말을 멈췄다. 담우천은 잠시 생각하다가 물었다.

"단고회는?"

오구서는 한숨을 쉬며 대답했다.

"그건 지금 당장 말해줄 수 없네."

"왜?"

"나도 거기에 대한 정보는 전혀 알지 못하니까."

"그럼 누구에게 물어봐야 하나?"

"흑개방주(黑丐幇主)."

이번에는 담우천이 입을 다물었다. 흑개방주까지 찾아가야 하는 생각이 들었다.

'아니, 아내만 찾으면 모든 일이 끝나는 거야.'

단고회나 양각양이나 그와는 전혀 상관없는 이야기였다. 지금 그가 집중할 곳은 백삼적매 일당, 은매당이었다.

"그들은 납치한 사람들을 어디에 모으지?"

"은매당 본산에 가둬두지. 그리고 중간업체에게 적당한 가격으로 팔고, 중간업체는 그렇게 대륙 전역의 인신매매 조직들에게서 사람들을 산 다음 일반 소비자들에게 비싼 값으로 다시 팔아넘기지. 이게 인신매매의 유통과정이라네."

"그렇다면 은매당에서 중간업체로 넘어가는 데 걸리는 시

일은?"

"보통 한 달이나 두 달 정도? 뭐, 상품이 극상(極上)의 품질
이라면 열흘 안에도 팔리지."

"중간업체는 어떤 조직인가?"

"그것도 내가 말할 수는 없네."

"역시 흑개방주를 찾아가야 하나?"

"그것도 한 방법이기는 하지만 은매당의 사람들을 족쳐서
알아내는 것도 또 다른 방법이겠지. 지금 내게 하는 것처럼
말이네."

오구서는 담우천이 북경지부의 모든 사람을 죽이겠다는
협박의 본보기로 살해한 곽 노야를 힐끗 바라보면서 말했다.
곽 노야는 목이 댕강 잘려 나간 채로 아무렇게나 바닥에 나뒹
굴고 있었다.

"좋아, 우선 정주로 가보지."

담우천은 돌아서려다가 다시 오구서를 바라보며 경고하듯
말을 이었다.

"행여 거짓말을 했거나 혹은 뒤에서 수작을 부린다면 내
맹세코, 이 세상에서 흑개방이라는 이름 자체가 괴멸되게 만
들 것이다."

오구서는 저도 모르게 진저리를 쳤다. 이자의 능력이라
면… 하는 생각이 그의 뇌리를 스치고 지나갔다.

그렇게 부들부들 떨고 있는 오구서를 뒤로하고 담우천이

다시 객잔 별채에 돌아왔을 때에는 놀랍게도 그녀가 그곳에 있었다.

이미 기나긴 어둠이 가고 겨울 햇볕이 따사롭게 내리쬐는 이른 아침의 일이었다.

3. 새로운 동행

분명 객잔 마굿간의 마차에 눕혀두었던 담호와 담창이었다. 하지만 그들은 별채에서, 그녀의 시중을 받으며 만두와 뜨거운 고깃국, 소채 등이 차려진 아침 식사를 하고 있었다.

막 대청문을 열고 들어선 담우천은 그 예상 밖의 장면에 잠시 우두커니 서 있을 수밖에 없었다.

"아빠!"

담호가 소리쳤다.

"빠빠!"

담창이 한입 가득 만두를 넣은 채 두 팔을 휘저었다.

"오셨어요?"

그녀가 웃으며 말했다.

담우천은 이십대 초반으로 보이는 여인을 바라보았다. 생전 처음 보는 얼굴이었다. 조그만 얼굴, 오뚝한 코, 콧잔등에 난 주근깨, 도톰한 입술. 아름답다기보다는 귀엽다는 표현이 어울리는 여인이었지만, 맹세코 처음 보는 낯선 얼굴이었다.

하지만 담우천은 이미 그녀가 누구인지 알고 있었다.

"확실히 당신 말이 맞았네."

담우천은 한숨을 내쉬고는 차탁(茶卓)으로 걸어가 앉으며 말했다.

"화장을 지우니 전혀 알아보지 못하겠어."

"내가 그렇게 말했잖아요?"

여인, 팔복도방의 소화가 키득거리며 말했다.

놀라운 화장술이었다. 어쩌면 변장에 가까울 정도의 변화. 그 아름답고 퇴폐적이며 뇌쇄적인 화장 뒤로 이렇게 청순하고 파릇파릇한 얼굴이 숨어 있었다니.

소화가 재빨리 차를 따랐다. 뜨거운 김이 모락모락 피어올랐다.

"어떻게 알았지?"

담우천은 찻잔을 내려다보며 물었다. 소화가 당연하다는 듯이 어깨를 으쓱거렸다.

"날 바보로 알았던 거죠? 하지만 청화라는 이름의 객잔이 북경부에 없다는 걸 처음부터 알고 있었거든요."

그건 담우천도 잘 알고 있었다.

그녀가 담우천에게 어느 객잔에 묵고 있는지 물었을 때 그는 아무렇게나 생각나는 이름을 입에 올렸다. 그게 청화객잔이었는데, 그 이름을 듣는 순간 그녀가 지었던 실망의 표정을 담우천은 지금도 기억하고 있었다.

"날 그렇게 믿지 못하나, 화가 나기도 하고 분하기도 했어요. 집으로 돌아가서 오랫동안 생각했죠. 이대로 북경부를 떠날까, 고향으로 돌아가서 떵떵거리며 살까, 하는 생각들도 했지만 무엇보다 아저씨 생각을 많이 했어요."

소화는 두 손으로 만두를 쥐고 여기저기 흘리며 먹는 담창을 챙겨주면서 말을 이었다.

"그러다가 이대로는 안 되겠다는 생각이 들더군요. 아무 관계도 아닌, 단지 어제 처음 만나서 약간의 도움을 준 사이에 불과한데 아저씨는 내게 은자 천 냥이나 되는 거금을 주셨잖아요? 그러니까 이제는 내가 진짜로 도와드릴 때가 되었다고 생각했어요."

도와준다… 라.

"그래서 새벽에 집을 나서서 객잔을 뒤지기 시작했고 결국 이곳을 찾아낸 거죠."

그녀가 자랑스럽다는 듯이 어깨를 으쓱거렸다. 담우천은 찻잔을 쥐며 물었다.

"북경부에 객잔이 한두 군데가 있는 게 아닐 텐데. 설마 그 모든 객잔을 다 뒤진 건가?"

"설마요."

그녀가 배시시 웃었다. 팔복도방에서 보여주었던 그 요염하고 유혹적인 웃음과는 전혀 다른, 때 한 점 묻지 않은 순박한 웃음이었다.

"우선 팔복도방 주변의 객잔을 뒤졌어요. 물론 두 명 이상의 아이들이 묵고 있는지 확인했구요. 아저씨가 아이들과 함께 있다고 했으니까, 아이들은 최소한 두 명 이상일 테니까요."

문을 일찍 연 객잔은 상관없었지만 채 문이 열리지 않은 객잔까지 뒤지는 건 제법 힘이 들었다. 게다가 이것저것 묻기 위해 은자도 적지 않게 써야만 했다.

그러나 수확은 있었다. 점소이와 함께 그녀가 이 별채로 향했을 때, 마굿간에서 두 명의 아이가 울먹울먹거리며 나오는 걸 볼 수 있었으니까.

"혹시나 해서 물어 봤죠. 아저씨 인상을 설명하니까 아빠가 맞다고 그러더군요. 물론 상당히 적대적인 얼굴이기는 했지만요."

담호가 우물쭈물 말했다.

"이 누나가 아빠 친구라고 했거든요. 아빠는 밤늦게까지 일을 하느라 바쁘다고… 아직 일이 끝나지 않아서 누나만 먼저 보냈다고……."

담우천이 가볍게 눈살을 찌푸리며 말했다.

"만약 내가 보냈더라면 최소한 너희들의 이름은 가르쳐 주지 않았겠느냐?"

담호의 얼굴이 벌겋게 달아올랐다. 미처 거기까지는 생각하지 못한 것이다.

하지만 당시 그는 아빠가 또 몰래 그들의 곁을 떠난 거라고 생각해서 꽤 큰 심적 충격을 입은 상태였다. 그랬기에 이 순진하고 귀엽게 생긴 누나의 부드러운 말에 넘어간 것이다.

담호는 소화를 노려보며 말했다.

"거짓말쟁이 누나."

"거짓말은 아니란다."

소화가 방긋 웃으며 말했다.

"확실히 나는 네 아빠와 함께 밤늦게까지 일을 했고 너희를 걱정해서 찾아온 거니까. 안 그런가요?"

소화는 담우천을 돌아보았다. 담우천은 어쩔 도리가 없는 듯 고개를 끄덕였다.

"거 봐. 그러니까 나는 거짓말을 한 게 아니고 또 너는 내게 당한 게 아니야. 만약 네가 나를 의심해서 끝까지 부인했다면… 이렇게 다 함께 만나서 즐거운 아침 식사를 하지 못했을걸? 그러니 정말 고맙게 생각하고 있어."

소화는 담호를 향해 고개를 숙였다. 소년은 어쩔 줄 몰라했다. 담우천은 곤란한 듯 머리를 긁적였다.

즐거운 아침 식사라.

하지만 진짜 곤란한 일은 그 후에 일어났다. 소화가 끝까지 담우천을 따라가겠다고 나선 것이다.

"생각해 보세요. 어제 같은 일이 언제 또 일어날지 어떻게 알겠어요? 그렇게 되면 이 아이들은 누가 돌보죠? 최소한 아저씨가 일을 끝내고 돌아올 때까지만이라도 이들을 돌볼 사람이 필요하다구요."

"내가 아창을 돌보면 돼요. 그리고 나는 돌봐줄 사람이 필요 없어요."

소화의 말에 담호가 발끈했다. 소화는 당연하다는 듯이 고개를 끄덕이며 담호의 머리를 쓰다듬으려 했다. 하지만 담호는 재빨리 그녀의 손길을 피했다. 소화는 여전히 웃으면서 말했다.

"물론 네 말도 맞아. 그리고 나 역시 네가 너와 네 동생을 잘 돌볼 거라고 생각해. 하지만 어른이 아니면 결코 하지 못할 일들이 있거든. 가령 빨래라든가 밥을 짓고 찬을 만드는 거라든가……. 그런 건 아직 네가 하기에는 벅차잖아? 그래서 도와주겠다는 거야."

"필요없다."

담우천은 일언지하에 거절했다. 그래도 소화는 미소를 잃지 않았다.

"객잔에 가서 이 음식들을 가지고 오면서 무슨 이야기 들었는지 아세요?"

그녀의 질문에 담우천은 대꾸하지 않았다. 소화는 기대하지도 않았다는 듯이 계속해서 입을 놀렸다.

"흑화방에 변괴가 생겼다더군요. 또 서금상주포점에 괴한

이 쳐들어가서 난리를 피웠다는 소문도 들었어요. 대단하죠, 이 동네? 소문 진짜 빨라요."

담우천이 빈 잔을 내려놓자 소화가 재빨리 잔을 채웠다. 그리고 더러워진 담창의 얼굴을 닦아주면서 말을 이어 나갔다.

"그거 다 아저씨가 벌인 일이라는 거 알고 있어요. 하지만 그게 끝은 아니죠? 적어도 아호와 아창의 엄마를 찾을 때까지는 계속 떠돌아다니실 거잖아요?"

"아호!"

담우천이 소리치자 담호는 어깨를 움츠리면서 황급히 말했다.

"내가 먼저 말한 게 아니었어요. 아창이 먼저 엄마를 찾으며 울었다구요."

선잠에서 깨어난 담창의 울음처럼 지독한 건 없었다. 그리고 엄마를 찾으며 우는 아이의 울음보다 달래기 힘든 건 없었다. 만약 소화가 담창을 꼭 껴안은 채 낮은 목소리로 자장가를 불러주지 않았더라면 담창은 아직도 울고 있을 터였다.

그렇게 담창을 달랜 소화는 이미 다 알고 있다는 표정을 지으며 담호에게 물었다.

"엄마를 찾아다니느라 얼마나 힘드니?"

담호도 눈물을 글썽거렸다. 소화는 담호도 끌어안으며 말했다.

"엄마를 찾을 때까지 이 누나가 엄마 노릇을 해줄게. 아침마다 아호를 달래주고 네가 힘들 때면 위로해 줄게. 그러니까 힘내자구, 우리."

담호는 그녀의 따스한 품에서 눈물을 삼키며 고개를 끄덕였다.

그런 속사정을 모르는 담우천으로서는 우선적으로 담호에게 호통을 칠 수밖에 없었다. 하지만 소화가 사정 이야기를 하자 그는 머쓱한 표정을 짓고 말았다.

"영활하군, 진짜."

몇 가지 소소한 단서, 정황 등을 바탕으로 빠르게 상황 파악을 하는 것도, 특유의 말솜씨로 아이들에게서 원하는 대답을 들은 것도, 그리고 아이들을 제 편으로 만든 것도 모두 이 소화라는 여인의 영특함에서 비롯된 일이다.

하기야 담우천조차 홍도방에서도 그녀 아니었으면 꽤나 곤란할 수도 있었으니까.

"그러니까 애들 엄마를 찾을 때까지만 함께 다녀요. 은자 천 냥을 받았는데 그 정도도 하지 않는다면 내가 편치 않아요."

그녀는 소곤거리듯 말했다. 담우천은 입술을 깨물었다. 담창이 그녀의 등을 기어오르며 깔깔거렸다. 담호가 그녀의 팔을 붙잡은 채 담우천을 쳐다보고 있었다.

젠장, 젠장!

담우천은 화를 내려다가 문득 생각을 바꿨다. 어쩌면 그녀의 말이 옳을 수도 있었다.

앞으로 은매당이나 다른 조직들을 상대하기 위해 아이들의 곁을 떠날 경우가 왕왕 있을 것이다. 그때 소화가 아이들의 곁에 남아 있다면 한결 걱정을 덜할 수가 있었다. 굳이 따지자면 보모(保姆), 혹은 젖이 나오지 않는 유모(乳母) 역할이라고나 할까.

하지만 무턱대고 아이들을 맡기기에는 그녀에 대해서 아는 게 많지 않았다. 무작정 맡기고 출타했다가 그녀가 아이들을 인신매매한다면, 혹은 적에게 넘긴다면.

담우천은 소화를 바라보았다. 그녀는 여전히 웃고 있었다. 하지만 담우천은 그 웃음 뒤에 숨겨져 있는, 희미한 떨림을 느낄 수가 있었다. 불안함, 외로움, 그리고 한 가닥의 기대감.

'이 아이, 믿을 만한가?'

그는 스스로에게 물었다.

아이들의 보호는 물론 그들의 목숨까지 맡길 수 있을 만큼 믿을 수 있나.

잠시 생각하던 담우천은 고개를 끄덕이며 말했다.

"좋아."

"야호!"

담호가 두 손을 높이 들고 소리치다가 이내 입을 다물며 담우천의 눈치를 살폈다. 불과 반나절도 안 되어서 소화는 담호를 철저하게 제 편으로 만들어놓은 게다.

담우천은 내심 혀를 차면서 말했다.

"하지만 조건이 있다."

"말씀하세요."

"만약 위기에 처한다면 너는 맨 마지막에 구할 것이다. 어쩌면 너를 구하지 않을지도 모른다."

"상관없어요."

"또 너를 하녀처럼 부릴지도 모른다. 원래 나는 지독하게 게으른 편이었으니까."

"괜찮아요. 은자 천 냥이나 받았으니까요."

그녀는 당차게 말했다. 담우천은 잠시 그녀를 바라보다가 고개를 끄덕이며 말했다.

"좋아, 그럼 얼른 상을 치워. 바로 출발할 테니까."

*   *   *

그렇게 해서 지금 정주로 향하는 마차 안에는 두 아이뿐만 아니라 소화까지 함께 타고 있었다. 안에서 무슨 놀이를 하는지 깔깔거리는 아이들의 웃음과 달뜬 소화의 목소리가 연신 들려왔다.

곤란한걸.

두터운 모피로 몸을 돌돌 말은 채 마차를 몰고 가는 담우천은 문득 턱을 괴면서 그렇게 생각했다.

지난 열흘 가까이 그녀는 헌신적으로 일을 했으며 또 자기 동생이나 자식처럼 아이들을 돌보았다. 거기까지는 좋았다. 담우천 스스로 사람 보는 눈이 있다고 으쓱거릴 정도였다.

그러나 문제는 다른 곳에 있었다. 그녀가 너무 살갑게 구는 것이다. 그녀는 담우천에게도 아내처럼 스스럼없이 행동했는데 생선뼈를 발라주거나 고기를 찢어 밥 위에 얹어주는 건 물론이고, 잠잘 때면 아이들을 재운 후 굳이 그의 옆으로 기어 들어와 잠을 청하는 게 문제였던 것이다.

'설마……'

하는 생각에 담우천은 잠시 그녀를 관찰했지만, 그녀는 결코 성적인 욕구나 충동에 의해서 그의 옆에서 잠을 자는 건 아닌 듯했다.

마치 담호나 담창이 그러하듯, 그녀 또한 제 아비 혹은 제 오라버니의 옆에서 잠을 자고 싶어하는 어린 계집처럼 담우천의 옆을 파고들고 있었다.

그러니 곤혹스러울 수밖에 없었다.

따로 한마디 하기에는 왠지 스스로가 더 부끄럽고 추접하게 느껴지고 그렇다고 이대로 지내기에는 사내의 본능이라는 걸 무시할 수 없었다. 자다가 가끔씩 눈을 뜨면 자신도 모르게 그녀의 가슴을 만지고 있거나 혹은 허벅지와 허벅지가 엉켜 있는 네 개의 다리를 볼 수 있었다. 거기에 더하여 팽창할 대로 팽창해 있는 물건까지.

그렇게 닷새가량을 마차에서 그녀와 아이들과 함께 잠을
잤던 담우천은 결국 엿새째가 되어서 다시 객잔을 찾았다.

객잔이라는 게 관도(官道)를 따라 즐비하게 늘어서 있을 리
가 없었다. 관도에서 멀리 떨어진 마을, 그것도 제법 큰 마을
에서나 객잔을 찾을 수가 있었다.

그러니 관도를 달리다가 저녁 무렵이 되면 마을을 찾아야
했고, 객잔이 있을 듯싶은 마을을 발견하게 되면 아직 해가
채 저물지 않았음에도 불구하고 마차를 돌려야 했다.

자금 담우천은 그렇게 허투루 소모되는 시간이 너무나도
아까운 것이다. 애당초 마차에서 잤던 것도 그런 식으로 버려
지는 시간을 아끼기 위한 게 아니었던가.

지난 나흘 동안 달려온 거리는 그 이전의 닷새 동안 달린
거리의 절반밖에 되지 않았다.

그게 다 객잔 때문이었다. 또 저 엉뚱한 소화 때문이었다.
아니, 무엇보다 좀처럼 평정심과 무심함을 되찾지 못하는 담
우천 자신 때문이었다.

마차 안에서 다시 한 번 까르르 웃는 소리가 들렸다. 담창
은 뭐가 신났는지 풀썩풀썩 뛰면서 소리를 지르는 중이었다.

곤란하게 되었는걸.

담우천은 한숨을 내쉬며 중얼거렸다.

그렇게 그가 곤혹스러워 할 즈음, 그들을 태운 마차는 어느
덧 정주의 경계를 넘고 있었다.

第九章
쫓는 사람들

일반인, 선인(善人), 정파의 인물에 대한 청부는 받지 않는다고
알려진 대자객교(大刺客橋), 청부 대금을 받지 않는 대신 자신들이
원하는 조건을 충족시켜야 비로소 의뢰를 받는 은자림(隱者林), 그
리고 엄청난 대금을 요구하지만 의뢰를 받은 이상에는 황제의 목
도 베어준다는 살막. 이 삼대살수조직은 태극천맹이 중원을 지배
하게 된 이후로도 계속해서 살행을 멈추지 않을 정도로 그 실력과
명성을 인정받고 있었다.

1. 쫓는 사람들 (1)

"왜 떠나겠다는 것이오?"

사광생이 놀라 소리쳤다. 그리고 온주은을 바라보며 다급하게 말을 이었다.

"그깟 한 번 진 거 가지고 그런다면 내 꼴은 뭐가 되오? 나 또한 놈에게 일패도지하지 않았소? 그러니 방을 떠나겠다는 말은 접어두시오."

사실 그에 대해 탐탁하게 생각하지 않는 데다가 싫어하기까지 하는 사광생이었지만 막상 온주은이 흑화방을 떠나겠다고 말하자 누구보다 먼저 말리고 있었다.

하지만 온주은은 묵묵부답이었다. 한번 결심한 이상 앞으로 나아가야 했다. 그게 사나이인 게다.

구매겸은 냉정한 눈빛으로 가슴에 붕대를 감고 있는 그를 보다가 불쑥 입을 열었다.

"복수를 하려는 것인가?"

온주은은 고개를 저었다.

그가 흑화방을 떠나 담우천을 뒤쫓겠다고 말한 건 복수심 때문이 아니었다. 그동안 잊고 있었던 무인의 혼(魂)이라고나 할까. 그런 게 담우천과의 싸움을 통해 다시 생겨났기 때문이었다.

"보다 강해지고 싶어서입니다."

온주은의 목소리에는 힘이 없었다. 아무래도 부상에서 완벽하게 회복되지 않은 상태인 게다.

"그라면… 충분히 나를 강하게 만들어줄 수 있을 겁니다. 그래서 그의 뒤를 쫓고자 하는 것입니다."

"그자가 대체 누구요?"

사광생이 궁금하다는 듯이 물었다.

"열흘 전 놈과 싸웠을 때, 온 방주는 놈이 누구인지 아는 것 같았소. 그런데 왜 지금까지 놈에 대해 아무런 정보도 주지 않는 것이오?"

"그건……."

온주은은 망설였다.

'여러 형제의 목숨을 살리고 싶어서요.'

라고 말하고 싶었다. 담우천이라는 자에 대해서 알게 된다면, 최소한 두 곳 이상의 거대한 세력과 척을 지게 되는 결과가 된다. 원하지 않더라도 그들과 부딪치게 될 것이고 또한 그 와중에 목숨을 잃게 될 게 분명했다.

하지만 그런 속마음을 내보일 수는 없었다. 사람이란 호기심의 동물이니까. 온주은이 그런 말을 한다면 사광생은 목숨을 걸고서라도 담우천에 대해 알고자 할 것이다.

"나도 정확하게 알지 못하기 때문이오."

"그런 소리가 어디 있소?"

사광생이 벌컥 화를 낼 때, 구매겸이 손을 저어 그의 흥분을 가라앉혔다. 그리고는 여전히 똑같은 눈빛으로 온주은을 보며 물었다.

"이곳으로 돌아올 것인가?"

온주은은 다시 망설이다가 대답했다.

"살아 있게 되면… 반드시 돌아오겠습니다."

"그건 또 무슨 소리야?"

사광생이 질렸다는 듯이 머리를 흔들며 투덜거렸다. 그러나 구매겸은 알겠다는 듯 고개를 끄덕이며 말했다.

"알겠네. 그럼 기다리겠네."

구매겸이 자리를 떴다. 노화자가 머뭇거리다가 온주은의 어깨를 가볍게 두드리고는 그 뒤를 따랐다. 교돈은 아무런 말 없이 살짝 고개를 숙이고는 자리를 떴다.

사광생은 온주은의 앞까지 걸어와서 화난 듯 노려보다가 '흥!' 하면서 몸을 돌렸다. 그리고 문밖으로 걸어 나가며 손을 흔들었다.

"건강하시라구."

온주은이 빙긋 웃었다. 그는 주변을 둘러보았다. 이제 대청에는 아무도 없었다.

단지 그동안 온주은이 흑화방에서 받았던 은자가 탁자 위에 쌓여 있을 뿐이었다. 그에게 남은 건 붕대로 가슴을 칭칭 동여맨 자신과 검 한 자루, 그게 전부였다.

"그럼……."

온주은은 홀가분한 어조로 중얼거렸다.

"이제 출발해 볼까?"

"빌어먹을!"

사광생은 길바닥에 가래침을 뱉다가 문득 인상을 찌푸렸다. 맞은편에서 다가오던 자가 황급히 고개를 숙였다. 사광생은 그를 보자마자 벌컥 화를 냈다.

"일을 도대체 어떻게 처리하고 다니느냐?"

난데없는 꾸중에 흑화방의 당주이자 팔복도방의 이당가인 섬전쾌수 반위백은 당황한 표정을 지었다.

"네놈이 담우천이라는 자를 끌고 오는 바람에 방이 이 지경이 되었지 않느냐?"

'그, 그게 왜……'

내 탓이냔 말이지. 놈은 제 발로 팔복도방으로 걸어왔고 도방 규율에 따라 놈을 처리하려던 것뿐인데.

'놈을 해치우지 못하고 되려 당한 게 어디 내 탓이더냐?'

사광생은 고개 숙인 반위백의 뒤통수를 한 대 후려치고는 '에잇, 밑엣놈들이 이 모양이니……' 하면서 지나쳤다. 반위백의 얼굴에는 억울함 대신 반항의 빛이 스며들었다.

'왜 내가 이런 굴욕을 맛봐야 하나?'

그건 모두 담우천이라는 놈 때문이었다.

'반드시……'

반위백은 고개를 들었다. 살모사처럼 그의 두 눈이 번들거리고 있었다.

"죽이고 말겠다."

불끈 쥔 주먹이 부들부들 떨렸다. 독아(毒牙)에서 흘러나오는 독처럼, 꽉 깨문 그의 입술에서 핏물이 흐르고 있었다.

2. 쫓는 사람들 (2)

요 며칠 동안 내린 폭설로 인해 거리는 사람 허리까지 파묻힐 정도로 눈이 쌓였다.

저귀는 매일 아침마다 유랑객잔 앞의 길목을 쓸고 치웠지만 그것도 며칠이 지나자 결국 포기하고 말았다. 어차피 손님도 거의 찾지 않는 객잔인데 굳이 허리 아파가면서까지 눈을 치울 필요가 없는 게다.

그날도 장작불이 타고 있는 화롯가 앞에 앉아서 저귀는 꾸벅꾸벅 졸고 있었다. 실내에는 오직 그뿐이었다. 장작이 타는 소리가 조용한 실내에 울려 퍼지고 있었다. 여전히 유명촌은 한산했고 매서운 바람 소리만이 객잔 문을 두드렸다.

"음?"

졸던 저귀가 단추 구멍만 한 눈을 뜨며 고개를 들었다. 한 가닥 의혹의 빛이 그 조그만 눈동자에 스며들었다. 그는 길게 기지개를 펴다가 다시 탁자 위에 엎드렸다. 그때였다.

쿵! 하는 소리와 함께 거칠게 문이 열렸다. 세찬 바람과 함께 눈 더미가 안으로 쏟아져 들어왔다. 그리고 낯선 자들이 한꺼번에 들이닥쳤다.

저귀는 그제야 잠에서 깬 듯 부스스한 얼굴을 들고 쳐다보았다. 낯선 무리 중에 아는 얼굴이 하나 섞여 있었다. 그 얼굴은 저귀를 보자마자 뾰족하게 소리쳤다.

"그자는 어디 있지?"

날카로운 계집 목소리에 저귀는 절로 인상을 찌푸렸다. 그는 영문을 모르겠다는 표정을 지으며 물었다.

"그자가 누군데?"

"발뺌할 거야? 네 동료, 담우천이라는 개자식 말이야!"

계집은 다시 한 번 소리쳤다. 당장에라도 자신을 잡아 죽일 것만 같은 표독한 눈빛으로 쏘아보는 계집을 보면서 저귀는 내심 한숨을 쉬었다.

'이래서 여자들에게 한을 품게 하면 안 된다니까.'

지금 저귀를 닦달하고 있는 어린 계집의 이름은 호지민, 천궁팔부의 천궁보화.

절정검 조흔을 따라 산동 천궁팔부에서 북해빙궁까지 가는 표행에 합류했다가 담우천에 의해 조흔이 살해되는 장면을 목격하고 복수를 부르짖었던 이가 바로 그녀였다.

그렇다면 그녀와 함께 들이닥친 무리의 정체는 뻔했다.

'북해빙궁에서 산동까지 돌아갔다가 제 식구들을 이끌고 다시 유주로 온 건가?'

지독한 집념이었다. 하기야 눈앞에서 지인, 그것도 살붙이와 다름없는 자의 죽음을 목도했다면, 확실히 지독해질 수밖에 없을 것이다.

"너는 가만있거라."

건장한 체구의 백발노인이 호지민의 어깨를 잡아당기며 앞으로 걸어 나왔다. 일순 저귀의 몸이 자신도 모르게 경직되었다. 천궁팔부의 소궁주인 호지민에게 '너'라고 할 사람은 오직 한 명밖에 없었다.

그녀의 아버지이자 천궁팔부의 위대한 주인인 열혈태세 호천강(胡穿剛).

'호오, 이자가 산동의 지배자라 알려진 호천강인가?'

저귀는 눈을 가늘게 뜨며 풍채 좋은 백발노인을 바라보았다. 그리고 속으로 한마디 던졌다.

'변태 같은 노인네일세.'

언뜻 보아도 예순은 넘었고 족히 일흔 살은 되어 보였다. 그 나이에 예예 같은 어린아이를 신부로 맞아들이려 하다니, 아무리 정략적인 혼인이라 하더라도 결코 평범한 일이 아니었다.

"내가 누구인지 짐작한 것 같군그래."

호천강의 말에 저귀는 눈을 끔뻑거리며 말했다.

"호 아가씨에게 너라고 부를 사람은 그리 많지 않으니까."

"하지만 생각보다 놀라지는 않는군."

"이곳 유주에 있다 보면 별의별 사람들을 다 만나게 되니까."

"말도 짧고."

"추운데 말까지 길게 할 필요는 없으니까."

"게다가 건방지기까지 하고."

"똥개도 제 집에서는 먹고 들어가는 법이니까."

"허어."

호천강은 탄성인지 신음인지 알 수 없는 소리를 내면서 입을 다물었다.

그리고는 불똥이 튈 것만 같은 눈빛으로 저귀를 쏘아보았다. 일순 그의 몸에서 강철 같은 신위가 뿜어져 나왔다. 왜 그의 별호가 열혈태세인지 알 것만 같았다.

그러나 여전히 저귀는 태평한 얼굴이었다. 그는 산동의 지배자 호천강이 두 눈을 부릅뜨고 노려봄에도 불구하고 무심한 듯 콧구멍을 후비고 있었다.

그 무례함에 발끈했던지, 호천강의 뒤에 서 있던 자들이 살짝 한 걸음 움직였다. 순간 거대한 살기가 파도처럼 저귀에게 밀려들었다. 보이지 않는 투명한 살기의 막(幕)이 그물처럼 저귀를 덮치고 있었다.

'이런…….'

저귀는 내심 긴장했다. 저 예닐곱 명의 무사 모두, 적어도 조혼 이상의 실력을 지니고 있는 강자들이었다. 어쩌면 지금 이 자리에 천궁팔부의 전력이 다 모여 있는지도 몰랐다.

"허엄."

호천강이 기침을 하자 그 살기는 씻은 듯이 사라졌다. 무언의 협박. 만약 앞으로 제대로 대응하지 않으면 네깟 놈 하나 정도 순식간에 죽일 것이라는 협박인 게다.

"담우천은 어디 있는가?"

호천강은 그 협박이 먹혀들어 갔다고 생각했는지 단도직입적으로 물었다. 그러나 저귀는 여전히 뻔뻔했다.

"왜 그를 찾는데?"

말도 여전히 짧았다.

호천강의 안색이 살짝 상기되었다. 평생 동안 이런 대접을 받아본 적이 있었나, 기억이 나지 않았다. 하지만 호천강은 애서 진노를 삼키며 입을 열었다.

"놈은 내 제자를 죽였다. 알고 있을 텐데."

"물론."

저귀는 천천히 자리에서 일어나며 말했다. 호천강의 뒤에 서 있던 자들의 몸에서 긴장과 살기의 기운이 동시에 뿜어져 나왔다.

"하지만 그 싸움이 정상적인 비무라는 것도 알고 있는데. 설마 천궁팔부는 비무라는 단어의 뜻을 이해하지 못하는 건 아니겠지?"

"비무는 무슨 얼어 죽을 비무!"

호지민이 소리쳤다.

"네놈 낭인들은 우리 표물이 탐나 함정을 파고 기다렸잖아! 암습을 통해서 표사들을 죽이고 여러 명이 한꺼번에 달려들어 우리 사형에게 중상을 입혔잖아! 그래놓고 일대일 비무? 홍! 말이 좋아서 일대일 비무지, 그게!"

'이런, 그렇게도 생각할 수 있나?'

저귀는 머리를 긁적이다가 불쑥 입을 열었다.

"어쨌든 객잔에 왔으니 뭐든 주문을 해야 하지 않겠나? 내가 땅 파서 장사하는 것도 아니고."

그 태연함과 당당함, 뻔뻔함에 기가 질린 것일까. 호천강은 물론 잔뜩 독이 오른 호지민조차 입을 다물었다.

"틀린 말은 아니군."

호천강이 고개를 끄덕이며 말했다.

"잘하는 요리가 있으면 얼마든지 내오게. 뜨거운 국과 술도 함께."

"우리 집은 꿩국과 분주가 일품이지. 우선 그걸로 몸들을 녹이고 계시게."

저귀는 여전히 반말을 하면서 어슬렁거리며 주방으로 향했다. 돼지 귀신이라는 별명보다는 곰이 더 어울리는 뒤태였다.

잠시 그 뒷모습을 바라보던 호천강이 화롯가 근처에 자리를 잡고 앉았다. 호지민은 주방과 호천강을 번갈아 바라보다가 부리나케 그의 옆자리에 앉으며 채근했다.

"도망치면 어떡하려구요?"

"도망치기는 어딜 도망쳐? 이 주변 모두 눈에 뒤덮였는데. 저 덩치로 열 걸음 가다가 포기하고 돌아올 거야."

"그럼 술이나 음식에 독을 타면요?"

"그럴 녀석으로는 보이지 않아."

호천강은 힐끗 주방 쪽을 바라보고는 혼잣말처럼 중얼거렸다.

"과연 세상은 넓고 사람은 많다니까. 이런 변방에서 저만한 자를 만날 줄이야."

"저만한 자라니요? 설마 저자도 무공을 익힌……."

"유주는 낭인들과 범죄자들의 땅이라는 거, 너도 잘 알고 있지 않느냐? 이곳에 사는 사람 중 평범한 사람은 아무도 없다는 걸 명심해야지."

"하, 하지만⋯⋯."

호지민은 고개를 돌려 주방을 바라보았다. 굼벵이 같고 곰 같으며 돼지 같은 이곳 주인장이 그녀의 아버지조차 감탄하게 만들 정도의 실력자라는 게 영 믿어지지 않는 것이다.

잠시 후, 저귀는 모락모락 김이 피어오르는 꿩국이 담긴 그릇들을 가지고 돌아왔다. 곧이어 술과 꿩구이가 탁자 위에 놓였다. 호천광은 꿩국을 한 모금 마시고는 감탄하듯 고개를 끄덕였다.

"확실히 맛있군."

저귀는 팔짱을 끼며 어깨를 으쓱거렸다.

"수백 년의 전통이 담긴 맛이니까."

"잘 먹었네."

술 한 잔, 고기 한 점, 그리고 국물 한 모금으로 식사를 끝낸 호천광은 열 냥은 족히 되어 보이는 은원보 하나를 저귀에게 던지며 물었다.

"그럼 이제 다시 묻지. 그자는 지금 어디에 있나?"

저귀는 은원보를 받아 들고 품에 챙겼다. 그리고 무뚝뚝한 어조로 대꾸했다.

"북경부."

"북경부?"

호천광은 고개를 갸웃거렸다.

"그곳은 왜?"

"그야 나도 모르지."

저귀의 대답에 사람들이 절로 눈살을 찌푸렸다. 하지만 정작 호천광은 아무렇지도 않다는 듯이 다시 물었다.

"그런데 담우천이라는 자는 누군가?"

"글쎄. 자기 말로는 나무꾼이자 사냥꾼이라고 하던데."

"설마 그 말을 믿나?"

"본인이 그렇다는데 어쩌겠수? 사실 나도 그때 처음 만난 거라 그에 대해서는 잘 모르거든."

"거짓말!"

호지민이 빽! 하고 소리쳤다.

"처음 만난 낭인과 조를 짜고 힘을 합쳐서 표물을 털었다고? 그렇게나 사람을 신뢰해, 너희 낭인들 따위가?"

"거 참 입이 걸기 짝이 없는 아가씨네."

저귀는 가늘게 눈을 뜨며 호지민을 바라보았다.

"우선 나는 낭인이 아니고, 둘째, 그를 포섭한 사람은 내가 아니라 혁자룡이라는 친구였네. 뭐, 혁자룡이 담우천을 신뢰한 건지 아니면 잠깐 쓰고 버릴 생각이었는지는 모르지. 내가 그 친구 머릿속에 들어가 본 것도 아니니까."

"당신, 자꾸만 거짓말……."

"이봐, 아가씨."

저귀는 팔짱을 풀며 말했다.

"한 가지 충고하지. 강호를 돌아다닐 때 말이야. 매번 그런 식으로 사람을 대하면 목숨이 열 개라도 남아돌지 못할 거야."

호지민의 얼굴이 분노로 새빨개졌다.

"지금 협박하는 거야, 날?"

"충고라니까."

"이, 이 개자식이……."

"허어, 그만해라."

호천광이 그녀를 나무랐다.

"여자의 입에서 나올 만한 욕설이 아니구나."

"하지만 아빠!"

"됐다. 너는 이제 입을 다물고 있어라."

"아빠!"

"됐다니까!"

호천광의 호통에 호지민은 그제야 비로소 입을 다물었다. 하지만 그녀는 금방이라도 잡아먹을 듯한 눈빛으로 저귀를 쏘아보았다. 저귀는 내심 혀를 차며 중얼거렸다.

'내 이래서 계집을 사귀지 않는 거라구.'

"좋네."

호천광이 두 손으로 무릎을 치며 일어났다.

"그러니까 담우천은 지금 북경부에 있다, 이거지?"

"글쎄. 북경부에 머물지 아니면 또 다른 곳으로 갔을지는 역시 그 친구 마음이겠지."

"어쨌든 북경부에 가서 놈의 행적을 파악해야 할 것 같군."

저귀의 말을 귓전으로 흘려들으며 혼잣말을 하던 호천광은 문득 저귀를 돌아보며 말했다.

"아, 꿩국 맛있었네. 나중에 일이 끝나면 다시 찾아와서 천천히 맛을 보겠네."

협박일까.

저귀는 조그만 눈을 끔뻑거리다가 고개를 끄덕였다.

"손님으로 찾아주신다면야 언제든지 맛있는 꿩국을 드려야죠."

호오, 경고인가.

호천광은 잠시 저귀를 바라보다가 미련없이 몸을 돌렸다. 그리고 객잔 문을 향해 뚜벅뚜벅 걸어가며 말했다.

"북경부로 간다."

3. 쫓는 사람들 (3)

대륙 전역에 퍼져 있는 칠십이 개 지부에서 날아드는 보고서가 하루에 오백 장 가까이 된다. 그중 칠 할이 정보 거래에 대한 보고이며 나머지 이 할은 그날의 거래량에 대한 보고,

나머지 일 할 정도가 각종 사건사고에 대한 보고였다.

그 보고서들이 흑개방의 총본산에 접수되면 수십 명의 담당자들이 정보료의 고하 혹은 상황의 긴급함을 따져서 특상, 상중하, 네 단계로 분류한다. 그렇게 분류된 보고서들은 각각 해당되는 조직으로 이송되는데, 특상의 경우에는 흑개방주에게 직접 전해지게 된다.

이틀 전, 북경지부에서 보내온 보고서가 바로 그런 부류에 속했다.

"사실인가?"

흑개방주의 목소리는 침착했다.

북경지부가 한 사람의 낭인에 의해서 거의 궤멸되다시피 되었고 협박에 이기지 못한 지부주가 정보료도 받지 않은 채 정보를 누설했다는 충격적인 보고를 받고서도 여전히 그의 표정에는 변함이 없었다.

"사실입니다."

그의 앞에 부복한 중년인 역시 무심한 얼굴로 대답했다.

"담우천이라는 자에 대해서 급하게 정보를 찾아보았습니다. 하지만 아직까지 특별하게 밝혀진 자료가 없습니다."

"그것참."

흑개방주는 황금으로 만든 듯한 의자의 팔걸이를 가늘고 긴 손가락으로 톡톡 치면서 말했다.

"읽어보니 혈향검수 온주은이 일검에 당했다는데…….. 그런 고수의 이름이 세상에 알려져 있지 않다 이건가?"

"아무래도 은거고인의 제자이거나 혹은 그동안 비밀에 감춰져 있던 자일 듯싶습니다."

"전자야 그렇다 치더라도 후자의 경우라면?"

"예를 들자면 황계(黃契) 쪽에서 은밀하고 진행하고 있는 천지번복(天地飜覆)의 모계(謀計) 같은 것 말입니다."

황계는 강호의 최하층, 기녀나 점소이, 하오문의 사람들이 모여 만든 조직으로 흑개방과 같이 정보를 팔아먹고 사는 집단이었다. 개방보다는 역사가 오래 되지 않았지만 그래도 흑개방보다는 훨씬 유서 깊은 조직이기도 했다.

"그 천지번복을 위해 황계 측에서 준비한 고수일 가능성도 없지 않습니다. 또는……."

"또는?"

"과거 정사대전 당시 암행했던 비선(秘線)의 살수(殺手)일 수도 있습니다. 이후 태극천맹에서 비선을 공식적으로 공개했을 때 당시 활약했던 살수들은 전혀 보이지 않았잖습니까? 만약 담우천이라는 자가 당시 폐기되었던 살수 중 한 명이라면 충분히 그럴 만한 능력을 갖췄다고 생각합니다."

"그때 비선의 살수들은 모두 죽었다고 알려지지 않았나?"

"물론 그렇습니다. 하지만 가능성은 늘 열어둬야 합니다. 그런 의미에서 추측해 보자면 반대로 무림공적들의 후인이거나 혹은 그쪽에서 활동했던 자일 수도 있습니다."

"마월참혼조(魔月斬魂組) 말이냐?"

"네. 열두 명의 조직원으로 구성되어 정사대전 당시 수많은 백도의 명숙을 살해한 마월참혼조의 일원이라면, 역시 온주은을 일검에 제압할 실력이 충분합니다. 그리고……."

"또 있나? 너무 범위가 넓군그래."

"조금 전에도 말씀드렸지만 모든 가능성은 열어둬야 하기 때문에 현재 상황에서는 어쩔 수가 없습니다."

"그래? 어쨌든 말해보게."

"참마붕방(斬魔朋幫)에서 만들어낸 자일 수도 있다는 겁니다."

참마붕방은 원래 정사대전에서 패퇴한, 그리고 지하로 잠적해 버린 구천십지백사백마(九天十地百邪百魔)의 뒤를 쫓기 위해 만들어진, 정파 명숙들의 모임이었다. 그런데 언제부터인지 그 모임의 성격이 변질되어 지금에 이르러서는 태극천맹과 오대가문에 반기를 든 노기인들만이 남아 있었다.

"흠, 그 노친네들의 꿍꿍이와 실력들이라면 그럴싸한 고수 하나 정도는 뚝딱 만들어낼 수가 있겠지."

"우선 지금까지 가능성을 열어둔 그 다섯 가지 모두에 대해서 철저하게 조사를 하고 있습니다. 또 한편으로는 담우천의 행적을 주시하여 그가 무슨 일을 도모하는지도 지켜보는 중입니다."

"보고서에 따르자면 은매당으로 갔다던데?"

"네, 지금 항주로 향하고 있다는 전갈을 받았습니다. 아마도 가까운 지인이 은매당에 의해 납치된 게 아닌가 싶습니다."

잠시 생각하던 중년인이 다시 말했다.

"솔직히 그런 의미에서 보자면 누군가 몰래 만들어내서 갑자기 강호 출도(出道)한 자는 아닐 거라고 생각합니다. 그러니 황계나 참마봉방 정도는 용의선상에서 제외해도 무방하지 않을까 싶기는 하지만, 만에 하나를 대비하는 측면에서 그들에 대한 조사도 하고 있습니다."

"과연 철저하군. 자네다워."

흑개방주는 중년인을 칭찬하다가 문득 화제를 바꿨다.

"그건 그렇고… 담우천이라는 자가 이대로 마냥 활개치게 놔둘 수는 없겠지?"

단 한 명의 낭인에 의해 북경지부가 궤멸당했다는 소식은 이미 세상에 널리 퍼져 있었다. 그 복수를 하지 않는 이상, 땅에 떨어진 흑개방의 체면과 신뢰도는 영원히 복구할 수가 없는 것이다. 무엇보다 흑개방의 돈벌이를 위해서라도 이대로 담우천을 가만히 놔둘 수는 없는 게다.

"안 그래도 준비하고 있습니다."

중년인은 침착하게 말했다.

"본 방의 아이들을 보낼까 하다가 잠시 추이를 관망하자 싶어서 살막(殺幕)에 청부해 두었습니다."

살막은 현 강호무림에 존재하는 삼대살수조직 중 하나였다.

일반인, 선인(善人), 정파의 인물에 대한 청부는 받지 않는다고 알려진 대자객교(大刺客橋), 청부대금을 받지 않는 대신 자신들이 원하는 조건을 충족시켜야 비로소 의뢰를 받는 은자림(隱者林), 그리고 엄청난 대금을 요구하지만 의뢰를 받은 이상에는 황제의 목도 베어준다는 살막. 이 삼대살수조직은 태극천맹이 중원을 지배하게 된 이후로도 계속해서 살행을 멈추지 않을 정도로 그 실력과 명성을 인정받고 있었다.

그래서였다, 흑개방주도 마음에 든다는 듯이 고개를 끄덕인 것은.

"그래, 살막이라면 충분하겠지. 얼마나 들었는가?"

"선불로 은자 일만 냥을 요구했습니다. 거기에다가 담우천을 죽인 후 살막이 입은 피해에 대한 보상과 잡비 등에 대해서는 추후 협의하되, 결코 선불 이상 요구하지 않는 것으로 협상했습니다."

"대략 이만 냥이라……. 이것 참, 정말 돈에 욕심이 많은 놈들이라니까."

흑개방주는 가볍게 눈살을 찌푸리며 투덜거렸다.

"덕분에 올해 순이익은 전혀 남지 않겠군그래."

은자 이만 냥이라면 흑개방 전체를 통틀어 일 년 총수익의 십분지 일에 해당되는 거액이었다. 하지만 그 돈을 투자하는 대가로 흑개방의 무너진 명예와 신뢰, 체면을 복구할 수 있다면, 전혀 아까운 액수가 아니었다.

"좋아. 놈에 대한 이야기는 그 정도에서 정리하지. 하지만 놈의 배경이나 뒤에 어느 세력이 있는지에 대해서는 계속 조사를 해서 보고하게."

"알겠습니다."

"녀석 때문에 들어간 손해비용, 단단히 토해내게 만들어야 하니까 말이지."

"안 그래도 그럴 생각이었습니다."

중년인의 대답에 흑개방주는 희미하게 웃었다.

말하는 거나 행동하는 거나 준비하는 것 모두 역시 흑개방주의 오른팔다웠다. 따로 말하지 않더라도 모든 걸 알아서 준비하고 처리했다. 믿음이 가는 수하.

'내가 없어도 이 녀석만 있으면 우리 흑개방은 잘 굴러가겠군.'

문득 그런 생각이 드는 순간, 흑개방주의 얼굴이 일그러졌다. 불현듯 기분 나쁜 예감이 그의 뇌리를 스치고 지나간 것이다.

질투, 혹은 위기감.

그는 조금 전과는 다른 눈빛으로 중년인을 쏘아보았다. 하지만 중년인은 흑개방주의 변화된 눈빛을 알지 못했다. 오체투지를 한 상태로 고개를 조아리고 있는 중년인은 그저 다음 보고를 하느라 여념이 없었다.

　'위험하군, 그리고 보니.'

　흑개방주는 중년인의 보고를 귓등으로 흘려들으면서 턱을 매만졌다. 아무래도 제 속을 너무 잘 파악하는 수하는 껄끄럽게 마련이었다.

　조조가 계륵(鷄肋)으로 인해 양수의 목을 벤 느낌 그대로 흑개방주는 제 오른팔인 중년인의 머리를 지그시 내려다보고 있었다.

第十章
이 녀석 봐라

사실 그런 일에 신경 쓸 겨를이 없기도 했다. 아내와 아이들을 먹여 살리는 일도 힘들었고 또 채 완성되지 않은 무공을 수련하는 것도 벅찼다.

　아들에게는 무공을 가르쳐 주지 않으면서 스스로는 힘들 수련을 계속하는 이율배반적인 상황이었지만, 그건 어쩔 수 없는 일이었다. 그의 눈앞에서 죽어간 동료들에게 맹세했으니까.

　반드시 더욱 강해져서 돌아오겠다고. 더욱 강해져서 너희들의 원한을 갚아주겠다고.

1. 이 녀석 봐라

중원(中原)은 과연 어디일까.

황하(黃河)의 남쪽 약 오십여 리 지점. 황하 문명의 발상지이자 은주 시대의 유적이 곳곳에 묻혀 있는 곳. 대륙의 정중앙에 자리 잡고 있는 이곳 정주를 가리켜 사람들은 옛부터 중원이라 불렀다.

그 중원에 당도한 담우천 일행은 곧장 근처 객잔을 찾아 별채를 빌려 짐을 푼 다음 식사를 주문했다.

그들이 해영객잔(邂迎客棧)에서 식사를 하기 시작했을 때에는 날이 이미 저문 후였다. 그런 까닭에 실내에는 꽤 많은 손님들이 저녁 식사를 하고 술을 마시는 중이라 상당히 시끌

벅적했다.

"자꾸만 그렇게 껍질을 버리면 어떡해? 그것까지 먹어야지."

소화는 교자(餃子) 부스러기들을 치우며 말했다.

담창은 양손에 하나씩 교자를 쥔 채 몇 개 나지 않은 이로 껍데기를 깨물어 버린 다음 속의 내용물을 먹는 중이었다. 그 바람에 그가 앉아 있는 탁자 주변에는 교자 껍질 부스러기들로 더럽혀져 있었다.

"그렇게 흘릴 때마다 치우면 끝이 없어요. 나중에 한꺼번에 치우는 게 나아요."

담호가 우육면을 먹으면서 조언했다. 지난 열흘 동안 아이들과 소화는 친남매, 혹은 그 이상으로 가까워져 있었다.

정이 부족한 사람들이라는 게 다 그런 법이다. 마음을 열고 가까워지기가 힘들지, 한번 가까워지면 그 누구보다 깊은 애정과 사랑을 보여준다.

소화가 빙긋 웃으며 말했다.

"요는 그게 아니잖니? 흘리지 않도록 주의하면서 먹게 만들어야지."

"힘들걸요, 아마."

담호가 심드렁하게 대꾸했다.

"엄마도 포기했던 일이니까요."

소화의 표정이 살짝 변했다. 하지만 그녀는 다시 웃으며 말했다.

"그럼 어디 한번 도전해 볼까, 나도?"

그녀는 담창의 손을 잡으며 똑바로 바라보았다. 먹는 걸 제지당한 담창이 발버둥 치며 소란을 부렸다. 어린아이의 뾰족한 울부짖음이 실내에 울려 퍼졌다.

사람들의 시선이 그들에게로 쏠렸다. 그들은 인상을 찌푸리거나 혹은 귀를 막거나 혹은 투덜거렸다. 대부분의 사람은 어린아이 하나 달래지 못하는 소화에 대해 투덜거렸지만 몇몇 이는 그 대상이 달랐다.

"아무리 봐도 스무 살 갓 넘은 것 같은데 말이지. 큰 애가 일고여덟 정도 되어 보이니까… 그렇다면 열두세 살 때 큰 애를 낳았다는 거네."

"세상 말세야. 아무리 조혼(早婚)이 성행하는 시대라 하더라도 열두 살 계집과 잠을 자다니, 해도 해도 너무한 거 아냐?"

"젠장, 누구는 냄새 나는 사내들끼리 모여서 술을 마시는데 누구는 저렇게 꽃다운 계집을 아내로 두고 밥을 먹어?"

담우천 일행과 조금 떨어진 자리에 앉아서 술을 마시던 네 명의 사내는 그렇게 질투와 시기, 분노로 일그러진 표정으로 담우천과 소화를 힐끗거리고 있었다.

사실 속사정 모르는 사람들이 보면 확실히 이상해 보이는 일행이었다. 삼십대 초반으로 보이는 사내와 이십대 초반의 여인, 그리고 여덟 살 소년과 갓 돌을 지난 아이라니.

담우천과 소화를 보건대 부녀지간이 아니라는 건 확실했

다. 외려 그들이 부부고 두 아이는 그들의 자식일 확률이 높게 보이는 게 당연했다. 거기에 소화와 담호의 나이 차를 생각해 보면… 같은 남자로서 담우천은 질투와 부러움과 시기의 대상이 될 수밖에 없었다.

"이거 너무 시끄러운 거 아냐?"

사내 중, 가장 우락부락하게 생긴 자가 아직도 떼를 쓰고 있는 담창을 노려보며 투덜거렸다.

"애 하나 제대로 달래지도 못하면서 이런 곳에는 왜 데리고 나와? 집에서 처먹일 것이지."

술이 조금 과한 것일까, 아니면 담우천에 대한 질투심 때문일까. 아니면 진짜 담창의 떼쓰는 소리가 듣기 싫은 것일까. 유난히 사내의 목소리가 높아졌다.

"조용히 하라니까. 사람들이 뭐라고 하잖니?"

소화가 쩔쩔매며 담창에게 소곤거렸다. 하지만 여전히 담창은 발버둥을 쳤다. 결국 포기한 소화는 잡고 있던 담창의 손을 놓으며 말했다.

"그래, 마음대로 하렴."

그래도 분이 풀리지 않은 듯, 담창은 우아우아! 하고 계속 울음을 터뜨리고 있었다. 소화는 한숨을 쉬며 담우천에게 구원의 목소리를 전했다.

"어떻게 좀 해주세요."

담우천은 술을 따르다가 고개를 저었다.

"그 녀석 고집은 나도 꺾지 못해."

소화가 울상이 되는 그때였다.

"이봐! 적당히들 좀 하지 그래!"

솥뚜껑 깨지는 듯한 요란한 소리가 두어 탁자 저편에서 들려왔다. 소화는 고개를 돌렸다. 조금 전, 자신들을 향해 불평을 늘어놓던, 바로 그 네 명의 사내 중 하나였다.

험상궂게 생긴 얼굴의 장한은 소화와 눈이 마주치자 더 큰 목소리로 화를 냈다.

"애 하나 제대로 간수하지 못하면서 이런 곳에는 왜 온 게야!"

"죄송⋯⋯."

소화는 사과하려 했다. 확실히 담창의 울음소리는 사람들에게 폐를 끼칠 정도로 크고 요란했다. 하지만 다음 순간 들려온 목소리에 그녀의 표정이 달라졌다.

"지 에미가 달래도 계속 처우는 걸 보면 빌어먹을 애새끼라니까. 커서 뭐가 될지 모르겠지만 싹수가 노랗군."

우락부락한 사내는 어깨를 으쓱거리며 말했다. 막 고개를 숙이려던 소화의 얼굴이 급변했다. 그녀는 사내를 쏘아보며 물었다.

"방금 뭐라고 했죠?"

그 날카로운 목소리에 사내를 찔끔하는 기색이었다. 하지만 곧 가슴을 내밀며 소리쳤다.

"내가 틀린 말 했나? 에미가 달래면 그쳐야 하잖아? 그런데도 저렇게 지랄 발광하는 걸 보면 커서 뭐가 될지 뻔하잖아?"

"너 같은 놈이 되겠지."

불쑥 담우천이 말했다. 일순 사내는 잘못 들었나는 표정을 짓더니 이내 벌떡 자리에서 일어나며 담우천을 가리켰다.

"너 이 개자식! 이리 나와봐!"

앉아 있을 때에도 건장하다 싶었는데 자리에서 일어나고 보니까 일반 사람보다 머리 하나 정도는 큰, 울퉁불퉁한 근육질의 거한이었다. 나름대로 이 주변에서 힘 좀 쓰는 자인 모양이었다.

사내가 소리치자 동료들 또한 가만있지 않았다. 그들은 잔뜩 인상을 쓰며 자리에서 일어났다. 주변 사람들이 그들을 보고는 안색을 급변하며 황급히 자리를 뜨는 걸로 보아 그들 모두 이 주변에서는 알아주는 불한당인 듯했다.

담우천이 천천히 자리에서 일어나려는 순간, 어느새 냉정을 되찾은 소화가 그의 소매를 잡고 소곤거렸다.

"참으세요. 자칫 소란을 부리면 사람들의 이목을 끌을 수가 있다구요."

담우천이 바라보자 그녀는 싱긋 웃으며 말했다.

"우리, 은밀하게 움직여야 한다고 말하지 않았나요? 저들에게는 제가 사과할 테니까 아저씨는 그만 참으세요."

담우천은 묵묵히 그녀를 바라보았다.

이미 북경부에서 한바탕 소란을 피운 후였다. 흑개방같이 전국적으로 이름난 문파가 그런 굴욕을 당하고서 가만있을 리가 없다는 건 담우천도 잘 알고 있었다.

물론 흑개방과의 싸움이야 두려울 게 없다고 하지만, 어디까지나 우선순위는 아내를 구하는 일이었다. 그러니 괜히 흑개방의 이목을 끌 만한 일은 하지 말라고, 이곳으로 오는 동안 담우천이 소화와 아이들에게 이야기해 둔 상황이었다.

"네 말이 맞다."

담우천이 자리에 앉았다. 소화가 대신 자리에서 일어나 그들 네 명의 불한당을 향해 공손하게 허리를 숙이며 사과했다.

"죄송합니다. 저희 잘못으로 여러 대협(大俠)께서 화가 많이 나셨나 보네요. 사과하는 의미로 대협들께서 마신 술과 요리 값을 저희가 대신 내겠습니다."

그녀의 다소곳한 사과에 그마나 분이 풀렸는지 사달을 일으켰던 사내가 흥! 하면서 말했다.

"뭐, 그렇게까지 말한다면야 나도 양보를 하지. 정주사패(鄭州四覇)의 강구(姜九)가 계집의 사과를 받아들이지 않는다면 그것 또한 체면이 서지 않으니까."

"고맙습……."

"하지만 말이야."

정주사패의 강구라는 자가 손을 흔들며 말했다.

"계집 뒤에 숨어서 꼬리 내리는 사내 따위를 가만히 보고

만 있을 정도로 아량이 넓지는 못하거든. 그러니까 저 사내가 직접 잘못을 빌고 사과해. 아니면 불알을 떼던가. 그러면 용서해 주지."

소화가 입술을 깨물었다. 계집 뒤에 숨어서 꼬리 내리는 사내라는 말은 그녀조차 참을 수 없는 모욕인 게다.

그러나 담우천의 표정은 변하지 않았다. 그는 강구에게 사과를 하려는 듯 자리에서 일어나 천천히 허리를 숙였다. 하지만 그보다 빨리, 담호가 자리에서 일어나며 날카로운 목소리로 소리쳤다.

"웃기지 마!"

"응?"

팔짱을 낀 채 거드름을 피우던 강구의 얼굴이 이건 또 뭐야? 하는 표정이 되었다. 담호는 짧은 손가락으로 강구를 가리키며 계속해서 외쳤다.

"울 아빠, 겁쟁이가 아니거든. 너 같은 놈 따위 한 손가락으로도 이겨! 아니, 나도 너 정도는 가볍게 이길 수가 있어!"

황당한 일이 벌어질 때는 화가 나는 것보다 먼저 당황하게 되게 마련이다. 강구 또한 그랬다. 그는 어이가 없다는 표정으로 담호를 바라보며 중얼거렸다.

"허어, 이 녀석 봐라."

2. 여덟 살 담호

"아호!"

소화가 놀라 소년을 붙잡으려 했다. 하지만 소년은 생각보다 빠르고 날렵하게 움직여서 강구의 앞으로 튀어 나갔다. 그제야 비로소 강구의 얼굴이 일그러졌다.

"이 밤톨만 한 놈이!"

소년 담호는 고개를 쳐든 채 당당하게 말했다.

"이 산적처럼 생긴 놈이!"

실내에 몇몇 남아 있던 사람들이 웃음을 터뜨렸다. 강구가 주위를 둘러보며 소리쳤다.

"누가 웃어?"

사람들은 이내 입을 다물고 식사하는 척했다. 하지만 그들은 연신 강구와 담호를 힐끗거리며 흥미진진하게 지켜보았다.

사실 자기보다 두 배 이상 큰 사내와 마주하고서도 전혀 기죽지 않는 여덟 살 꼬마의 모습이 대견하기도 하고 한편으로는 당차 보이기도 했다. 반면 제 머리보다 큰 손바닥으로 한 대 얻어맞기라도 한다면 그대로 박살 날 것만 같아 애처롭기도 했다.

소화는 물론 후자의 시선으로 담호를 바라보았다.

"뭐해요, 말리지 않고."

그녀는 담우천을 돌아보며 재촉했다. 하지만 담우천은 허리를 젖힌 채 느긋하게 앉아서 제 아들의 당당한 모습을 구경하는 중이었다.

"말려요, 제발. 저러다 한 대 맞기라도 하면 어떡하려구요?"

소화가 재차 말했다. 담우천은 귀를 후비면서 대꾸했다.

"괜찮아. 죽지는 않을 거야."

"그게 말이나 돼요? 그게 아빠가 할 소리예요?"

"뭐 위급한 상황이 닥치면 그때 손을 써도 늦지 않으니까."

담우천은 어디까지나 느긋했다. 애먼 소화만 발만 동동 구르고 있었다.

"까불지 말고 네 아빠나 불러와."

상대가 어린아이인만큼 강구는 호흡을 가다듬으며 그렇게 말했다. 열대여섯 살이라면 몰라도 여덟 살 꼬마에게 손을 쓴다는 건 확실히 체면 상하는 일이었다.

그러나 담호는 전혀 움직이지 않았다.

"좋아, 사과를 하겠다면 아빠를 불러올게."

"진짜 보자보자 하니까 마구 기어오르네. 이봐, 네 새끼 이러다가 죽는다!"

강구는 담우천에게 소리쳤다. 담우천은 어깨를 으쓱거렸다. 강구의 눈이 독하게 빛났다.

"좋아, 정 그렇게 나오겠다면……."

그는 중얼거리며 손을 높이 들어서 담호의 뺨을 후려쳤다. 상대가 상대이니만큼 삼 할의 힘만 들여서 내려친 일격이었지만 그래도 우웅! 하는 바람 소리가 일 만큼 강력한 공격이었다.

"아아!"

지켜보던 몇몇 사람이 놀라 비명을 지르는 순간 담호는 강구의 품안으로 뛰어들었다. 그 움직임이 생각보다 빠르고 뛰어든 지점이 절묘하여 강구의 손은 그만 애꿏은 허공을 후려 갈겼다.

가볍게 일격을 피한 담호는 주먹을 불끈 쥐며 정면을 가격했다. 강구의 품 안이라 해봤자 키 차이가 있다 보니 정작 담호의 주먹은 정확하게 강구의 낭심을 향했다.

"어이쿠!"

어린아이라고 얕보던 강구는 저도 모르게 비명을 내질렀다. 그리고 두 손으로 낭심을 부여잡으며 허리를 숙였다. 이번에는 강구의 얼굴이 담호의 공격권 내에 들어왔다. 담호는 그 상태에서 공중제비를 하며 발로 강구의 턱을 걷어찼다.

여덟 살 꼬마의 발길질이 그대로 강구의 턱을 강타했다. 쿵! 소리와 함께 강구가 뒤로 나자빠졌다. 그야말로 어처구니없는 일이 벌어진 것이다.

방금 일어난 상황에 너무 놀란 나머지 강구의 동료들은 넋을 잃고 지켜보았다. 뒤로 나자빠졌던 강구가 바닥을 기면서 일어났다.

"이 개자식이……."

그의 얼굴은 새빨갛게 변해 있었는데 당장에라도 담호를 찢어죽일 듯한 표정이었다. 낭심이 터진 듯한 고통은 뒷전이었다. 창피함, 부끄러움이 그의 이성을 마비시키고 있었다.

담호는 그가 일어서기를 기다려 곧장 앞으로 달려 나갔다. 강구가 두 팔을 벌려 다람쥐 같은 소년을 잡으려는 순간, 담호는 있는 힘껏 바닥을 딛고 도약하여 허공을 날았다.

강구의 두 손이 또 다시 아무것도 없는 곳을 움켜쥘 때 담호의 무릎은 그의 턱을 강타했다. 동시에 강구의 눈이 뒤집어졌다. 혁자룡에게 배웠던 비연투추가 완벽하게 펼쳐진 것이다.

쿵!

강구의 거대한 체구가 그대로 뒤로 넘어갔다. 뻣뻣한 통나무가 쓰러지는 것처럼 요란한 소리가 울렸다. 강구의 동료들도, 지켜보고 있던 사람들도 놀라서 입을 다물지 못했다.

적막이 맴도는 가운데 누군가 감탄하듯 중얼거리는 소리가 실내에 스며들었다.

"허어, 그 녀석 봐라."

담우천이었다.

제 아들임에도 불구하고 그는 생전 처음 보는 사람처럼 담호를 바라보며 그렇게 중얼거리고 있었다.

3. 누가 가르쳐 준 거지?

담호는 생각보다 빠르고 날렵한 움직임을 보인 제 아들이 기특하다는 듯이, 혹은 놀랍다는 듯이 눈을 가늘게 뜬 채로 지켜보고 있었다.

담호의 자세는 안정되어 있었고 주먹과 발길질에는 힘이 실려 있었다. 상대의 급소만을 골라 가격하는 정확함과 또 상대의 빈틈을 노리는 영활함도 함께 지니고 있었다. 즉, 담호는 담우천이 기대했던 것보다 훨씬 뛰어난 실력을 보여준 것이다.

'애당초 저 정주사패라는 자들이 무공을 익힌 적이 없기는 하지만… 그래도 저런 거한을 상대로 이렇게나 간단하게 승리하다니.'

문득 담우천의 눈가가 흐릿해졌다.

단 한 번도 무공을 가르쳐 준 적이 없었다. 무공 따위 아예 배우지 않고 살아가는 것도 좋다고 생각했기 때문이었다. 그러나 아내는 달랐다. 사내가 자기 몸 하나 지킬 수는 있어야 한다는 게 그녀의 생각이었다.

담우천이 몇 번이나 말렸지만 그녀는 담호가 여섯 살이 되자 용무팔권이라는 아주 기본적인 권각술을 가르쳐 주었다. 담우천은 체념하고 방관했다.

뭐, 제 몸 하나 지킬 호신술이라면 익혀도 되겠지.

아내가 담호에게 무공을 가르치는 걸 보면서 담우천은 그렇게 담담한 척 넘겼다.

사실 그런 일에 신경 쓸 겨를이 없기도 했다. 아내와 아이들을 먹여 살리는 일도 힘들었고 또 채 완성되지 않은 무공을 수련하는 것도 벅찼다.

아들에게는 무공을 가르쳐 주지 않으면서 스스로는 힘들 수련을 계속하는 이율배반적인 상황이었지만, 그건 어쩔 수 없는 일이었다. 그의 눈앞에서 죽어간 동료들에게 맹세했으니까.

반드시 더욱 강해져서 돌아오겠다고. 더욱 강해져서 너희들의 원한을 갚아주겠다고.

그렇게 바쁘게 살아가면서 담우천은 아들이 무공을 익히는 것에 대해 전혀 관심을 갖지 않았다. 얼마나 실력이 늘었는지도 신경 쓰지 않았고 또 요즘 무엇을 익히는지도 알지 못했다.

혁자룡이 한 수 가르쳐 주었을 때 고맙다고 말한 건 그저 평범한 인사치레에 불과했다. 또 담호에게 한마디 해준 것도 특별하게 생각해서 한 말이 아니었다.

그런데 어느새 녀석은 놀라울 정도로 강해져 있었다. 평범하기 그지없는 용무팔권만 익혔을 뿐인데도, 녀석은 장대한 체구의 거한을 쓰러뜨릴 정도의 힘과 세기가 생겼다. 더욱 놀라운 것은……

'녀석이 내공을 지녔다는 거야.'

아무리 무술을 수련했다 하더라도 여덟 살 꼬마가 걷어찬 발길질에 얻어맞고 혼절할 어른이 어디 있을까. 게다가 강구는 평범한 사내가 아니었다.

비록 무공은 익히지 않았을지 몰라도 이 주변에서는 이름난 싸움꾼임에 분명했다. 그런 거한이 담호의 주먹질 한 번, 발길질 두 번에 정신을 잃고 나자빠졌다. 그건 담호의 주먹질에, 발길질에 미약하나마 내공이 깃들어 있었기 때문이었다.

'누가 가르쳐 준 거지?

아내?

아닐 것이다. 만약 그녀가 담호에게 심법을 가르쳐 주었더라면 담우천에게 아무런 말도 하지 않았을 리가 없었다. 또 담호의 내공이라고 해봤자 매우 미약해서, 심법을 수련한 지 반 년, 아니, 석 달도 되지 않는 듯 보였다. 그러니 혁자룡이나 다른 낭인들이 가르쳐 준 게 분명했다.

'하지만 그 짧은 시간 동안 저 정도의 성과를 보일 정도의 심법이라면……'

최상승의 심법이 분명했다. 일개 낭인들이 익히거나 전수해 줄 심법이 아니었다.

'그렇다면 누가……'

거기까지 생각하던 담우천의 뇌리에 문득 뚱보 저귀의 무뚝뚝한 얼굴이 스치고 지나갔다. 유명객잔을 떠나기 전, 저귀와 나눴던 대화 한 구절이 문득 생각났다.

"자네 큰아들 말이지. 근골(筋骨)이 정말 좋더군. 무공 익히기에 최상의 조건을 타고 난 것 같네."

"내 아들이니까."

"이런, 자식을 칭찬했더니 자네 자랑인가? 뭐, 어쨌든… 왜 무공을 가르치지 않았나?"

"무공 따위… 배우지 않는 게 낫다고 생각했소."

"왜?"

"무공을 익혀봤자 사람 죽이는 것밖에 할 수 있는 일이 어디 있소? 차라리 글을 배우거나 상술을 익히는 게 더 낫지."

"흠… 아깝군. 정말 좋은 근골을 가졌는데. 뛰어난 명사(名師) 밑에서 사사(師事)한다면 무림을 들썩일 만한 고수가 될 게야."

"정 그리 욕심나면 주인장이 한번 가르쳐 보지 그러오?"

"하하, 내가 그럴 깜냥이나 되나?"

설마.

담우천은 혁자룡에게 들었던 말을 떠올렸다.

'저귀의 몇 대조 할아버지가 저 강호제일살수(江湖第一殺 手)였던 둔저라고 했던가.'

담우천의 눈빛이 더욱 흐릿해지는 순간이었다.

"이 개자식이, 죽어라!"

뒤늦게 정신을 차린 정주사패의 나머지 세 명이 동시에 욕설을 퍼부으며 담호에게 덤벼들고 있었다.

『낭인천하』 3권에 계속…

老莊德經

촌부 新무협 판타지 소설
FANTASTIC ORIENTAL HEROES

천애
협로

『우화등선』,『화공도담』의 뒤를 잇는
작가 촌부의 또 하나의 도가 무협!

무림맹주(武林盟主), 아미파(峨嵋派) 장문인(掌門人),
군문제일검(軍門第一劍), 남궁세가(南宮勢家)의 안주인.

그들을 키워낸 어머니
진무신모(眞武神母) 유월향(柳月香)!

어느 날, 그녀가 실종되는데······.

"하, 할머니는 누구세요?"

무한삼진의 고아, 소량(少兩)에게 찾아온 기이한 인연.

세상과 함께 호흡을 나눌 수 있다면[天地同息]
천하의 이치를 모두 얻으리라[天下之理得]!

이제, 천하제일인과 그녀가 길러낸
마지막 자손의 이야기가 펼쳐진다!

Book Publishing CHUNGEORAM

유통이 아닌 자유추구
WWW.chungeoram.com

장강삼협
長江三峽

조돈형 新무협 판타지 소설

『궁귀검신』, 『마도십병』, 『운룡쟁천』의
작가 **조돈형**
그가 장강의 사나이들과 함께 돌아왔다!

굽이쳐 흐르는 거대한 장강의 흐름 속에서
선혈처럼 피어나 유성처럼 지는 사내들의 향취!

장강삼협(長江三峽)!

하늘 아래 누구보다 올곧았던 아버지의 시신을 이끌고
고향으로 돌아온 유대웅을 기다리고 있던 것은
천오백 년의 시공을 뛰어넘은 패왕(霸王)의 무(武)와 검(劍)!

패왕칠검(霸王七劍)과 팔뢰진천(八雷振天)의 무위 아래
천하제일검(天下第一劍)으로 우뚝 설 한 소년의 일대기!

장강의 수류는 대륙을 가로질러
이윽고 역사가 된다!

유행이 아닌 자유추구 -
WWW.chungeoram.com

Dragon order of FLAME 폭염의 용제

김재한 판타지 장편 소설

「사이킥 위저드」, 「마검전생」의 작가 김재한!
그가 그려내는 새로운 액션 히어로가 찾아온다!

모든 것을 잃고 복수마저 실패했다.
최후의 일격마저 막강한 레드 드래곤 앞에서 무너지고,
죽음을 앞에 둔 그에게 찾아온 또 하나의 기회!

"네 운명에 도박을 걸겠다."

과거에서 다시 눈을 뜬 순간,
머릿속에 레드 드래곤의 영혼이 스며들었을 때,
붉은 화염을 지배하는 용제가 깨어난다!

강철보다 단단한 강체력을 몸에 두른
모든 용족을 다스리는 자, 루그 아스탈!

세상은 그를 '폭염의 용제'라 부른다!

Book Publishing CHUNGEORAM

유행이 아닌 자유추구 -
WWW.chungeoram.com

신풍기협 神氣風俠

FANTASTIC ORIENTAL HEROES

윤신현 新무협 판타지 소설

「수라검제」,「태양전기」의 작가 윤신현
우직한 남자의 향기와 함께 돌아오다!

사부와 함께 떠났던 고향.
기다리는 친구들 곁으로 돌아온 강진혁은
사부의 유언을 지키기 위해 강호로 나선다.
반드시 돌아오겠다는 약속을 남기고.

"믿어라. 난 결코 허언을 하지 않는다."

무인으로 살 것인가, 무림인으로 살 것인가.
고민을 안고 나아가는 강진혁의 강호행!

신의 바람이 불어와 무림에 닿을 때,
천하는 또 하나의 전설을 보게 되리라!

FUSION FANTASTIC STORY

백수, 재벌 되다

텀블러 장편 소설

Book Publishing CHUNGEORAM

운명이 아닌 자유추구
WWW.chungeoram.com